自由と災厄の街、ロストエンゼルスへようこそ!

ここは午後のにわか雨みたいな感覚で
流れ弾が飛んでくる事と、
どこの店を覗いてもチキンバーガーばかりなのを
除けば概ね良い街だ。

—とある軍事諜報部員の軽口—

Judgement −195℃

ヘヴィーオブジェクト
氷点下一九五度の救済

鎌池和馬
KAZUMA KAMACHI

序章

自由と災厄《さいやく》の街、ロストエンゼルスへようこそ!

両親、教師、隣の家の幼馴染《おさななじ》み、親友、恋人、シスターにカウンセラーまで、とにかくガミガミうるさい連中に飽き飽きしたなら、スポーツバッグ一つ抱えてこの街まで遊びに来ると良い。彼らがいかにアンタを心配していたか、そして世の中って名前の小箱にはどれだけ多くの危険が詰《つ》め込まれているのかが、嫌《いや》ってほど分かるだろうさ。

上《うわ》っ面《つら》の奇麗《きれい》ごとしか書いちゃいねえガイドブックの通りに観光名所を巡れば一二時間で身ぐるみを剝《は》がされ、二四時間後にはサメの餌《えさ》になってるかもしれねえが、何もそんなにビビる事はねえ。キホンってヤツさえ押さえておけば、よそ者だって十分に楽しめるはずだ。

『常に防犯カメラの位置に気を配り、破壊されていると気づいたら回れ右する事』

『夜九時から朝五時までは何があってもホテルから一歩も出ない事』

『目つきの鋭い連中を見かけるのは仕方ない。だが絶対に二度見しない事』

この辺かな。

上の二つは馬鹿《ばか》でも分かるだろうが、厄介なのは最後の一つだ。二〇〇万人が暮らすこの街にゃ公式にアナウンスしている『だけ』で四つもの暴力装置がひしめいていやがる。しかも、こいつらは常夏《とこなつ》の砂浜でも真っ黒なスーツを着こなしている訳じゃねえし、音楽がネット配信される時代に古臭《ふるくさ》いラジカセを肩に担いでヒップホップを鳴らしている訳でもねえ。道端《みちばた》でティッシュを配っているおっさんだの、浜辺で尻《しり》を振っているビキニの姉ちゃんだの、そういうトコにも普通に溶け込んでやがるって訳だな。だから旅の恥《はじ》はかき捨てとか、酔《よ》っ払った勢いで気が大きくなったとか、そんな感じで誰彼構わずケンカを売ったりナンパを吹っ掛《か》けたりってのはご法度《はっと》だ。その日の内に木箱の中に押し込められて、生きたままコンクリオブジェにされたいなら止めねえが。

警察に駆け込めば良い？　俺の伯父《おじ》さんは役人だからコネがある？

そんなもん、この街じゃあ役に立たねえよ。

何しろ、ひしめいている連中は普通のチームだのファミリーだのとは毛色が違う。

こう言えば分かるかな。

やたらと目つきの鋭い連中……『軍服を脱いだ兵士達』には気をつけろ、ってさ。

第一章　光放つ魔法使い　〉〉ロストエンゼルス市街戦

1

『信心組織』所属、『安全国』指定。

インド洋に面した南北に細長いコロマンデル方面、そのさらに最南端に位置する軍港と工業の街。

「……やっと着いたよ、ロストエンゼルス」

国際空港のロビーを歩きながら、クウェンサー＝バーボタージュは思わず呟《つぶや》いていた。

格好はいつもの軍服ではなく、南国らしい薄手《うすで》のシャツとハーフパンツだ。色の薄いサングラスを掛《か》けているが、これがまた恐ろしいほど似合っていない。手荷物のスポーツバッグの中から携帯《けいたい》電話を取り出すと、電源をオンにした。離着陸のタイミングで切るように指示されての事だったが、ほんの短い間でも『通信途絶』になると落ち着かなくなるものだ。

すでにいくつかの着信があったので、その内の一つにリダイヤルする。

相手はほとんど腐《くさ》れ縁《えん》となりつつあるヘイヴィア＝ウィンチェルだ。

「こっちは今空港。出迎えってないの？」

『何でわざわざこのクソ暑い中、むさ苦しい男の顔を見に行かなくちゃならねえんだ。俺はこのエアコンの効いた部屋から一歩も出ねえって決めてんだよ』

「あれ、ビーチの方は？　ロストエンゼルスなら欲求不満を水着で包んだようなお姉ちゃんがわんさかいるんじゃないの」

『誰がどこの「組織」の愛人やってるかも分かんねえ、不自然なくらい肌に金かけてる美人どもがな。テメェは一回ミスったら金玉もぎ取られるような神経衰弱をやりてえと思うのかよ？』

「……今すぐ回れ右して良い？　もうこの街に対する希望がなくなっちゃったんだけど」

『うるせえ、良いから適当にタクシー捕まえてホテルまできやがれ。ラグジュアリコーストホテル。……まあ、全く同じ名前のホテルが五つもありやがるんだが、マスカット通りから美術館の角を曲がってパーム通りを真っ直ぐ進めって運転手に伝えりゃ間違える事はねえよ』

通話を切って空港の建物から出る。

むわっとした暑さがクウェンサーの全身を叩《たた》いた。今が五月である事を見事に忘れさせてくれる豪快な熱気だ。ハワイより南にあるのだから当然かもしれないが。

街の治安については、通りで複数の熟女からくしゃくしゃの紙幣を受け取って豪快に数えている葉巻のじいさんと、その背後からコントみたいにこっそり近づいていく覆面《ふくめん》どもを見れば簡単に分かりそうなものだ。

どこかの『安全国』から来たのか、一〇代の少年少女の一団がガイドさんの案内で歩いていた。一列に並ぶ観光バスへ乗り込んでいく《修学旅行生》達を横目に見ながら、クウェンサーは言われた通りにタクシーを捕まえ、言われた通りの指示を出してラグジュアリコーストホテルに向かってもらう。

運転手はこんな事を言ってきた。

「遠回りになるけど」

「良いよ良いよ、分かりやすい道を進んじゃって」

冷媒《れいばい》がへたっているのか、車内のエアコンはほとんど死んでいる。

前の座席の背中には小型モニターが貼《は》り付けてあって、無音で『それを食っている方が体に悪そうな健康食品のCM』『旅客機の消失マジック‼』『民間長期宇宙旅行計画がエネルギー問題で中止になったニュース』などを垂れ流していたが、クウェンサーはそちらを見ない。

視線は窓の外へ。

極彩色の花々や椰子《やし》の木が並ぶ大通りに、きめ細かいビーチのような砂。ビルはどれもこれも磨《みが》き上げられた鏡のように輝いていて、まるで巨大なソーラークッカーの集中砲火《ほうか》を浴びているような気分にさせられる。

と、再びここでクウェンサーの携帯《けいたい》電話が鳴った。

「なにへイヴィア、女の子以外からの電話に一日二回も出るなんて災難だよ」

『まあ聞けって、ちょっと伝え忘れていた。そこマスカット通りの辺りだろ、「名物」ってヤツを教えてやるぜ。試しに窓を開けて外へケータイを出してみろ。しっかり握れよ、落としたら困るのはテメェだぞ』

「何だよ、時速六〇キロの風はDカップ相当なんて噂《うわさ》を信じるほど無邪気じゃないよ」

ぶつぶつ言いながらもクウェンサーは言われた通りにしてみる。元々エアコンはほとんど死んでいるため、窓を開ける行為も苦にならない。

ちょうどその時、タクシーは一時停止している黒塗《くろぬ》りの防弾車《ぼうだんしゃ》を軽く追い越した。

前後を護衛車両に守られたその高級車も窓が開いていて、ロマンスグレーのおじさまが身を乗り出しているところだった。

胸糞《むなくそ》悪い慈善《じぜん》のパフォーマンスでもするつもりなのか、小銭目当てに窓拭《まどふ》きをする子供でも呼びつけようとしていたのかもしれない。

が、

スパン!!　とクウェンサーの手がおじさまの頭頂部に直撃《ちょくげき》した。

直後に何かがキラリと輝き、五〇〇〇ユーロはしそうな高級かつらが宙を舞う。

あっはっはっはっは!!　という笑い声だけが携帯電話の向こうから響《ひび》いていた。

クウェンサーは真っ青になっていた。

「いきなり人に何やらせてんだ⁉」

そして真後ろから怒号が炸裂《さくれつ》した。キュキュキュキュキュ‼　とタイヤの擦《こす》れる音がいくつも続き、本格的に追われる状況《じょうきょう》になった事を知ったタクシーの運転手が気《き》を利かせてダーティな走行に切り替えてくれる。

信号を三つくらい無視すると、ようやく銃《じゅう》を持った車両団は車の流れに遮《さえぎ》られた。

運転手は振り返らず、しかし中指を立てて言う。

「次からは！　そういうのは特別料金で頼む‼」

絶対にやるな、と言わない辺りがロストエンゼルスの流儀らしい。

追っ手を振り切ったタクシーがガタゴト揺《ゆ》れながら目的地に辿《たど》り着く。規定の料金の他、いつもより多めにチップを渡して車を降りると、クウェンサーはうんざりしたように呟《つぶや》いた。

「……何がラグジュアリーでコーストなホテルだよ、おんぼろモーテルめ」

形としては二階建てのアパートにも近い。階段や通路は外側にせり出していて、雨の日にちょっと横風が吹けばずぶ濡《ぬ》れになりそうな感じだ。もう、こんな場所を宿に選んだ時点で『輝かしい思い出作り』が全力で遠ざかっていくのが分かる。

まるでどこかから観察されているようで、タイミング良くショートメールが着信した。

件名は三桁《けた》の数字だけ。本文はない。

クウェンサーは指示された部屋番号、一階にあるドアの一つを軽くノックした。

扉が開く。


みっちりと。

ワンルームほどの空間は、四方の壁《かべ》全てが軍用コンピュータで埋まっていた。

「さっさと入れよ。あんま『中身』を表に晒《さら》したくねえんだ」

いつもの軍服と違い、アロハシャツにジーンズを穿《は》いたヘイヴィア＝ウィンチェルがそんな風に言った。扉が閉まると、まるでホームシアターみたいに薄暗《うすぐら》くなる。悪友の言葉に従いながらも、クウェンサーはうんざりした調子であちこちを見回していた。

「狭苦《せまくる》しい部屋に得体のしれないコンピュータの山、軍人ばっかり……。この籠《こ》った熱をエアコンで無理矢理冷やすってどういう事？　世界時計って知ってるヘイヴィア？　こういう事やってるから人類の寿命がガリガリ削《けず》られていくんだよ」

「うるせえな、役にも立たねえ人道ＣＭだってエネルギーを消費している事忘れてんじゃねえのか。『自分だけは例外』とか思ってやがる連中の言いなりになるつもりはねえよ」

「やっと本来通りの分析官の仕事ができるってはしゃいでいたの何日前だっけ。こんなジャンク品の巣で何やってんの？」

「この狭っ苦しい部屋には俺より階級が上の人間が五人も揃《そろ》ってやがるんだ。挨拶《あいさつ》回りしている内に事情だって分かってくるだろうよ」

しかし、誰も彼も軍服を纏《まと》っていなければ肩に階級章もつけていない。この場の責任者らしき金髪《きんぱつ》ショートヘアの女性からして、ぶかぶかのカーゴパンツとビキニのトップスという組み合わせだ。

「クウェンサー＝バーボタージュ戦地派遣《はけん》留学生だな。私はミリア＝ニューバーグ。諜報《ちようほう》部門所属で階級は中尉《ちゆうい》だ。どうもよろしく」

「え、あ、はい」

「ここは午後のにわか雨みたいな感覚で鉛弾《なまりだま》が飛んでくる事と、どこの店を覗《のぞ》いてもチキンバーガーしか並んでいない事以外は大体良い街だ。少し詳《くわ》しく話そう」

言いながら、ミリアはプロジェクターのリモコンを操作する。

何故《なぜ》か映像は天井に表示された。

「あっちもこっちも機材だらけでな。もうここくらいしか開けた面を確保できない」

「これは……ロストエンゼルスの地図ですかね？」

「空港のパンフレットに目を通しただけではこの街は歩けん。基礎知識だけ教えてやる。まず大前提として、このロストエンゼルスはインド半島の最南端に位置する街だ。所属は『信心組織』、分類は『安全国』。だが実際の治安は最悪で、そんじょそこらの戦場より簡単に人が死ぬ」

街の地図が四色に塗《ぬ》り潰《つぶ》されていく。

法則性はなく、得体のしれない極彩色の迷彩カラーのようだった。

「これがロストエンゼルスの勢力図。この街を腐《くさ》らせている四つの『組織』の支配圏《けん》といったところだな。だがあまりあてにしすぎるな。どうせあっちもこっちも出張サービスで出ずっぱりだ。鉛弾《なまりだま》はどこからでも飛んでくるものと思え」

さらにリモコンを操作し、ビキニの上官は地図の一ヵ所を赤い丸で囲った。

最南端の街の、さらに南の果てにある岬《みさき》だ。

「そして全ての元凶はこいつだな。『信心組織』のオブジェクトの建造・整備を行う大規模施《し》設《せつ》。現在、停泊《ていはく》しているのは第二世代の『コレクティブファーミング』だ。こいつが地域活性化と称してじゃぶじゃぶ助成金をばらまくもんだから、誰も彼もがまともに働く気概《きがい》を全く持たない。金を持っているのが当たり前と考えているから、カジノだの買春だのイカれた氷砂糖《こおりざとう》だの、自分の都合で財布の中身を失った途端《とたん》に勝手にキレて暴れ回る。二〇〇万都市全体がいい歳こいて実家の両親相手に床ドンばっかりやってる恥《は》ずかしい大人みたいになっている訳だ。しかも拳銃《けんじゅう》と変な匂《にお》いのする枯草《かれくさ》を抱えてな」

「……、」

「ブルーになったか？　ま、海水浴がオススメできる街ではないと分かってもらえれば結構だ。それより、うちの部門が貸与していた携帯《けいたい》電話はあるか？　一度こちらに渡してくれ」

「ええと、これですか」

クウェンサーは自分が使っていた安物の携帯電話を差し出すと、ミリアはそれをヘイヴィアへ放り投げた。ヘイヴィアはヘイヴィアで、携帯電話の下部コネクタにベルトみたいな幅広ケーブルを突き刺して、コンピュータと接続している。

「出てきた出てきた、出てきやがったぜ予定通り！　ミスターマヨネーズの最後のパズルだ!!」

「……誰それ？」

「カレーヌードルからモンブランまで何でもかんでもマヨだらけにしたがるイカれたおっさんだよ。だが『信心組織』の国営工場を仕切っている親玉で、作戦行動のためにはこいつの生体情報がどうしても必要だった」

「それって指紋《しもん》とか血液とか？」

「いくつか集めている内に向こうにも警戒《けいかい》されてな。最後の『心拍パターン』を集めるためには、どうしてもクソの匂《にお》いで満ちたゴリラへ誰かが鼻を摘《つま》んで近づかなくちゃならなかった。誰が矢面《やおもて》に立つかジャンケンで決めようって段になって、ちょうどテメェがこっちに来るって話になったって訳さ。どうもありがとうクウェンサー君、ボーナスは出ねえがご苦労だった」

　言われてみれば、タクシーでここに来るまでの間、複数の護衛車両を侍《はべ》らせた高級車とすれ違ったような気がする。というか、やたら無闇《むやみ》にかつらを吹っ飛ばして殺されそうになったような。

　わざわざ遠回りのコースを指定させたのは、彼らのスケジュールに合わせるためか。

「……お前は後でぶん殴《なぐ》るとして、そんなの使って大丈夫なの？　だって向こうもこっちの動きに気づいて警戒《けいかい》しているって話じゃん」

「生体情報は強固だが、一度盗《ぬす》まれちまったら変更はできねえ。今頃向こうも向こうで冷や汗ダラダラだろうさ。リカバリーが利《き》かねえ失敗だから、絶対あのマヨネーズ馬鹿《ばか》だって誰にも報告しようとは思わねえ。ヤツが保身に走っている間に、俺らは俺らの仕事を済ませりゃ良い」

　ヘイヴィアはそんな風に言った。

　こんな街に押し込められても上機嫌《じょうきげん》なのは、久しぶりに分析官としての仕事を回してもらえたからかもしれない。……まあ、こいつの本分は『レーダー』分析官のはずなのだが。

が、上官のミリア＝ニューバーグの顔は曇《くも》っていた。

「となると……後は、『あれ』を片づけなくてはならない訳か」

　いや、ヘイヴィアが上機嫌なのはビキニの美女のせいだな、とクウェンサーは思い直した。

　そんなこんなで馬鹿は言う。

「へえ、やっぱりロストエンゼルス風で行くんすか？」

「ああ。ここの連中がロンドンの証券マンくらい頭が回るなら、私だってこんなに悩《なや》む必要はなかったんだがな」

着心地の問題なのか、ミリアはビキニ中央の紐《ひも》の部分に人差し指を引っ掛《か》けながらそんな事を言った。

「……仕方がない。こちらは資料を集めて具体的な計画を練《ね》る。君達は……そうだな。ヘイヴィア、道案内を兼ねてクウェンサーを連れて行け。次の行動に出る前に腹ごしらえもしておきたい。カレーとチキン以外だったら何でも良いから人数分買ってこい。以上よ」

2

そういう訳でクウェンサーとヘイヴィアは午後のロストエンゼルスを歩いていた。

全体としては電車よりも車の街といった印象で、自転車やインラインスケートなんかも多い。市街地とビーチの区別はついていないのか、水着でその辺を歩いている男女も珍《めずら》しくない。

「メシの買い出しだから、ひとまずアップル通りを渡ってパイン通りの方へ向かうぞ」

「ん？　すぐそっちの方にも屋台が並んでいるけど」

「ありゃどうしようもねえゲテモノばかりだ。鶏肉《とりにく》っつー看板下げてカエルを売る程度なら可《か》愛《わい》いもんだぜ」

辺りには横断歩道はない。けたたましいクラクションに叩《たた》かれながら、クウェンサー達は広い道路を駆け足で渡っていく。

クウェンサーはスマートフォンで自分撮りばかりしている《モノキニの女子大生》とすれ違いながら、

「それにしたって、銃《じゅう》と犯罪の街って紹介の割にはみんな無防備だよな」

「ありゃ有名なデジタル露出狂《ろしゅつきょう》だよ。わざと脆弱性《ぜいじゃくせい》だらけのスマホを持ち歩いて、二四時間テメェのイカれた私生活を世界中にばらまいてやがる。この街に潜伏《せんぷく》している連中にとっては素敵な夜のパートナーみてえだがな」

ちょっとした飲食街に出た。馬鹿《ばか》二人は通りに直接『お持ち帰り用』のカウンターを用意している店を全て無視して、大型のスーパーマーケットに入る。柔《やわ》らかめのフランスパンと厚切りのサーモンの切り身、サラダをいくつかに、アンチョビ、馬肉のランチョンミート、オリーブの缶詰《かんづめ》などなど。それらを適当にカゴにぶち込んでいく。

ラインナップを見て、クウェンサーはうんざりしたように言った。

「手作りホットドッグパーティ？」

「『島国』のトーフで作ったソーセージだとよ。これなら不味《まず》くなっても自分で選んで具材を詰めた本人の責任にしちまえる。上官の無茶ぶりをサラリとかわす生活の知恵ってヤツさ」

「あと何でそんなじっくり観察してんの？　鮮度なんて賞味期限の数字見れば分かる事だろ」

「馬鹿野郎。ロストエンゼルスは山の方にある変電施設《しせつ》がおんぼろなせいで、割とちょくちょく電気が落ちちまうんだ。冷蔵庫がきちんと機能してなけりゃ、パック詰めのまま腐ってやがる場合だって珍しくねえ」

レジ係はバイトのお姉ちゃんのようだったが、社員教育はしっかりしているらしくカウンターにはポンプアクション式のショットガンが無造作に立てかけてあった。早速《さっそく》金玉が縮むビジョンだ。そして手慣れた感じのヘイヴィアが差し出した紙幣《しへい》は『信心組織』のもの。クウェンサーから見ると現実味がないというか、どうにもオモチャっぽい。

二人して両手で袋を提《さ》げ、自動ドアを潜《くぐ》って外へ。

「ヘイヴィアさ、車運転できなかったっけ？」

「そんなもん持ちたかねえよ。この街じゃ車は駐車場でガラス割るか信号待ちのヤツに飛び乗って手に入れるものなんだぜ。ルームシェアの三人でカノジョを共有するようなもんだ、気持ち悪《わる》りい」

道路を渡るため、右に左に行き交う車や《ピザ屋のバイト》のスクーターなんかの列が途切れるのを待ちながらヘイヴィアはそんな風に吐《は》き捨てた。

クウェンサーは手の甲で額の汗を拭《ぬぐ》いつつ、

「しっかし、こんな事になるなんてなあ……」

「ああ、今回の件はどう考えたってテメェが引き金引いたんだろうよ。暇潰《ひまつぶ》しのディスカッションだって真面目《まじめ》に取り組めって事さ。テメェにとっては冗談《じょうだん》でも、『上』が本気にしちまう事だってあるんだからな」

「けどさあ……」

なおもクウェンサーが文句を言おうとした時だった。

ドガッ‼　と。

いきなり、彼らの目の前を通過しようとした《ホットドッグ屋台》のバンが爆発炎上《ばくはつえんじょう》した。

爆炎《ばくえん》と衝撃波《しょうげきは》。鋼《はがね》の塊《かたまり》が真上へ跳ねるように浮かび上がる。そのまま道路の流れを外れてゴロゴロと転がる。

「……ッ、……⁉」

その時、クウェンサーはへたり込んで口をぱくぱくと動かしていた。

自動車爆弾《ばくだん》。

一瞬《いっしゅん》、そう考えた少年だったが、即座《そくざ》に違うと思い直した。

道路の反対側からこちらに向けて、何か細長い煙のようなものが残留している。一直線にその流れを目で追い駆《か》けていくと、二〇〇メートルくらい離れた場所に黒塗《くろぬ》りのSUVが停めてあり、その後部の窓から何者かが身を乗り出している。

そいつが何か、大きな筒《つつ》のようなものを放り捨てていた。

「ロケット⁉」

「分かってんなら身を隠せ！　ほら、こっちだ!!」

ヘイヴィアは早々に食料品の詰まったスーパーの袋を放棄し、代わりにクウェンサーの首根っこを摑《つか》んで今も炎上するキッチンカーの陰《かげ》へと引きずり込む。

「今時のギャングっていうのは『安全国』であんなものまで撃《う》ち込んでくるのか⁉」

「ロストエンゼルスじゃ海鳥の糞《ふん》みてえなもんだ」

「ヅラ飛ばしといいギャングの抗争といい、初日から何なんだよ。ビーチのトップレス率が世界一って聞いていたからやってきたのにおっさんばっかりだ!!」

「何言ってんだ馬鹿《ばか》、ありゃ俺らを狙《ねら》った砲撃《ほうげき》だよ！　あと世界一はトップレスじゃなくて乳首にピアス空けてる率だ、ドン引きだっつの！　それよりクウェンサー、テメェは双眼鏡《そうがんきょう》でスナイパーがいねえか探せ。俺は目で見て分かる敵からぶち抜いていくから!!」

「え？」

ギョッとしてクウェンサーが振り返ると、ヘイヴィアは肩紐《かたひも》一本で担いでいたバックパックへ手を突っ込んでいた。

中から出てきたのは、サプレッサーのついたサブマシンガン。銃器《じゅうき》本体よりも消音器の方が大きく見えるほどの、超小型フルオート火器だ。

「え？」

学生は炎上するキッチンカーの陰で初弾《しょだん》を装填《そうてん》するヘイヴィアと、ショットガンを手にこちらへ接近してくる五、六人のチンピラを交互に見る。

不良兵士は一秒も躊躇《ためら》わなかった。

シュコココ‼　シュコン‼　とくぐもった短い連射が立て続けに市民を射殺する。あっちこっちに死体が転がる。


「えええええええええええええええええええええええええっっっ⁉」

「さっきっからうるせえな⁉　襲撃《しゅうげき》されてんのはこっちなんだ。撃《う》ち返さなくちゃ殺される。応戦して何が悪いってんだ‼」

「ちょ、おい、待っ、ヘイヴィア！　ここは『安全国』だぞ⁉　いくら地元のギャングって言ったって、あれ分類上は民間……」

「馬鹿《ばか》かテメェは⁉　善良な市民なんかどこにいるんだ‼」

悪友は訳の分からない事を叫《さけ》んでいた。

叫びながらも的確に連射を続け、さらに街中で何人か殺害している。

「良いかクソ野郎、この街には大きく分けて四つの『組織』がひしめいてやがる。だけどこいつは全部表向きの話だ」

言いながら、ヘイヴィアはマガジンを交換し、

「実際にゃあ『正統王国』『情報同盟』『資本企業』『信心組織』……そうした世界的勢力の諜《ちょう》報《ほう》部門が隠《かく》れ蓑《みの》にしてやがるのさ。目的は『信心組織』のオブジェクト建造・整備施設《しせつ》。国家機密を盗《ぬす》んだり壊したり、まあ色々やってるって寸法だ。俺らだって表向きは一般人、裏の顔はギャングのアズールハイヴ、でもって裏の裏が『正統王国』軍ってくりなんだよ」

「冗談《じょうだん》だろ……」

「嘘《うそ》なもんか。あんまりヤバいから地元の人間はみんなよそに移っちまった。ここは『安全国』だが同時に最前線だ。何で街の形を保ってんのか不思議でならねえくらいにな！」

ジャコン！　と再び初弾《しょだん》を装填《そうてん》し、

「今じゃもう胡散臭《うさんくさ》い履歴書を捏造《ねつぞう》した軍関係者で埋め尽《つ》くされてやがる。残りはよその街で生きていけなくなった手配犯とか何とか、まあ色々だ。つまり半分は軍人で半分は亡命者。でもって、食う側と食われる側なんざ一目見りゃはっきり分かる。さっきのスーパーのレジ係の姉ちゃんとか、この《ホットドッグ屋台》のキッチンカーだってそう！　こいつは巨大な違法無線ルーターを抱えて手当たり次第に端末《たんまつ》情報を盗む工作員だよ‼」

「いや待て、『信心組織』軍って何だ⁉　ここはあいつらのホームだろ⁉」

「まともな方法じゃ撃退《げきたい》できねえ連中にご退場願うため、向こうも向こうで汚い手に頼らなくっちゃならねえんだ。そんな訳で、俺らが今かち合ってんのだって軍服脱いだ『情報同盟』の兵隊だ。向こうが本気なのにこっちが遠慮する理由がどこにあるってんだよ！」

別の場所でクラクションが鳴り響《ひび》いた。

交差点に進入した乗用車を横から吹き飛ばすような格好で、巨大なトレーラーが横断する。道の流れ全体を寸断させる形で停車すると、後部のコンテナ全体が宝箱のように真上へ開いていく。

中から出てきたものを見て、ヘイヴィアは呻《うめ》くように言った。

「ああ、駄目《だめ》だ……」

複合装甲の塊《かたまり》。サイズはざっと一〇から一五メートル。まるでベッドから起き上がるように上体を起こした『それ』は、明確な兵器でありながら人のシルエットを意図的に保持されていた。

「逃げるぞ、この火力じゃどうしようもねえ！　つーかあれ、ほんとにパワードスーツって分類で良いのか⁉」

「兵器ショーに出品されてたゲテモノ枠《わく》！　ほら、月面侵攻戦車とか個人携行《けいこう》ジェットエンジンとか、ああいうの税金で作って遊んでいる連中いるじゃん！　あれだよ‼」

「何にしたって起動準備が終わったら地獄《じごく》の鬼ごっこだ。あのマッチョが自前の棺桶《かんおけ》から這《は》い出てくる前に離れるぞ。じゃねえと素人《しろうと》同然の闇賭博《やみとばく》で何分保つかってネタにされちまう！ついてこい‼」

今も無数の弾丸《だんがん》が飛び交う中、クウェンサーはヘイヴィアの指示に従って身を低くしたまま走り出す。

ヘイヴィアは明らかに携帯電話とは違う、もっとゴツい無線機を使ってどこかと連絡を取っていた。

「こちらブルー05、現在クリムゾンパーティの連中と交戦中。ああ、ご存知の通り『情報同盟』の隠《かく》れ蓑《みの》だ！　火力不足でどうにもならねえ、振り切るから盗《ぬす》める車と逃走ルートの検索《けんさく》を!!」

『ならちょうど良い』

応じたのは上官のミリア＝ニューバーグのようだった。

『そいつらを引き連れたまま、パイン通りを突っ切ってマンゴースクエアまで向かってくれ。一〇分以内に到着できればマスタードカウボーイ……つまり「資本企業」の輸送団とかち合う。両軍をぶつければ君達が逃げ切るチャンスは増えるし、「資本企業」には「あれ」を盗まれたままだ。あいつらを叩《たた》かない事には本来の作戦行動を続行できない。やってくれるな？』

「ああもう！　盗める車は!?」

『その信号待ちの先頭。大型バイクに乗っているのは「情報同盟」の足止め役だ』

シュココン!!　というくぐもった短い銃声《じゅうせい》が連続した。

足を撃《う》たれて路上に転がるライダーを無視してヘイヴィアは大型バイクを両手で起こした。

割と目に入る範囲《はんい》にミニスカートの《女性警察官》がいるのだが、何故《なぜ》だかこちらから全力で目を逸《そ》らしているように見える。

「重てえな……くそっ!! 急げクウェンサー！ さっさとしねえとあのデカブツに追い着かれる!!」

「雰囲気《ふんいき》が世紀末だよ!!」

クウェンサーは泣き言を叫びながらバイクの後ろへ飛び乗る。

二人乗りのまま、アスファルトにタイヤのゴムを擦《こす》りつけるような格好で大型バイクは急発進していく。あっという間に景色が流れる。

「俺はバイクに集中する。クウェンサー、銃《じゅう》はテメェが預かれ！」

「『学生』にできると思ってる？ しかもこんな不安定な体勢で身をひねって！」

グォン!! という化け物が唸《うな》るような排気音がいくつも追い駆《か》けてきた。クウェンサーが身をひねって後ろを確認すると、どう考えても防弾《ぼうだん》仕様の黒塗《くろぬ》りSUVが車線を無視して何台も迫《せま》ってきている。小高い丘を越えるたびにバインバイン跳ねている。

その分厚い窓が開いて、カービン銃を抱えた男が身を乗り出してくる。

「ちくしょう！ 曲がるぞ、次の交差点を左だ!! 体傾《かたむ》けろ!!」

「何で!? マンゴースクエアなら真っ直ぐ進んだ方が近道……!!」

「そっちにゃ国際劇場があるんだよ、クリムゾンパーティの資金源でセレブの乱交祭りの会場だ！ おんぼろモーテルみてえな隠れ家と資金源は全く違う、見張り小屋と大規模な要塞《ようさい》くらいにな‼　指で触れただけで蜂《はち》の巣にされちまう‼」

ヘイヴィアは叫びながら十字路を勢い良く曲がる。反応の遅れたクウェンサーが体を傾けるのに手間取ったため、危《あや》うくそのまますっ転ぶところだった。追跡者の一台が交差点に突入した一般車と激突《げきとつ》、スピンし、電柱によじ登って作業していた《高所作業員》を柱ごと吹っ飛ばしそうになる。

「クウェンサー！　銃が使えねえならさっきの携帯《けいたい》電話出せ！　構えろ‼」

「それでどうしろっていうんだ⁉　SNSにでも画像を上げるのか⁉」

「『#一〇九』のアプリを起動、後は指示の通りにシャッターボタンを押せば良い。そしたら機械が全部やってくれる‼」

訳が分からないまま、クウェンサーはとにかく指示に従った。

右に左に体を揺《ゆ》さぶられたまま、画面の中央に追跡者の防弾SUVの一台を合わせ、シャッターボタンを押す。

別に携帯電話から得体のしれない殺人電波やレーザービームが発射される事はなかった。

代わりに天空から空対地ミサイルが一直線に降り注いだが。

ドカッッッ‼‼‼　という爆音《ばくおん》と共に、分厚い四駆《よんく》が真上へ跳ね上がった。ゴロゴロと転がる廃車がさらに後続を巻き込んでいく。

クウェンサーは絶叫《ぜっきょう》した。

「何だありゃあ!?」

「上を見ろよ、UAV『ショートボウ』だ！　テメェのケータイは空飛ぶ無人機のミサイル照準とリンクしてんだ。良く狙《ねら》って撃《う》てよ。そいつは間違った命令でも躾《しつけ》されたメイドみてえに従っちまうからな！」

吹き飛ばされた味方の車を迂回《うかい》して、なお複数の防弾SUVが勢い良くこちらへ迫《せま》ってくる。が、ここでヘイヴィアは金属製の案内板の方へチラリと目をやった。

そこにはこうある。

マンゴースクエア。

「ハハッ、来やがった!!」

銀行の裏手に繋《つな》がる細い道から、窓を全て金属プレートで塞《ふさ》がれたバンが三台ほど、縦に並んでこちらの大通りへ合流してくるのが見えた。

「誰がどう見たって現金輸送車と護衛チームに見えるけど!?」

「そしてギャングに化けた『資本企業』が運営してやがる系列店のな。ついでに俺らから『あれ』を盗んだクソ野郎でもある。しっかり摑《つか》まれよ、連中を巻き込むぞ!!」

「あーあ、今日も世界時計の針はガリガリ進んでいるようで何よりだよ!!」

「悪党を殺せば人類の寿命だってちっとは延びるだろうぜ！」

さらにスロットルを開いて、一気に大型バイクで車列に距離を詰めていくヘイヴィア。

向こうもすぐに反応した。

先を走る『資本企業』の三台のバンの内、最後尾の車の尻《しり》にある両開きの扉が大きく開け放たれた。

その先に待っていたのは、

「くそっ!!　またもやパワードスーツかよ⁉」

複合装甲の人型が膝《ひざ》を立てて座り込むような格好で、スペースいっぱいに詰め込まれていた。

そいつは鋼《はがね》の槍《やり》に似た機関砲《きかんほう》を両足の間に通し、真っ直ぐに構えていた。

「ロボットのM字開脚とか笑えねえな！　何狙《ねら》いだ⁉」

ヘイヴィアは舌打ちし、慌《あわ》ててハンドルを切る。対向車線まで大きく飛び出し、距離ではなく横方向への『角度』を開いて死角へと潜《もぐ》り込む。

直後に、発砲《はっぽう》があった。

ドガドガドガドガドガッッッ!!!!!!　というあまりにも太い爆音《ばくおん》が連続する。背後から追いすがる『情報同盟』側、防弾仕様の黒塗りSUVがアスファルトの地面と一緒に紙箱のように穴だらけにされていく。もはやそこには悲鳴も絶叫もなかった。ただ爆炎と黒煙だけが道路を塞いでいく。

バックミラーで汚《よご》れた墓標を眺めながらヘイヴィアが吐《は》き捨てる。

「もう全滅《ぜんめつ》しやがって、使えねえヤツらだ!!」

『分かっていると思うが、我々の本来の標的は「資本企業」だ。その現金輸送車を潰《つぶ》さない限り、「あれ」を盗《ぬす》まれたままの我々は作戦続行の糸口を失うぞ』

天空の無人機から観察しているのか、ミリア＝ニューバーグが無線を通して冷徹《れいてつ》に告げた。

『それから、あまりもたつくと大フェンス……立入禁止区域に阻《はば》まれるぞ。南端の岬《みさき》はオブジェクトの建造・整備施設《しせつ》で、そこから三キロ北は一面二重フェンスと機銃《きじゅう》つきの監視塔《かんしとう》が並んでいる。近づいても良い事は何もないぞ。早くケリをつけろ』

ヘイヴィアは舌打ちして、

「だとさ！　おい学生、さっさと頭上の『ショートボウ』に命令飛ばして護衛の連中吹っ飛ばせ!!」

「……ケータイのアンテナ表示がいきなり死んだんだけど、これってまだ使えるの？」

「今度はジャミングかよ!!」

対向車線でこちらに向けて矢のように突っ込んでくる乗用車を蛇行《だこう》しながらヘイヴィアはかわしていく。

基本的に相手は窓のないバンの最後尾の扉を開けて、車内を縦に貫《つらぬ》くように配置した機関砲《きかんほう》でこちらを狙《ねら》っている。普通の砲台と違って砲身をぐるりと回す事はできないが、バン全体の尻《しり》を振り回すように動かされた場合、射線に入ってしまう可能性もゼロではない。

このままではじり貧だ。

いつまでも射線から逃げられないし、そればかりに集中していては大型バイクが無関係な車に突っ込みかねない。

とっさにクウェンサーは叫んだ。

「元の車線に戻れ！　右側からバンに寄せるんだ！」

「馬鹿《ばか》野郎!!　射線に入った途端《とたん》バラバラにされちまうぞ!!」

「良いからっ、次のカーブに差し掛かる前に!!　それが最初で最後のチャンスだ!!」

ヘイヴィアは舌打ちした。

半ばヤケクソ気味に指示に従う。

当然のように、射線に入った途端にバンの中に詰め込まれていたパワードスーツが応じた。

生身の人間では押さえ込む事のできない強大な反動ものともせず、三〇ミリの砲弾《ほうだん》を恐るべき速度で吐き出していく。

が、

「……なん、だ？」

ギャリッ！　という鋭い音が響《ひび》き渡った。

バンのタイヤが横滑《よこすべ》りする音だ、とヘイヴィアが気づいた時には、すでに取り返しのつかない事になっていた。ギャギャギャガリガリ‼　と完全にバランスを失ったバンが真横に転がる。金属がひしゃげてガラスが割れる音が連続する。

「ただでさえ、とことん反動の馬鹿《ばか》デカい機関砲《きかんほう》を連射しているんだ。おまけにパワードスーツのせいで重心も傾《かたむ》いている。急カーブの最中に撃《う》たせれば勝手に転ぶって寸法さ！」

「それよりっ、危ねえ！　こっちに来やがるぜ‼」

ギリギリの所で大型バイクは迫《せま》りくるバンをかわし、なおも逃げ続ける現金輸送車へと向かっていく。

クウェンサーは携帯《けいたい》電話へ目をやった。

アンテナの表示が回復している。先ほどのジャミングも最後尾のバンが行っていたらしい。

回復直後に学生は携帯電話を構えた。

三秒後、正確に天空から空対地ミサイルが落ちてきた。

落雷に撃たれた大木のように、先頭の護衛車両が真っ二つに裂《さ》ける。

爆発炎上《ばくはつ》する護衛車両に本命の現金輸送車が激突《げきとつ》し、制御を失う。そのまま歩道に突っ込み、信号機の柱へと激突し、バンパーどころか運転席までVの字に歪《ゆが》ませてしまう。

ドドンドドン！　と荒々しい排気音を吐《は》き出す大型バイクをぐるりと回し、ヘイヴィアは運転席を覗《のぞ》き込むような位置取りで地面に足を着けた。

サブマシンガンを片手で構え、運転席に向けて容赦《ようしゃ》なく連射する。

あっという間にフロントガラス全体が真っ白な亀裂《きれつ》で埋まってしまうが、鉛弾《なまりだま》が貫通《かんつう》しているような気配もない。

だがこれで良い。

ヘイヴィアは防弾《ぼうだん》ガラスの向こうにいる何者かに伝えるため、大声を張り上げてこう告げた。

「早く降りろ!!　俺らはプロだ！　勝てない勝負と分かったら大人しくしやがれ！」

「……ヘイヴィア、これからどうするの？」

「あいつらは『資本企業』だ。連中が一番嫌《いや》がる事をやる」

ヘイヴィアはそう呟《つぶや》いた後、

「積んでいる金は全部、輸送車ごとミサイルで吹っ飛ばす！　マスタードカウボーイの元締めにはこう伝えな。『あれ』が無傷で返ってこねえ限り、俺らは何度でも同じ事をする。次は高級車を片《かた》っ端《ぱし》からレッカーしてやろうか？　それとも自慢《じまん》のゴルフ場を農薬漬《づ》けにされる方がお好みか？　ちょっとした小遣い稼ぎ感覚で俺らの仕事に横槍《よこやり》入れたのが運の尽《つ》きだったな、ってな！　一字一句間違えるんじゃねえぞ!!」

それを聞いていたクウェンサーはそっと息を吐いた。

そして内緒話をした。

「(……全部燃やすんだったら札束の一つ二つ抜き取っておいてもバレないんじゃない？)」

「(……織り込み済みだ。ただし欲張るなよ、あんまり服の下に詰め込むと不自然な防弾ジャケットみたいになっちまうぜ)」

3

ロストエンゼルスの地価が爆発的に跳ね上がっている箇所《かしょ》は二つある。西と東。片方はどこの家にも必ずジャグジーと主治医がついている超高級住宅街で、もう片方は鏡張りのように磨かれた超高層ビル群だ。

マスタードカウボーイ……つまり『資本企業』の活動拠点《きよてん》は超高層ビル群の方にあった。四〇階建てのツインタワーの片方、その屋上一面がプールになっていて、そこでは年中無休でハードロックと水着の美女がひしめいている。誰がどれだけ節約を心掛けても、こういう連中がいる限り『タンクの底の穴』は塞《ふさ》がらない訳だ。世界時計の提唱者はきっと泣いている。

塩素臭《くさ》い水の中で両脇《りようわき》に商売女を従えたひげ面《づら》の男が、『禁欲』という張り紙でも貼《は》り付けてそうな男の部下からの報告を受けていた。

ジョージ＝コーラル。

水着どころか素《す》っ裸《ぱだか》に純金のネックレスだけ身に着けた男の無防備さは、同時に彼の『力』の強さも意味していた。何かを盾《たて》にしたり、居場所を隠《かく》す必要がない。葉巻を咥《くわ》えて近場の警察署に一万発ほど鉛弾《なまりだま》を撃ち込んでもサイレン一つ鳴り響《ひび》かない。そういう仕組みを作り、そういう仕組みに守られているからこそ、ジョージ＝コーラルは『組織』の王なのだ。

そして。

男は『資本企業』の一員として優れた戦果をあげると同時に、軍の『防壁《ぼうへき》』を熟知して裏道、抜け道を多数作り出している。当然、それは軍にも国にも徴収《ちようしゆう》されない、彼だけのサイドビジネスの収入を隠しておくために、である。

つまり、彼の人生はこのツインタワーと同じだ。

柱は二本ある。その内の片方が傾いた。だが哀しいかな、ツインタワーは片方が崩《くず》れればもう片方も巻き込まれてしまう。

見た目は女の髪《かみ》の匂《にお》いを楽しんでいる風に思えて、その実、うなじの辺りから気持ちの悪い汗を噴き出しているジョージ＝コーラルに対し、あくまでもプールサイドの部下は淡々と告げた。

「『経営陣』はコーラル『支社長』に向けて、適切な説明責任を果たすよう要請《ようせい》してきております。単に今回の……『レンズ』の件だけでなく、そこに至る経緯《けいい》、つまり『支社長』のサイドビジネス全般についての」

「……は、はは」

「銀行、宝石店、画廊、各種の輸送車……。アズールハイヴ、つまり『正統王国』軍からの襲撃《しゆうげき》によって、今回の純損失は四億ドルに届いています。また、先方からは『今後ともよろしく』という電報もいただいております。どのようにケリをつけるのか、『経営陣』は非常に興味を抱《いだ》いていらっしゃるそうで」

「ビジネスには、表も裏もねえ。俺は、皆《みな》が行う活動に必要な費用を自力で捻出《ねんしゅつ》していただけだ。それはテメエも分かっていただろうが」

「回答を」

「……仮に、もしもの話だがよ。支払い能力がないと分かれば、俺はどうなっちまう？」

プールサイドの部下はすぐに答えなかった。

代わりに、水の中で戯《たわむ》れていた水着の美女達が一斉《いっせい》に、無言でジョージ＝コーラルをひたりと見据《みす》えていた。

『資本企業』には、とてもとても嫌《いや》な言葉がある。

働かざる者食うべからず。

金の切れ目が縁《えん》の切れ目。

地上四〇階分のやけに冷たいビル風が、ひげ面《づら》の男の肌から体温を奪《うば》う。

今、この時だけ。

彼を守ってきた街のシステムのスイッチが切られている。

ようやく『状況』が見えてきた『支社長』に、部下の男は時間を置いてこう告げた。

「飛び降り自殺の新聞記事と『レンズ』の返還をもって、先方のアズールハイヴへ誠意の証《あかし》を示す。『本国』での臨時株主総会では、そういう過激な意見も出ているようですが？」

4

その日の夕方には、懸案事項《けんあんじこう》となっていた『あれ』が無事に返還されてきた。

バスタブよりも巨大な木箱の中。たくさんの緩衝材《かんしょうざい》で保護されていた『あれ』を、クウェンサーはモーテルの駐車場に停めてあるトラックの荷台の中で覗《のぞ》き込んでいた。

材質は強化ガラス。

厚さは平均二五センチ、直径は二〇〇センチ。

「……これでようやく本線に戻れるな」

上はビキニのトップス、下はぶかぶかのカーゴパンツを穿《は》いた上官のミリア＝ニューバーグが満足そうに呟《つぶや》いた。

（昼飯の買い出しに失敗して危《あや》うくブービー君というあだ名をつけられそうになった）クウェンサーはうんざりした調子で、

「ほんとにやるんですね」

「君が提出した仮案《かりあん》だったとフローレイティア＝カピストラーノ少佐からは承《うけたまわ》っているが？」

「あくまで机上《きじょう》の空論、暇潰《ひまつぶ》しのディスカッションですってば！　まさか現実の作戦行動に組み込まれるなんて思ってもいませんでした！　だとしたらもっと色仕掛《いろじか》け満載《まんさい》の楽しいレポートを書いていたし!!」

「まあ、まあ。前代未聞《ぜんだいみもん》で胸が躍《おど》る作戦というのには変わりないだろう。私も諜報《ちょうほう》に入って長いが、こんなスパイ映画みたいな仕事は滅多《めった》にお目にかかれないしな」

笑いながら、ミリアはノート大のタブレット端末《たんまつ》を木箱の縁《ふち》に置いた。

そこには彼らがこれまで撮影してきた膨大な画像資料が重ねて表示してあった。

そのどれもこれもが、最新軍事技術の塊《かたまり》だった。

核にも耐《た》える装甲。

極限の動力炉《ろ》と、そのエネルギーを破壊力に転化する巨大極《きわ》まる主砲《しゅほう》。

戦争の代名詞。

『正統王国』軍がつけた敵性コードネームは『コレクティブファーミング』。

『信心組織』軍の正式名称《めいしょう》は『サラスバティ』。

「……今、建造・整備施設《しせつ》でメンテナンスを受けている、連中の第二世代ですよね」

「単純な戦闘《せんとう》能力の他に、主に砂漠地帯での大規模農地開拓《かいたく》技術を持った特殊《とくしゅ》な機体だ。地球全体の惑星環境を改造する『リ・テラ』計画の一環だな。環境再生と言えばお涙頂戴《ちょうだい》だが、実質的には生態環境全体に対する侵略兵器だ。砂漠にだって固有種は生きているのに、こいつはそれを無視して自分のプランテーションに染め上げる。我々としては非常に面白《おもしろ》くない。特にジャガイモやトウモロコシの生産基地が広がったら最悪だ。表向きは食料対策だから止められず、実際にはバイオ燃料に化けて石油価格に揺さぶりをかけてくる」

だから、とミリアは笑った。

妙《みょう》に子供っぽい、悪戯《いたずら》めいた光を瞳に宿しながら。

「こいつを待ち伏せして撃沈《げきちん》するだけじゃつまらない。『無傷のままかっぱらってテクノロジーを奪ってやろう』という君のアイデアを聞かされた時はド胆《ぎも》を抜かされた。退屈な監視と傍受《ぼうじゅ》ばかりで飽《あ》き飽きしていたんだ。せっかくのご馳走《ちそう》パーティだ、私達も混ぜてくれよ、学生君？」

つまりは、こういう話だった。

全長五〇メートル。

総重量二〇万トン。

街のどこにあったって威容《いよう》が覗《のぞ》けそうなその怪物兵器を。

傷を一つもつけず。

二〇〇万都市の誰にも気づかせず。

密《ひそ》やかに、そして大胆に。クウェンサー達は盗み出すと言っているのだ。

5

午後八時。

夜になってもちっとも涼《すず》しくならず、ただ熱帯夜になっただけのロストエンゼルスだったが、中でも薄汚《うすよご》れたモーテルの中は異様な熱気に包まれていた。冷媒《れいばい》がへたってかび臭《くさ》いエアコンが駄目《だめ》になるのではと心配するくらいにだ。

「条件を確認するぞ」

ミリア＝ニューバーグはビキニ中央のブリッジのような紐《ひも》に人差し指を引っ掛《か》けながら、そんな風に切り出した。

「我々の標的は『信心組織』の第二世代、『コレクティブファーミング』。今回はこいつを撃破《げきは》するのではなく、テクノロジー奪取《だっしゅ》のため無傷で盗《ぬす》み出す」

「あの」

クウェンサーは片手を挙げて発言した。

「何度も言いますけど、あれはあくまで机上《きじょう》の空論なんです。その、本当に必要な条件は全部整っているんですか？」

「心配ない。このロストエンゼルスはオブジェクトの建造・整備を行う大規模施設《しせつ》が心臓部になっている。そいつは街の南端の岬《みさき》にあって、そこから北へ三キロは大フェンスと呼ばれる二重フェンスと機銃《きじゅう》つきの監視塔《かんしとう》に守られた立入禁止区域だ。……つまりレポートの通りだよ。ここは二〇〇万都市だが、目撃者《もくげきしゃ》の視線はみんな同じ方を向いている、北から南へな。問題なく行けそうだ」

「地域住人……いや、各国のスパイ達なんでしたっけ。そいつらはともかくとして、『信心組織』の基地警備の人間や監視カメラ群は？　いいや、それを言ったら無人機や軍事衛星だって……」

「その点も心配ねえよ」

　と言ったのはヘイヴィアだった。

「プタナ＝ハイボール。向こうの操縦士エリートは極端《きょくたん》な視線恐怖症《しせんきょうふしょう》で、どんな目線もカメラも一発で見抜いちまう。一見無敵に見えるがデメリットもデカい。精神面のチューニングする時はオブジェクトの中で『瞑想《めいそう》』するって話だろ、あらゆる警備や監視を遠ざけて。俺らが何もしなくたって、『瞑想』のスケジュールさえ傍受できりゃあ後は勝手に人払いをしてくれんだ」

「……でも、それはオブジェクト自体の高感度センサー群が代わりを務めるからだろ？　迂闊《うかつ》に近づけば『コレクティブファーミング』に撃ち抜かれるのは変わらない」

「そのためのミスターマヨネーズだ」

　ミリア＝ニューバーグはビキニの紐に引っ掛けた人差し指をぐいぐい下ろしながら言う。

「国営工場の責任者。ヤツの生体情報を使って『信心組織』のシステムに潜《もぐ》り込む。機体メンテ用のポートが開いている今なら、そのまま『コレクティブファーミング』のコックピット画面を書き換えられる。センサーが異常を検知しても、操縦士エリートまで伝わらなければ良いのさ」

「逆に言うと、ここを逃がすと後はねえ。操縦士エリートの『瞑想《めいそう》』は数日スパンだし、次を待っている前に『コレクティブファーミング』のメンテは終わって別の戦場に向かっちまう。やるなら今しかねえんだ」

「海の状況《じょうきょう》は……？　あと、そう、灯台の方は……？」

クウェンサーがしつこく確認を求めると、ミリアは律儀に答えてくれた。

発案者に敬意《けいい》を表しているのもあるし、発案者の頭の中にあるものと自分達の計画に齟齬《そご》がないか確かめて安心したいという心理状態でもあるのだろう。

「南端の岬《みさき》から三キロほど海を渡った所に、灯台以外は何もない小島がある。制圧するのは簡単だった。現場では、何でこんなので撃破《げきは》ボーナスが出たのか首を傾《かし》げていたようだったがね」

「気象図はどうなっています？　霧《きり》はちゃんと出ていますか」

「外に出てみれば分かるさ。ロストエンゼルスは夜になるとほとんど毎晩深い霧に包まれる。気候的な問題だが、おかげで日没を過ぎると変態《へんたい》と怪人《かいじん》の街に早変わりだ。長いこと身分を偽《いつわ》って敵地に閉じこもっていると、スパイだって世界の全部が嫌《いや》になる時があるんだろう。だからって素《す》っ裸《ぱだか》にコートだけ羽織《はお》って夜の街へ飛び出していくのはどうかと思うが」

「模型は？」

こちらには、ヘイヴィアが横から口を挟《はさ》んだ。

「流行《はや》りの３Ｄプリンタに感謝ってトコだな」

「停電」

「いくつか方法はあるが、どれもバレることたねえよ。元々、山の方にある変電設備がおんぼろなせいで、猛暑日《もうしょび》はしょっちゅう電気が落ちちまうからな」

「となると後は……船と、光源と、レンズか」

「全部揃《そろ》えたろ。最後の最後のレンズに関しちゃ俺ら自身が体を張ったじゃねえか」

クウェンサーはしばし黙り、頭の中で組み立てた『仮案』をもう一度思い浮かべる。

足りないものはないか。

このまま進めても大丈夫か。

考え、そして結論付けた。

「参ったな。反対する理由がなくなったぞ……」

「では、机上《きじょう》の空論を現実のものにするか」

パン！　とミリア＝ニューバーグは開いた掌《てのひら》へ自分の拳《こぶし》を叩《たた》き込みながら笑う。

「子供の頃からポップコーン片手に憧《あこが》れ続けたスパイアクションだ。いっそタキシードでも用意してくるべきだったかな」

6

プタナ＝ハイボール。

年齢一五歳、女性。褐色《かっしょく》の肌に、長い黒髪《くろかみ》は頭の後ろで束ねてまとめている。

『信心組織』軍の第二世代オブジェクト『サラスバティ』専属の操縦士エリートである彼女は、やはりその全身をある種独特の特殊《とくしゅ》スーツで包んでいた。首の上から爪先《つまさき》までぴっちりとした、緑を基調としたスーツ。頭に乗せた帽子《ぼうし》やミニスカートのような意匠《いしょう》から、どこかナース服を連想させるものになっている。

それはオブジェクトそのもののコンセプトと言っても良い。

『サラスバティ』は単純な戦略兵器であると同時に、機体前面に装着され、超重量と振動で障害物を破砕《はさい》する岩盤用《がんばんよう》ロードローラー、後面のカルティベーター……つまりいわゆる耕耘機《こううんき》などを利用して、荒地や砂漠を短期間で広範囲にわたって開拓《かいたく》し、長大な水路や大規模農園を造り上げる機能を持つ。

そもそも、語源となったサラスバティは湖の女神にして、知恵の守護者でもある。

人の技術でもって、その生と死の双方を司《つかさど》る巨大機械。

それを操る者。

プタナの特殊スーツがナース服に近似しているのも、そうしたイメージによるものだ。『サラスバティ』は地球という惑星を切り開いて病巣を摘出《てきしゅつ》し、水を通して活力を与える。それをもって人類の繁栄《はんえい》へ結びつける。そういう願いを込めて建造された第二世代だった。

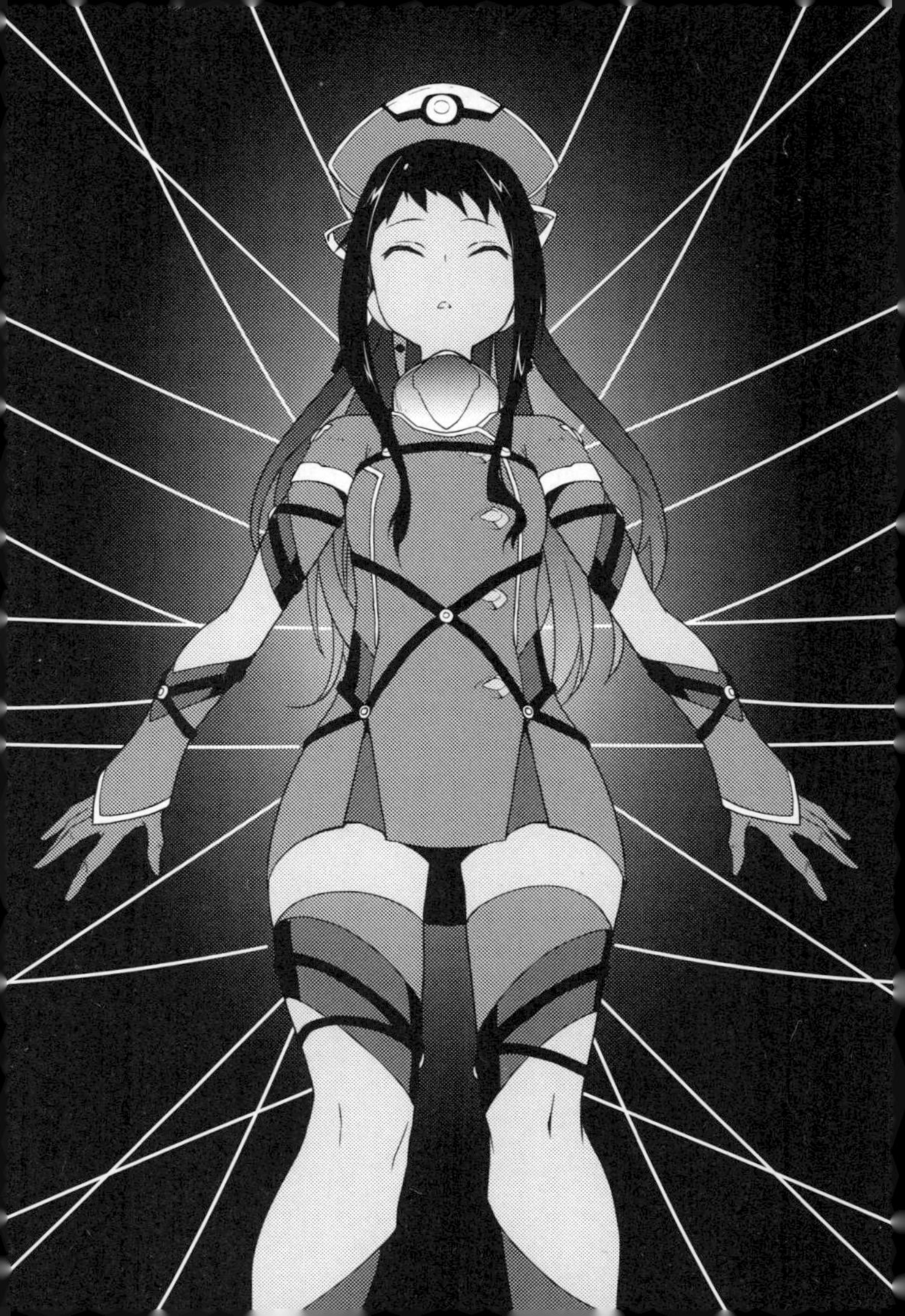

（……）

核兵器にも耐える超大型兵器……言い換えれば岩盤の下に生き埋めにされるよりなお息苦しい密室の中で、プタナ＝ハイボールは『座席』に深く体を沈めていた。

とはいえ、それは美容院や歯科医院にあるような、背もたれが動く椅子《いす》とは大きく異なる。

簡潔に言えば、コックピット各所から伸びた合成繊維《ごうせいせんい》製《せい》のベルトだった。無数のベルトの一つ一つがプタナの特殊スーツに繋《つな》がり、ぴんと張って、重量を分散しつつ彼女を見えない座席に腰《こし》掛《か》けているような格好で宙に浮かばせている。

どうしてそんな回りくどい事をするのか。

理由は単純。

（……）

ゆったりと目を閉じていると、プタナは自分の体の表面をなぞる『視線』を強く意識する。

彼女の周辺では胃カメラのようなチューブが一〇本以上蠢《うごめ》いており、光ファイバーの先端から放たれる赤外線レーザーの光点が常に少女の全身を這《は》い回っていた。

皮膚《ひふ》表面の動きから、血液の流れ、筋肉の緊張、内臓《ないぞう》の動きなどを正確に読み取り、機体の操縦へと結びつけるシステムだ。

この状態では、まだ自分は『サラスバティ』との合一を果たしていない。

プタナ＝ハイボールは静かにそう自己評価を下す。

合一。

人間の神経が機械の隅々《すみずみ》にまで及び、両者の区別がなくなるような感覚。そこまで達した時、プタナの感じる『視線』はコックピット内からくるものではなくなる。機内という概念《がいねん》は頭の中から消し飛び、外の世界に蔓延《はびこ》るありとあらゆる『視線』が一斉《いっせい》に突き刺さってくるのだ。

そこまで達すれば、もう怖いものはない。

人間の眼球も機械のセンサーも、それこそ大空を舞う鳥から地を這う虫の一匹まで、戦場にある全ての『視線』を正確に逆探知する事が可能となる。

……逆に言えば、『サラスバティ』はそこまでの技量を操縦士エリートに要求する、扱《あつか》いの難しい機体でもあった。

考えてみれば当然なのだが、単純な戦略兵器である他に大規模開拓《かいたく》機能を余計に積んでいるのだ。その分のウェイトやエネルギーコストはどうしてもかさんでしまう。

（……）

褐色《かっしょく》の操縦士エリートは、ゆっくりと息を吸って、ひたすら細く細く吐《は》き出していく。

じわじわと、彼女の意識は溶けていく。

自己の存在が完全に消滅した時、彼女は再び荒野の敵を葬り潤《うるお》いと恵みをもたらす女神として産声《うぶごえ》を上げる。

7

　クウェンサーがモーテルから表に出ると、外はまるで汗臭《あせくさ》い運動部の部室みたいな有り様だった。ねっとりとした霧《きり》が髪《かみ》へ絡みつき、うだるような熱帯夜の不快感をさらに上げている。蛍光灯《けいこうとう》や電飾の光は全体的にぼんやりと輪郭《りんかく》を失っていて、悪夢の世界にでも放り込まれたようだ。

　ちなみに上官のミリア＝ニューバーグはこんな事を言っていた。

『南東の商業港で落ち合おう、私達アズールハイヴの資金源だ。大勢で移動すると動きを察知されるかもしれない。各個、自分でアシを見つけて別々のルートを通るように』

　ガコン！　という金具の外れるような音がクウェンサーの意識を現実へ引き戻す。

　見れば、ヘイヴィアは路上駐車してあったツーシーターのスポーツカーの側面に回り、運転席側のドアをこじ開けていた。さらにハンドルの下にあるプラスチックカバーを取り外し、配線をいじくっている。

「早く乗れよクウェンサー」

「嘘《うそ》だろ……。いつの時代の自動車だよ、配線繋《つな》げてエンジン吹かすとか」

「アホか。こりゃ回線ショートさせてイモビライザーの配列を初期化させてんだ。ほら見ろ、これがこの街のルールだ！」

ガォン！　という安っぽいエンジン音と共にヘッドライトが点灯し、激しい光がクウェンサーの目に飛び込んできた。

舌打ちしながら助手席に乗り込むと、運転席のヘイヴィアはGPSカーナビの機材を毟《むし》り取って窓から放り捨てているところだった。

「さっさと行こうぜ。時間は待ってくれねえんだ」

「うわお。……このクウェンサーちゃんが善意の象徴になってる時点で世界が狂ってるよ」

「何言ってやがんだ、車の再利用だってエコだろうがよ。世界時計の針だって巻き戻ってくれるさ」

「ああ、このイカれた街のルールをよそに持ち込まなければ良いけど」

「一応これでも自分ルールは作ってんだぜ。ドアとか鍵《かぎ》とか眺めて、すでに盗まれてる車しか盗まねえ。ナンバーを参考に元の持ち主捜《さが》して、最終的にはこっそり車を送り届ける。ちょっと乱暴なレッカーさ、そりゃカーチェイスとかするからあちこち傷がつくかもしれねえが、それでも感謝の方が大きいって」

そんなこんなで馬鹿《ばか》二人を乗せた盗難車《とうなんしゃ》は霧の街を突っ走っていく。

視界の悪い夜なのに、安全運転を守っている車はほとんどない。というか、信号さえろくに従っている様子がない。歩道を行き交う人々も様々だが、昼間と違って流石《さすが》に水着姿の男女は控え目だった。代わりにカクテルドレスなんだかストリッパーの衣装なんだか良く分からないギンギラの布切れを纏《まと》った女性が多い。

「今すれ違った黒塗り高級車のじいさんが街で一番有名な《宝石豪商》。もちろん盗んだ貴金属をロンダリングしてくれるって意味でのな。ここんとこチョーシに乗ってるから、いつ覆面《ふくめん》どもに襲撃《しゅうげき》されるかって闇賭博《やみとばく》でネタにされてるぜ」

「……、」

「あっちのレッカーは業者のふりして白昼堂々高級車をかっぱらっていく《車泥棒》だ。見かけてもあんまり近づくなよ。あちこちで恨まれてやがるから、いつ流れ弾《だま》に巻き込まれるか分かったもんじゃねえ」

「……、」

パン!! という乾いた炸裂音《さくれつおん》があった。

ビルのバルコニーから等身大のお人形みたいなものが落ちていったような気がしたが、特に誰も騒いでいる様子がない。

「心配すんな、俺らを狙《ねら》った狙撃《そげき》じゃねえよ。ここ最近じゃ夜の街の屋上に正体不明の《スナイパー》が出るって話も珍《めずら》しくなくなったしな」

いちいちツッコミを入れていくのが疲《つか》れそうになる光景だった。

際立った有名人の他にも、その辺を歩いている普通のじいさんばあさんが銃《じゅう》をぶら提げている。見ているだけで魂を削《けず》られそうだ。元の『戦争国』が懐かしいと思える精神状態だが、きっと自分の方がまともだろうとクウェンサーは結論付ける。

と、ダッシュボードの上に放り出していた無線機からミリア＝ニューバーグの声が飛んできた。

『山岳《さんがく》地帯の別働隊から連絡が入った。停電まで三〇秒。信号や踏切に差し掛かる場合は気をつけろ。事前に路肩に停めておいた方が安全ではある』

ばづんっ!! と、低い音の唸《うな》りと同時にロストエンゼルス全域が一瞬《いっしゅん》で映画館よりも暗い闇に包まれてしまった。車のヘッドライトはあっても、やはり混乱はゼロではない。

あちらこちらで金属がひしゃげてガラスが割れる音が連続するが、ヘイヴィアはそれらの隙《すき》間《ま》を縫《ぬ》うように片手一本でハンドルを捌《さば》いていく。

『回復まで平均一五秒。腐っても軍事支援を受ける街だ、セキュリティが切れている今だからと、欲を張って路上のATMをぶっ壊そうなんて考えるなよ』

宣言通りだった。

落ちるのは早いが回復するのも早い。

一斉《いっせい》に街中の照明が回復し、ドライバー達の目をかえって晦《くら》ませる。

交差点に差し掛かり、すんでの所で大型バスに吹き飛ばされそうになりながら、ヘイヴィアは陽気にクラクションを叩《たた》きまくって道を曲がっていく。

後は道なりに進めば夜の埠頭《ふとう》へ一直線だ。

「『信心組織』軍は？」

『オブジェクトも人間も、目立った動きはない。こちらの思惑には気づいていないようだ』

「第一ステップは成功、か」

『ここから先が本番だがな。早く港に来いよ』

8

その停電の瞬間《しゅんかん》に、クローバーズと呼ばれる『信心組織』軍の兵士達も立ち会っていた。

本来なら海軍系のエキスパートなのだが、こうして港湾《こうわん》警備に回されている辺りに、オブジェクト依存の影が見え隠れしている。彼らは遠い『島国』の様式を参考にしているようで、通称についても身に纏《まと》う『白詰襟《しろつめえり》』と『白詰草』をかけたものであるらしい。

彼らは本来、街の最南端にあるオブジェクトの建造・整備用施設《しせつ》を警備する立場だが、今は『サラスバティ』側からの要請を受け、その全員が三キロ北にある大フェンスの外側にまで締《し》め出されていた。

何も海軍系クローバーズに限った話ではない。

あちこちを見回せば、大フェンスの近くにある喫茶《きっさ》店《てん》やドーナツショップには白衣や作業服を着た男女が大勢詰めていた。操縦士エリートのプタナ＝ハイボールの『瞑想《めいそう》』が終わるまで、みんながみんな巣穴を取り上げられている訳だ。

若い、というか、ほとんど少年の白詰襟がうんざりしたように霧《きり》の夜空を見上げていた。

「ぼく達、一体何やっているんでしょうね」

「腐るなよ、若いの。どっちみちオブジェクトがいなけりゃ金は回らねえんだ」

「それにしたって、『視線恐怖症』だか何だか知りませんけど、直轄《ちょっかつ》の警備まで退けるだなんて」

若過ぎる白詰襟は大フェンスの方をチラリと見やる。

霧のせいでオブジェクトの細部は分からないが、黒々としたシルエットが大きく浮かび上がっていた。海上にある『サラスバティ』のさらに奥……小島にある灯台の光が逆光になり、オブジェクトの影を霧のスクリーンに映し出しているのだ。

「愚痴《ぐち》るのは構わねえが、基地の方は見るな。『視線』に込めた感情は読まれるぞ」

「……マジですか？」

「大マジだ。エリートってのは人工的に作られたエスパーだからな」

……もちろん語弊《ごへい》はあるのだが、オブジェクトにさして詳《くわ》しくもない『普通の兵隊』がエリートに抱く印象はこんなものだ。

「何より、基地全体の警備網《もう》を全部足したって、オブジェクトのセンサー群にゃ遠く及ばねえ。代わりに仕事をしてくれるならそれでも良いのさ」

「そりゃまあそうかもしれませんけど」

言いかけた時だった。

ばづんっ‼　と、唐突《とうとつ》にロストエンゼルスが漆黒《しっこく》の闇《やみ》に包まれた。灯台の光まで消失する。

思わず若過ぎるクローバーズは額《ひたい》に上げていたバイザーを目線まで引き摺《ず》り下ろし、カービン銃《じゅう》を構えようとしたが、

「銃はやめろ、パニックで味方をぶち抜く！」

その銃身を横から摑《つか》まれ、真上へ跳ね上げられた。

「落ち着け、若いの。いつもの停電だ、熱帯夜なら珍《めずら》しくもない。エアコンのせいだろ。これだってエコってヤツさ、世界時計の針で一喜一憂《いっきいちゆう》している奥様方だって喜んでる」

「ですがっ」

「関係ないさ。どっちみち、自前の動力炉《ろ》で電力を確保している『サラスバティ』のセンサー群は生きている。暗闇《くらやみ》に乗じて大フェンスを乗り越えたって消し炭にされるだけだ」

実質的に、街が闇に包まれていた期間は二〇秒もなかった。

バシッ！　バシッ‼　と、優先度の高い区画から順次電力が回復していく。ドーナツショップではこれ幸いとレジを叩《たた》き壊そうとしていた青年がピタリと動きを止めていて、事態に気づいた店員達から袋叩きにされているのが見えた。

「ロストエンゼルスの夜に乾杯」

先輩の老《ふ》けた白詰襟《しろつめえり》はそんな風に評した。

小島の灯台も電力が回復したのか、再び霧《きり》のスクリーンに『サラスバティ』のシルエットが大きく浮かび上がる。

「《ピザ屋のバイト》でも呼びつけて何か食べるとしようぜ。最近はGPS信号さえ渡せば街のどこでも届けてくれるらしいしよ」

「ていうかフクロにされてるの、うちの研究員ですよ⁉　仲裁に入らないと‼」

9

クウェンサー達が夜の埠頭《ふとう》に到着すると、すでに『正統王国』の兵士達が大勢集まっていた。あっちこっちで車を盗んできたためか、ちょっとした暴走族の集会みたいに見える。

この商業港は『正統王国』のアズールハイヴの大規模な資金源、犯罪インフラで、敷地内まで入ってしまえば『信心組織』だの『情報同盟』だのも容易には手を出せなくなるそうだ。見れば、ガントリークレーンやコンテナの山のてっぺんなど、あちこちに見張り兼狙撃手《けんそげきしゅ》が控えているのが分かる。

「第一ステップは成功、ヤツらは気づいていない。『視線は外れた』ぞ」

ビキニのトップスにぶかぶかのカーゴパンツを穿《は》いたミリア＝ニューバーグがオープンカーのボンネットに腰掛けながらそんな風に鼓舞《こぶ》した。

「第二ステップ、ミスターマヨネーズの生体情報を使って『信心組織』軍のシステムへ侵入するのにも成功。メンテ用のポートを開けている『コレクティブファーミング』まで一直線だ。あいつのコックピットの画面は永遠に『異常なし』を表示し続ける」

指を一本一本立てながら、彼女は続ける。

「だが第三ステップが問題だ。こちらの人材も無限にある訳じゃない。よって、君達にも手伝ってもらうぞ。人員を小分けして潜水艇《せんすいてい》に乗ってもらう。陸地の大フェンスを、海を回って越えていくって寸法だ。理解できたな？　じゃあ行くぞ」

金属製のコンテナが開くと、ゴロゴロと酸素《さんそ》ボンベが出てきた。

潜水艇と言ってもクジラのような形の本格的な潜水艦《せんすいかん》をダウンサイジングしたものではなく、何だろう、直径四〇センチ、長さ二メートルくらいの円柱に座席とハンドルを無理矢理くっつけ、水平に倒した柱にしがみつくようなスタイルになるものだ。

ミリアはこんな風に言った。

「人間魚雷《ぎょらい》だな」

「ぶふっ⁉　にんっ、何だって⁉」

「心配するなへイヴィア、無害化してあるマリンレジャー用品だよ。そもそも原形となった兵器自体『島国』ではなく欧州《おうしゅう》ベース、片道切符ではなく二人乗りで兵士の生還を前提としたモデルだったはずだ。標的の船へこっそり近づいて本体を磁石《じしゃく》で貼《は》り付け、安全な所まで離れてから起爆《きばく》させるとかいうものらしい」

　ボンベを手に取って、クウェンサーはふと眉《まゆ》をひそめた。

「あれ、この表記……『情報同盟』製？」

「フリーマーケットってヤツさ。所属は違うが便利なお得意さんがいる。何でもかんでも無人機とモニターグラスで運びたがる《RC少女》がいるんだ」

　クウェンサーとヘイヴィアもゴーグルを掛《か》けてボンベを背負うと、マウスピースを咥《くわ》えて埠《ふ》頭《とう》から真っ黒な海へと飛び込んでいく。各々《おのおの》勝手に座席へ身を乗り上げ、バイクのハンドルみたいなものを両手で摑《つか》んでいく。

「クウェンサー、何でテメェ車もバイクも駄目《だめ》なのに潜水艇は大丈夫なんだよ？」

「『安全国』の林間学校でこんなの使った事があるんだ。あっちはジェットバイクみたいな形だったけどね。海の中は道路もないし、転んだりもしないし」

　自転車よりはずっと速い、くらいの感覚で彼らは水深一〇メートル辺りを進んでいく。

　サメの歯のように尖《とが》った岬《みさき》へ向かっていく。

　岬のさらに先、灯台だけしかない小島の近くで、クウェンサー達は一度大きく海面まで浮上した。

「すごいな……本当に誰も気づいていない」

「単純なトリックほど、一度術中にハマっちまえば抜け出せねえもんさ」

隣で潜水艇《せんすいてい》にまたがっているヘイヴィアは、親指で頭上を指差しながらそう言った。

クウェンサーもそちらへ目をやる。

灯台には、その象徴たる光は点《つ》いていなかった。

先頭のミリア＝ニューバーグは手振りで合図する。

「早い内に仕上げにかかろう」

もう潜《もぐ》る必要もなかった。

灯台を占拠《せんきょ》していた別働隊からいくつかの『荷物』を受け取ると、彼らはそのまま海面を一直線に進み、『信心組織』軍のオブジェクト建造・整備施設のドックへ狙《ねら》いを定めていく。

そこには全長五〇メートルの威容《いよう》があった。

『コレクティブファーミング』。

エアクッション式の推進《すいしん》装置を取り付け、下位安定式《かいあんていしき》プラズマ砲《ほう》の主砲を担《かつ》ぐ巨体。だがそれとは別に、機体前面には巨大な岩盤用《がんばんよう》ロードローラーが取り付けられ、後面には洗車機の大型ブラシを金属刃に付け替えて真横に倒したようなカルティベーターがあった。『リ・テラ』に使う機材はアームで上下できるようになっているため、おそらく戦闘《せんとう》モードと開拓モードを切り替えられる仕組みになっているのだろう。

綱渡《つなわた》りのような安全を確保しているとはいえ、何かのミスが一つあれば即死《そくし》する位置取りだ。クウェンサー達の体からは不気味な汗が止まらない。

【コレクティブファーミング】
COLLECTIVE FARMING

全長…140メートル(フロート標準展開時)

最高速度…時速520キロ

装甲…5センチ×200層(溶接など不純物含む)

用途…『リ・テラ』用大規模農地開拓兵器

分類…水陸両用第二世代

運用者…『信心組織』

仕様…エアクッション式推進システム

主砲…下位安定式プラズマ砲×1

副砲…レーザービーム、レールガン、岩盤破壊用振動式ロードローラー、
カルティベーター、他各種農業機械など

コードネーム…コレクティブファーミング
(砂漠や荒地を一挙に農地開発する『リ・テラ』機能から)
『信心組織』の正式名はサラスバティ

メインカラーリング…灰色

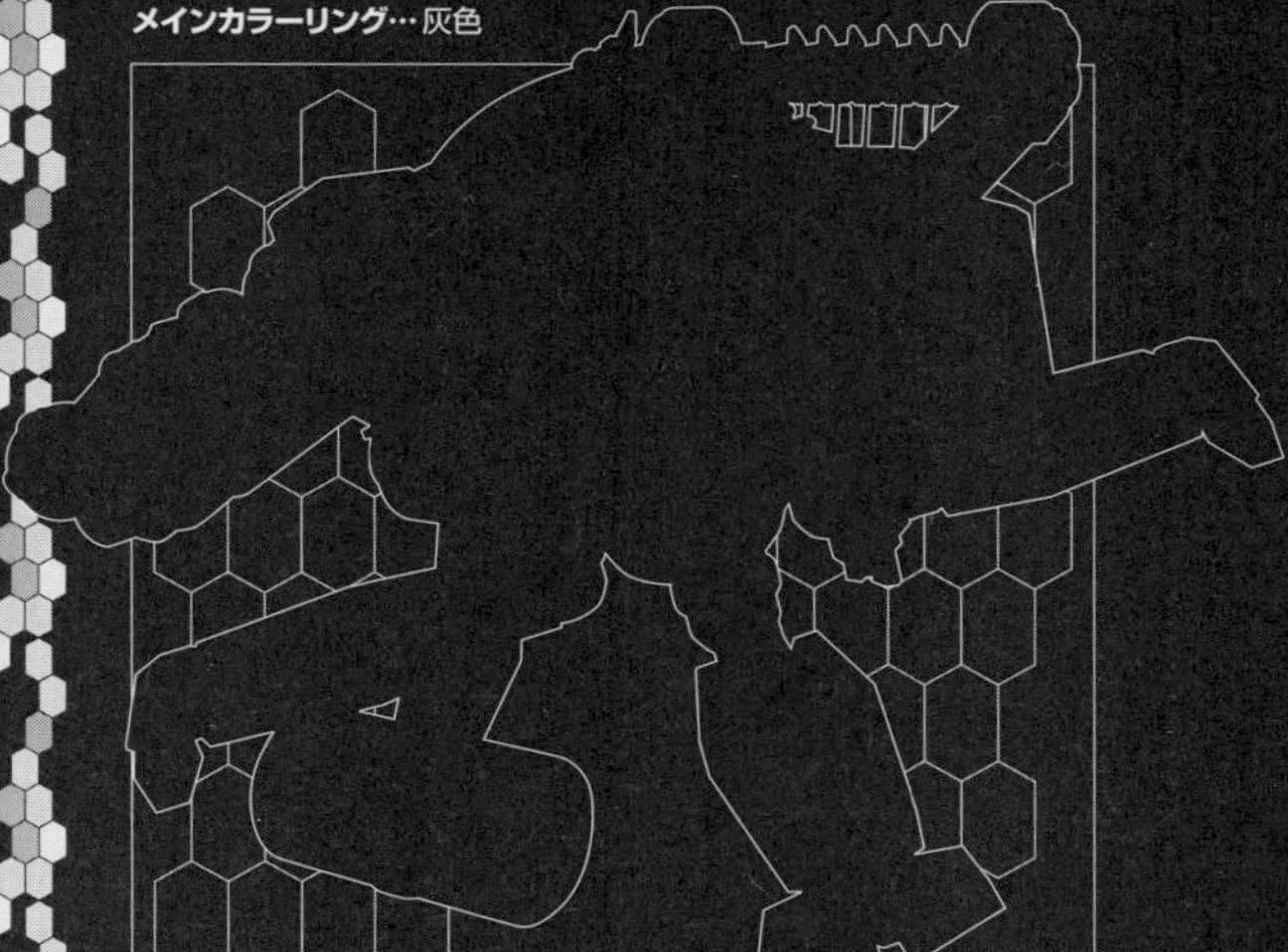

COLLECTIVE FARMING

自陣営を大きく見せて安心したいのか、ヘイヴィアはこんな事を言っていた。

「おい、そういやうちのお姫様はどうしてんだ?」

「沖合いに。でもこの状況《じようきよう》じゃしくじっても救援は来ないと思うよ。ま、機内備えつけのアイスの味に文句を言っていたくらいだから元気でやっているはずだけど。連絡取ったらミントが効き過ぎているのはいかがなものかって愚痴《ぐち》られた」

「うわお、戦争中だぜ。てっぺんのお悩《なや》みはスケールが違いますな」

施設《しせつ》のカメラ群も、オブジェクトのセンサー群も、クウェンサー達を捕捉《ほそく》する事はない。超大型兵器の足元まで到達した彼らは、自前の潜水艇《せんすいてい》の尻《しり》に金属製のワイヤーを固定させ、もう一端《いつたん》を軍用の瞬間接着剤《しゆんかんせつちやくざい》にたっぷりと浸《ひた》してから、エアクッション用のフロートの各所へ貼《は》り付けていく。身軽な連中はロープを使ってオブジェクトの球体状本体を登っていた。丸まった垂れ幕や掛《か》け軸《じく》を解放するように、大きな布をストンと下ろしていく。あちこちを紐《ひも》で縛《しば》っていくと、それは砲《ほう》と砲を繋《つな》ぐ複数の帆《ほ》になっていった。

「携帯端末《けいたいたんまつ》を出せ」

ミリアは指示を飛ばす。

「画面の指示通りにスロットルを開け! 相手は二〇万トンの巨重だ、力業でやろうとすれば即座にワイヤーが千切れる! 波に乗せて、横滑《よこすべ》りを抑えるだけで良い。時間はたっぷりあるんだ、ゆっくりやるぞ、ゆっくりだ‼」

「……マジかよ、所詮《しょせん》は一人乗りの潜水艇だぜ。相手は旧来の原子力空母二隻分《せきぶん》だ。こんなオモチャを五〇基並べた程度で、ほんとにオブジェクトが動くのか？」

ヘイヴィアがうんざりしたように言う横で、クウェンサーはこう答えた。

「坂道の上にある雪玉を押すようなものだ。風の力も借りてるだろ。最初にちょっとだけ力を加えれば、後は波が運んでくれる。イグニッションに必要なのは、力の分散だ。どこか一ヵ所でも突出したら、そこからワイヤーが弾《はじ》け飛んで破綻《はたん》していくぞ」

「分かってるけどよ、それでも数字が信じられねえ時ってあるだろ⁉」

「まあ、俺だって真空中で鉄球と羽毛を同時に落としてみるって実験、口では説明できても頭でピンとこない方だけどさ」

それでも賽《さい》は投げられた。

なら、後は成功と勝利を信じて突き進むしかない。

挑《いど》みかかるように笑ってミリア＝ニューバーグはこう呟《つぶや》いた。

「さあ、エクスカリバーを引っこ抜くぞ」

10

今回の『瞑想《めいそう》』は朝の四時近くまでかかった。

すう……と。

プタナ＝ハイボールはゆっくりと瞼《まぶた》を開ける。

第二世代のオブジェクト『サラスバティ』との合一を果たした。そう結論付けた少女は、全身をハーネスで固定されて蜘蛛《くも》の巣に縛《しば》られた蝶《ちょう》のようになりながらも、ゆっくりとその手足を動かした。周囲で蠢《うごめ》く触手のようなインターフェイスが赤外線レーザーの力を使って皮膚《ひふ》表面のわずかなうねりを感知し、デジタルな操縦体系へ各種の信号を送り出していく。

「ん……？」

そして、気づいた。

巨大な画面に表示されている風景や各種の数値と、合一によって獲得した疑似的《ぎじてき》な超感覚との間に、明確な齟齬《そご》が生じている事に。

プタナは自分で研《と》いだ自分の感覚を信じた。

いくつか矢継《やつ》ぎ早《ばや》にコマンドを飛ばすが、やはり様子がおかしい。

というより、機体をゆっくりと旋回《せんかい》させているのに、画面の中の景色が全く変わらない。見慣れたオブジェクトの建造・整備施設《しせつ》のビジョンは、数分間隔《かんかく》でループさせた紛《まが》い物に過ぎなかった。

「なに、が⁉」

機体の内部構造全般、〇と一の数字の羅列《られつ》を強く意識する。機械的なウィルススキャンよりはるかに素早い動きでシステム全般をつまびらかにしていき、プタナは迅速《じんそく》に問題の元凶を突《つ》き止める。

「がいぶからのかんしょう、不正なソースコードのうわがき……くそっ、サイバーこうげきか!!」

瞬時《しゅんじ》に悪意ある一文を削除し、正規のソースコードを手打ちで書き込んでいく。

たった一機で艦隊《かんたい》規模のデータリンクに匹敵《ひってき》する情報網《もう》が、あっという間に息を吹き返していく。

その先。

大画面に表示されたのは、

「え？」

三六〇度、見渡す限り陸地の存在しない大海原《おおうなばら》。

『信心組織』の庇護《ひご》を一切失った、剝《む》き出しの海。

そして大量の『視線』。エアクッション用のフロートに取り付けられた数十本のワイヤーに、小型の潜水艇《せんすいてい》。さらには機体のあちこちに生身の兵士達が張り付いていて、得体のしれない作業を続けているのが分かる。

極《きわ》め付けが。

主砲《しゅほう》の可動域外。真後ろから後頭部へ銃口《じゅうこう》を押し付けるような格好で君臨《くんりん》する、『正統王国』軍の第一世代オブジェクト。

『ベイビーマグナム』から、『サラスバティ』に向けてオープンな無線が入ってきた。

『とけたなまりをつめてある』

どこに、とは言わなかった。

それが余計に、プタナ＝ハイボールを追い詰《つ》めた。

『何より、このポジションならわたしの方がぜったいに早い。あなたがふりかえってていこうするまえに3回はぶち抜《ぬ》ける。……だから「とうこう」して。そうすれば、いのちだけは助けてあげられるから』

何が、どうなった。

目を白黒させる『信心組織』の操縦士エリートは、呼吸さえ忘れていた。

だが、これは悪い夢ではない。

いつまで経《た》っても、覚めてはくれない。

11

狐《きつね》につままれたような顔をしていたのは、プタナだけではなかった。

夜明けと同時の事だ。

「な、なんだあ⁉」

最南端の岬《みさき》から北へ三キロのライン。いわゆる大フェンスの辺りで時間を潰《つぶ》していた海軍系エキスパートのクローバーズ、その若過ぎる白詰襟《しろつめえり》が、素《す》っ頓狂《とんきょう》な声を上げていた。

朝日と共に灯台の光はその効果を失い、スクリーンとなっていた霧《きり》も少しずつ晴れていった。

だが、それと同時に五〇メートルもの巨体が幻のように消えていく。彼ら大勢の見ている前で、隠《かく》しようのない巨体が消失していく。

「何が、どうなって……。先輩、そ、そうだ、とにかく操縦士エリートと連絡を……‼」

「もうやってる。だが繋《つな》がらん‼」

あちこちと無線で交信しながら、彼らは大フェンスを乗り越えて自分達の職場へ慌《あわ》てて駆《か》け戻る。セキュリティシステムを再稼働させ、陸上、海上、共に徹底的《てっていてき》に周辺を走査していくが、カメラやセンサーにめぼしい反応は見られない。

相手は二〇万トンの巨重だ。

隠そうと思って隠せるサイズではないはずなのに、最新鋭の観測機器を駆使《くし》しても、痕跡《こんせき》さえも見つけられない。

「どうなってやがる……。本当に、霧の中に消えちまったとでも言うのか？」

「な、何かのトラブルで、海に沈《しず》んでしまった可能性は……？」

「ドック周辺はせいぜい水深一〇メートル程度だ。あんな真ん丸の巨体を沈めたって絶対に頭が飛び出る。そういうのじゃねえんだ。でも、そうじゃなかったら何が……？」

その時だった。

オペレーターから、海の、もっと沖の方で何か沈《しず》んでいるという報告があった。

だがオブジェクトではない。

超音波で測定したデータによれば、せいぜい全長二〇メートル未満……作業用のタグボート程度のものでしかない。

ただし、ただのタグボートにしてはおかしなものが取り付けられていた。

最初、海中から岩や沈没船《ちんぼっせん》を引き揚げるクレーンかと思ったが、そういう訳ではないらしい。

「何ですか、これ……」

「金属製のやぐらか、鉄塔《てっとう》……？」

老《ふ》けた白詰襟《しろつめえり》の言い分は間違っていない。

だが鉄塔の頂点に取り付けられたものを見れば、別の名前が浮かんだかもしれない。

無人潜水艇《せんすいてい》が撮影した写真画像には、こんなものが映っていた。

回転機能さえない超大型ライトと、光の指向性を一点へ集中させるための特殊《とくしゅ》なレンズ。

総じて言えば、

「灯台、船……？」

島や岬《みさき》に塔を建てるのではなく、ブイのように海上へ直接浮かべて点灯させる灯台だ。

こんなものが沈んでいたという事は、

「待てよ。となると……あの夜、灯台は二つあった？」

バッ‼　と老けた白詰襟は海の方へ目をやった。

本来だったらそちらには、灯台だけしかない小島があるはずだった。

「じゃあ、俺達が見ていたあの光は……二つの内のどっちが放っていたものだったんだ⁉」

12

トリック自体は簡単だった。

それは、一夜限りの光のイリュージョン。

『テレビ番組なんかでやっている、大型旅客機を消失させるって手品があるだろ？　あれは、観客席を乗せている台座そのものをゆっくりと回して、全然違う方角を眺めさせる事で「消えているように」見せかける手品なんだ。俺が提案するのもそれに似ている』

暇潰《ひまつぶ》しのディスカッション中に、クウェンサー＝バーボタージュはホワイトボードにカラフルなマグネットを貼《は》り付けながら、こんな風に説明したものだ。

『ようは、灯台が二つあれば良い』

ペタペタとマグネットの位置を変えつつ、

『霧《きり》の夜に、停電と復旧のタイミングで二つの灯台をオンオフさせて、光源の位置関係を微《び》妙《みよう》に切り替える。そうすると、一方向……北側から最南端の岬を眺めている警備兵達は、霧に映った「影」をオブジェクトだと誤認するようになる。それがたとえ』

クウェンサーはもったいぶった言い方をして、親指と人差し指で摘《つま》んだ食玩《しよくがん》のオモチャを見せびらかした。

『安全国』で売られている、『ベイビーマグナム』の人形（？）だ。

『こんな小さなオモチャだったとしても。「影絵」しか見ていない連中には、正確な距離やサイズは分からない』

ざざっ、とクウェンサーはホワイトボードのマグネットに矢印を追加していき、

『連中の目をデコイの「影絵」に集中させる事さえ成功すれば、後はやりたい放題だ。本来の灯台は潰《つぶ》してあるから、本物のオブジェクトは「逆光」から外れてフリー状態。どんなに動かしたって霧のスクリーンには映らないし、誰にも見咎《みとが》められない』

もっとも、『本物の影』を映してはならないから、二つ目の灯台船のライトに回転機能を持たせてはならない、ライトの強弱で正面から見ると光源が回っているように演出しなくてはならない、っていう制約があるけど、とクウェンサーは付け足してから、

『後はこっそりとオブジェクトに近づいて、沖合いまで引きずり出せば良い。うちのお姫様が主砲《しゆほう》を使ってエリートを脅《おど》せば、無傷で「信心組織」のオブジェクトを手に入れられるかもし

れないぞ』

　これは、あくまでも机上《きじょう》の空論だ。

　決行の夜に霧が出なかったら？

　大停電が上手《うま》くいかなかったら？

　オブジェクト自身のカメラやセンサーはどうやって誤魔化《ごまか》す？

　エリートが『瞑想《めいそう》』の途中でトイレを我慢《がまん》できなくなったり、不良兵士が大フェンスの外に出るのを面倒臭《めんどうくさ》がって宿舎でくつろいでいたら？

　沖合いに引きずり出すって、具体的にどうやって？

　……たった一つが崩れれば、それで全てご破算になってしまう危険な綱渡《つなわた》りだった。

　だが、足りないものは自分達の腕で補《おぎな》ってしまうのが現場の職人達だ。

　そんな訳で。

　暇潰《ひまつぶ》しのディスカッションから数日後。我らがフローレイティア＝カピストラーノ少佐はにっこり笑顔でこんな事を言ってきたのだった。

『喜べ、上層部がお前のユニークな作戦立案能力を評価したみたいよ。じきにロストエンゼルスへ出向命令が下ると思うから、今の内に荷造りでもしておくように』

13

「いえーい!!」

安物のソーダ水を詰《つ》めたジョッキをがっこんがっこんぶつけながら、クウェンサー達は甲高い奇声を発していた。

場所はロストエンゼルスからさらに三〇キロ南方。インド洋に浮かぶ『正統王国』軍オブジェクト整備《せいび》艦隊《かんたい》の小型空母の甲板だ。

何でか真っ白なクロスをかけたテーブルがドカンと置いてあり、その上にはピザ、唐揚《からあ》げ、フライドポテトなど『分かりやすいご馳走《ちそう》』が並んでいた。

石鹸《せっけん》みたいなレーションばかり食べている周辺の兵士達から殺気立った視線を感じるが、今日ばかりはクウェンサーやミリアなど『ロストエンゼルス班《はん》』が勝ち組のMVPだ。

何しろ最新鋭の第二世代を無傷で鹵獲《ろかく》した。これだけで五〇億ドルの大戦果だし、さらに解体して様々なテクノロジーを吸収すれば、その恩恵は計測不能のレベルに跳ね上がる。それはまあ、すこぶる機嫌《きげん》の良くなった『上』がいかなる手段を講じてでも労《ねぎら》うべし、と命令を下すのも無理はない。

……ちなみに並べられる料理がやたらと豪華なのは、クウェンサー、ヘイヴィア両名が『資本企業』の現金輸送車からくすねた札束をきちんとミリア＝ニューバーグに没収《ぼっしゅう》されたからだ。

やはり情報管理の面において、諜報部門《ちょうほう》に敵《かな》うはずはなかったらしい。

そうなると、もうはしゃぎ倒すしかない。

ヘイヴィアはピュイピュイ指笛を鳴らしながら、フライドチキンをマイク代わりに構えて叫《さけ》ぶ。

「はいはいじゃあ本日のヒーローインタビューといこうぜ！　作戦立案は我らが第三七機動整備大隊の大天才、クウェンサー＝バーボタージュちゃんでっす‼　今の気分はいかがかなー⁉」

「いやいやいや、俺はただアイデア並べただけだって！　具体的に形にしたのはミリアさん達っしょ‼」

「まあまあ、最前線に立つと頭が固くなってしまっていかんな！　そもそも諜報部門がスポットライトの下に躍《おど》り出て主役を張るだなんて想像もしていなかったぞ‼」

「あっはっはっは‼」

「わっはっはっは‼」

とりあえずウィン・ウィンの関係が成立している間は、人はどこまでも寛容《かんよう》になれる生き物らしい。普段だったら道に落ちた小銭さえ奪い合うような馬鹿《ばか》二人も、この時ばかりは互いの栄誉《えいよ》を認めて譲り合いなんて知識人の真似事《まねごと》をしていた。

ちなみにこの勝ち組パーティ、最後の最後でホールドアップを決めたのはお姫様なので、普段から『いいもの』を食べている彼女もちゃっかり参加していた。

喰《く》いそびれたのはフローレイティアだ。

彼女は煙管《キセル》の甘ったるい吐息《といき》を吐《は》きながら、チンピラみたいにクウェンサーの肩へ腕を回す。

お姫様が若干いらっとし始めている事など露《つゆ》とも知らず、

「今回はお手柄《てがら》だったじゃない、クウェンサー」

「へ、えへへ！　やっぱりそう思っちゃいます⁉　いやーフローレイティアさんも堅苦しい軍服脱いでわがままボディ全開で太陽の下に出てくれれば表彰式に参加できたかもしれなかったのにー‼」

「ま、私としても良い刺激になるのは悪くない。画面にラインを引いて砲撃《ほうげき》させるだけでは飽《あ》きていたからね。これからはディスカッションとやらに私も参加させてもらおうかな」

「どうわっはっはっは‼　何だったら今からすぐにでも手取り足取りご協力して差し上げても構いませんよ！　フローレイティアさんの私室でベッドに並んで腰掛《こしか》けながら二人きりでな‼」

と、そこで反対側からミリア＝ニューバーグがクウェンサーの肩へ腕を回してきた。

彼女は上機嫌《じょうきげん》なままこう告げる。

お姫様が本格的にめらっとしている事など蚊帳《かや》の外で、

「残念ながらそれは無理だ」

「え、何でですか？　ま、まさか俺にモテ期が到来している、だと……⁉」

「ああ、ギャングやマフィアで溢《あふ》れた街が君を恋しがっているかもしれないな」

ミリアからサラッと言われてクウェンサーは瞬間冷凍《しゅんかんれいとう》された。

フローレイティアもため息をついて、

「……私としても心苦しい。やっぱり机上の空論は現場では役に立たなかったな、って結論が出ればあっさり帰還させられたものを、こうも見事に大戦果を上げてしまっては、諜報部門《ちょうほう》から取り上げる口実を失ってしまうじゃないか」

「え、え、ちょ、待っ」

クウェンサーの泣き言などミリアは聞かない。

「そんな訳で、銃弾《じゅうだん》と欲望の街が君を待っているぞ！　三歩歩けば自動車が爆発《ばくはつ》するような有り様だが、大丈夫‼　あれだけ大胆不敵《だいたんふてき》な盗みを成功させたのは悪党揃《ぞろ》いのロストエンゼルスでも君くらいのものだ。札束のベッドか墓石のどちらかが君に与えられるだろうが、まあ運が良ければ生きて街から出る事だってできるだろう‼」

「まずいっ、ビギナーズラックを使い果たした途端《とたん》に死ぬパターンと見たぞ‼　やーですよ！　俺は勝ち逃げしたままあの街を出たいんです‼」

「無駄《むだ》よクウェンサー。ええと、ごほん！　『辞令、本日付けをもってクウェンサー＝バーボタージュ戦地派遣《はけん》留学生のロストエンゼルス出向を別命あるまで無期限延長する。右は第三七機動整備大隊と『正統王国』全体のため奮闘《ふんとう》努力すべし』だって。いやあ怖《こわ》いなあ、人事って」

よほど機嫌が良いのか、料理の大皿から指先で摘《つま》んだ大葉を鼻の下に貼《は》り付け、自慢《じまん》のカイゼルひげを作ってフローレイティアは声真似《こえまね》していた。

クウェンサーは笑っている場合ではなかった。

「ロストエンゼルスに戻るなんて絶対ヤバいって。何故《なぜ》ならとりあえず四つの『組織』の内、『信心組織』が隠《かく》れ蓑《みの》に使っているギャングからは問答無用で指名手配だろうし!!　あんな入り組んだ街の中じゃ、そう世界で一番危険でも一応『安全国』の中じゃ『ベイビーマグナム』からの支援《しえん》だって期待できないし一っ!!」

思わず叫ぶが、少し離れた所にいたお姫様はぷいとそっぽを向いた。

いつでも助けてくれるのが当たり前だなどと考えて欲しくはないらしい。

「あっはっはっはっはっはっはっは!!」

「わっはっはっはっはっはっはっは!!」

そうこうしている内に、至極《しごく》真っ当な意見は上官達の笑顔に塗《ぬ》り潰《つぶ》されていく。

戦勝パーティに涙は似合わないのだ!!

……たとえ明日には死亡しているかもしれなくても、それはそれで軍務に服する者の定めなのかもしれないが。

第二章　才能達の守護神　〉〉ロストエンゼルス山岳戦

1

そんなこんなでロストエンゼルスのおんぼろモーテルなのだった。

チラシの裏にすごろくを描いたままでは良かったが、紙のサイコロが歪《いびつ》だ不公平だと罵《のの》り合いになって軽く摑《つか》み合いになっているクウェンサーとヘイヴィア。

当然、ロストエンゼルスには『死ぬほど』娯楽《ごらく》が溢《あふ》れているのだが、

「ああくそっ！　ストレスが溜《た》まる。どこもかしこも犯罪者とスパイばっかりでぜんっぜん外に繰り出して遊べる雰囲気《ふんいき》じゃないし」

「『資本企業』辺りの『安全国』に比べりゃまだマシな方だぜ。向こうは年中無休で才能売買の誘拐犯《ゆうかいはん》とスクールＰＭＣが撃《う》ち合いやってやがるからな」

「何それ？」

「知らねえのかよ。天才の卵は企業に売り飛ばせば金になるっつってよ、小学生だの中学生だ

のを専門に狙《ねら》う組織があるんだ。おかげで向こうのスクールバスは防弾《ぼうだん》仕様で、前後にゃ機《き》銃《じゅう》付きの装甲車が挟《はさ》んでいるらしいぜ。それを攻撃ヘリが大空から襲《おそ》いかかる。何が『安全国』だよって話じゃねえか」

「大会社が買うの、さらった子供を⁉」

「ＤＮＡ検査はたとえ本人の検体と照合したって一〇〇・〇％合致する訳じゃねえ。そして〇・一％でも誤差がありゃあ、後は弁護士軍団のお仕事さ。親が訴えようが写真や髪《かみ》の毛を持ってこようが知った事じゃねえって具合に真実を舌先で歪《ゆが》めやがる。どこもかしこも『他人の空似』って判決で丸く収まる」

「うへえ」

「何より、向こうの司法や行政を仕切る大会社そのものが利用客なんだ。『資本企業』でギリギリまで話が進んでやがった、民間長期宇宙旅行計画も実際にゃあこういうガキどもが組んでいたって話が広まっているし。ま、大昔の月面計画みてえにハッタリで他勢力をびびらせる陰《いん》謀《ぼう》論《ろん》って噂《うわさ》もあるが。ともあれ天才の保有数が企業の技術力に直結するもんだから、そう簡単にマーケットが潰《つぶ》れるこたねえんだよ。怖い怖い」

と。

そこへ薄っぺらな扉を開けて諜報《ちょうほう》部門のミリア＝ニューバーグが笑顔で入ってきた。

「やあやあ君達、今日は新しいメンバーを紹介するぞ！　さあ転校生、入って入って‼」

「あん？　どっかの馬鹿《ばか》が酔った勢いで将校のヅラでも毟《むし》り取って左遷《させん》されてきちまったんですか？」

ヘイヴィアが悪友の襟首《えりくび》から手を離しつつそんな風に言った。

だがミリアは首を横に振る。

「ある意味でそれより面白《おもしろ》い。ふふっ、ほら入れ！　今日から私達はルームメイトなんだ。こんな事くらいで恥《は》ずかしがるなって!!」

と、ぐいぐい腕を引っ張られて薄暗いモーテルの一室へ顔を出したのは……、

「……おい」

思わず、クウェンサーは掠《かす》れた声を発していた。

長い黒髪《くろかみ》を頭の後ろでまとめた、褐色《かっしょく》の肌の少女だった。首の上から足の爪先《つまさき》までぴっちりとした特殊な繊維で覆《おお》われている。緑を基調にしたナース服のようなシルエットを形作っているものの正体は、おそらくお姫様が普段着ているのと同じ、操縦士エリート用の特殊スーツだ。

緑……と言えば、『信心組織』が好んで使う色。

そしてここ最近で半身同然のオブジェクトから離れざるを得なくなったエリートと言えば、

「じゃーん!!　例の『コレクティブファーミング』に乗っていたプタナ＝ハイボールちゃんだ！　我々が解放した直後に大失態の責任とやらで壁際《かべぎわ》に立たされて銃殺《じゅうさつ》されそうになって

いたものでな、面白そうだから襲撃《しゅうげき》して拾ってみたぞ!!」

「こっ、ころしてやる……!!　わたしから『サラスバティ』を、『信心組織』を、全てをうばったあなたたちを、1人のこらずぜつめつさせてやる!!　きぃいいいぃ――――――――――――――――っっっ!!!!!!」

早速《さっそく》どったんばったん暴れて羽交《はが》い締《じ》めにされる『元』エリートの醜態《しゅうたい》を見て、クウェンサー＝バーボタージュはとことんブルーになっていた。

何か起こるとすれば、真っ先に殺されそうなのはもちろん彼である。

「美少女だから良いけど!!」

「……テメェもよくよく業《ごう》が深い男だよな、クウェンサー」

2

でもって。

『今日のお仕事は北部の山岳地帯《さんがくちたい》だ。各人、それぞれアシを確保して急行。そうだな、クウェンサー！　プタナは街の人間だが、ほとんど「信心組織」の基地から出た事はないはずだ。ロストエンゼルスの道案内を兼ねて、我々の流儀を教えてやってくれ。ド新人の教育はブービーの仕事だ、ヘイヴィアだって君の面倒を見たようにな。頼んだぞー☆』

「クウェンサー『センパイ』、わたし……ロストエンゼルスをガイドしてくれるっていうなら、もっと『ちかみち』とか『うらみち』とか色々おしえてほしいなあ……!!」

「いやァあああああああ!! 女の子から人気のない路地にお誘いを受けているのにちっとも嬉《うれ》しくないィイいいいいいいいいいいいいいいい!?」

おんぼろモーテルの近くにあるスーパーマーケットの駐車場《ちゅうしゃじょう》でクウェンサーは裸《はだか》コートのおっさんに立ち塞《ふさ》がれた女の子みたいに絶叫《ぜっきょう》していた。

今日もロストエンゼルスの街は絶好調に狂っていて、すぐ近くの店舗《てんぽ》は爆破《ばくは》されて青空に黒煙が立ち上り、そんなのは気にせず《ピザ屋のバイト》は表の道でスクーターを転がしている。

「……ところで、センパイはごぞんじなんですか？」

「な、何を？」

「わたしの『サラスバティ』をうばうプラン、一体どこのだれが考えたのか。どうも、ハナシをぬすみぎいたかぎりでは、そこらの兵士が手をあげてていあんしたものらしいんですけど」

「はっ、はははははーっ!! な、何の事やら……。『信心組織』の第二世代を盗《ぬす》み出すなんてとんでもない計画だろ？ きっと考え付いたのはイケメンで天才でどうしようもない雲の上の新人類なんだろうさ!!」

「むう……。言われてみれば、そうですよね。センパイみたいなフツーの人とはせってんなさそうですし」

ちなみに彼らは食料の買い出しに来た訳ではない。

ガチャガチャ、という音から分かる通り、クウェンサーがオフロード仕様の軽量バイクを盗み出している真っ最中だ。

「ここと、ここを……繋《つな》げて……うわっ、ヘイヴィアの言う通りだ！　ほんとにエンジンかかった!?　信じらんない、どんな安物使っているんだよ!?」

「どれだけフクザツにしてもぬすまれるものはぬすまれるって考えているから、みんなあんまり努力をしていないんですよ。多分そのバイクもどこか別のちゅうしゃじょうでかっぱらってきたものでしょうし」

エンジンをかけたは良いものの、クウェンサーにはバイクの運転はできない。

慌《あわ》てたように店の方から拳銃《けんじゆう》片手のマッチョが飛び出してきたのを見て、プタナ＝ハイボールがシートへ飛び乗り、クウェンサーはその背中にしがみつく。クラッチ操作をミスしたのか、派手にウィリーしながらオフロード二輪が駐車場を飛び出していく。

ロストエンゼルスならいつもの光景だ。

背後から鳴り響《ひび》く乾いた銃声《じゆうせい》も込みで。

「なるほど、たいはいのまちとはよく言ったものです」

「え、何だって⁉　風で聞こえない！」

「このロストエンゼルスは『信心組織』のかんかつでありながら、このありさまでしょう？　ウワサでは、しんこうを失うと人々はどうなるのかをしらべるための『じっけんじょう』らしいですよ。……それよりキモいのであまりみっちゃくしないでください、センパイ」

「ばふうー」

「くぎを刺したのにおもいっきり匂《にお》いをかぎますかっ⁉」

「誰が何と言おうが俺が有利な位置取りなのは変わらない。ならば後でどれだけ殴《なぐ》られようが俺はやるさ！　いやあ、プタナの体って柔《やわ》らかくてあったかいなあ、女の子って良いなあ‼」

と、そこで無線機から聞き慣れたミリア＝ニューバーグの声が飛んできた。

『よお！　早速《さっそく》やっているようだな、教育が進んでいるようで何より』

バルン‼　という太い排気音と共に、一台のバイクがクウェンサー達に併走してくる。当然のようにノーヘル。運転しているのはミリアで、その腰に後ろから腕を回しているのがヘイヴィアだった。これまでの運転の荒さを証明しているのか、悪友の顔色は真っ青で美人上官のぬくもりを味わっている余裕はなさそうだ。生きるためにしがみついている。

うるさい風の音に遮《さえぎ》られるのを防ぐため、間近であってもミリアは無線を通して話しかけてくる。

『良い機会だ。現場の北部山岳《さんがく》地帯までちょっとしたオートレースをしようじゃないか。お互いにお荷物の男を後ろに積んでいる事だし、条件はフェアだと思うが？　ま、新人歓迎《かんげい》の呑《の》みニケーションみたいなものだと考えてくれよ』

「……あなたのバイクはプロレースしようの『おおがた2りん』でしょう？　スペックてきにどうにもならないです」

『街の中からどんなアシを手に入れるのかも含《ふく》めてロストエンゼルス風ってヤツだよ。それとも怖《こわ》いか？　天下のエリート様なら、多少ハンデがあっても乗り物の扱《あつか》いで一般兵に負ける事はないと思っていたんだがな』

「…………………………………………………………………………………………」

…………………………………………………………………………………………

…………………………………………………………………………………………

「まずい、蝶《ちょう》よ花よと育てられたエリートさんてば煽《あお》り耐性《たいせい》ゼロっぽいぞ!?」

二台のバイクは遮断機《しゃだんき》の下りた踏切の前で並んで停車する。

錆《さび》だらけの貨物列車がのんびりと通過していく中、ミリアは簡単にルールを説明していく。

「目的地は仕事場まで、ルートは好きに選んでくれて構わん。見届け人はそれぞれ後ろに積んでいるお荷物ども。他にローカルルールは必要か？」

「『はっぽう』と『はばよせ』をアウトにしていただければ」

「はっは！　街の空気が分かってきたようだな！」

貨物列車の最後尾が通り過ぎた。

カンカンカン、と空き缶を鳴らすようなベルが止まり、遮断機が真上に上がっていく。

ズドン‼　と。

凄《すさ》まじい加速感がクウェンサーとヘイヴィアの二人の腹へ襲《おそ》いかかった。

一挙に風景が流れる。猛烈《もうれつ》な風が全身を叩《たた》く。そうこうしている間にも二台のバイクは信号待ちの車列を追い越し、川のように自動車の流れる交差点へ迷わず突っ込み、カーブを鋭角に曲がって大通りへと繰り出していく。今日も世間はエネルギーの無駄遣《むだづか》いにご執心で、世界時計の針はガリガリ早く進んでいくようだ。

「あばっ、あばばばばばばばばばばば⁉」

「センパイ、うるさいです」

プタナはサラリと言うがクウェンサーはそれどころではない。一秒でも長く少女の体温を嗜《たしな》む、という滾《たぎ》る情熱がなければ確実に振り落されている勢いだった。

初手ではやはりエンジンの性能でプタナ側が負けている。ミリア＝ニューバーグ側の一〇メートルほど後方にピタリと張り付きながら、オフロード仕様の取り回しの良さを利用して、プ

タナは細かく車線変更し一メートルどころか一〇センチ単位で細かく『最短』を詰めていく。

……故《ゆえ》に、接触ギリギリのインコース狙《ねら》いが続き、世界時計どころかクウェンサーの心臓の耐《たい》用《よう》年数まで削《けず》り取ってくれる。

道端《みちばた》では身ぐるみでも剥《は》がされたのか、バッキバキに防弾《ぼうだん》ガラスを割られた高級車の横でパンツ一丁の老人が腰を抜《ぬ》かして呆《ほう》けていた。ロンダリングで有名な《宝石豪商》だったはずだが、今日からは段ボール探しに忙《いそが》しくなるようだ。

再び無線を通して、ミリアがこんな事を言ってきた。

『暇潰《ひまつぶ》しがてらに、ミッションのおさらいをしてやろう』

「……ッ!!」

片手間にそんな提案ができる事が、プタナの闘争心《とうそうしん》をさらに炙《あぶ》ったらしい。

スロットルレバーをぐりりと乱暴にひねる褐色《かっしょく》の少女に、クウェンサーの悲鳴がさらに一段甲高くなっていく。

先を行くミリアはちんたら進む大型トレーラーをかわすため対向車線へ飛び出して、右へ左へ自動車をやり過ごしながらも、余裕の声で話を先に進めていく。

『今回の仕事は第三七機動整備大隊の「本隊」の支援《しえん》任務だ。より具体的には彼らの保有するオブジェクト「ベイビーマグナム」のな』

「お姫様の……?」

『北部山岳《さんがく》地帯はロストエンゼルスの街の境の一つでな、山の裏側はもう「安全国」の区分には入らない。ちょうど戦争国が鋭く食い込んできていてな。そこでヘヴィー級のドンパチをやりたがっているヤツがいるのさ』

信号を立て続けに三つも無視して、プタナはさらに追いすがる。

だが距離は縮まらない。

単純にエンジンの性能の問題だけではない。ミリアの腕は確かなものだ。

『相手は「信心組織」の第二世代、「フライアウェイ」だ』

「気紛《きまぐ》れ、ですか？」

『ま、名前には意味がある。この場合では悪い方でな。だからこそお姫様に吹っ飛ばしてもらおうって流れになったんだが』

『信心組織』と聞いて、プタナのハンドル捌《さば》きがわずかに固くなった。

数メートルだが、互いの距離が開く。

ミリア＝ニューバーグはまるで尻《しり》を振ってからかうように車を追い越しながら、

『こいつの戦い方は分かりやすく言えば「逃げの一手」だ。少しでもヤバいと思ったら、主砲《しゅほう》を切り離してでも重量軽減に努めてさっさと交戦区域から逃げ出す』

「主砲って……軍事機密の塊《かたまり》でしょう？」

『だから大型コンテナ化した蜂《はち》の巣みたいな主砲には大容量バッテリーと虫の脚がついている

んだ。主砲《しゅほう》は切り離されてもしばらくその辺を走り回る。流石《さすが》に動力炉《ろ》なしで斉射《せいしゃ》はできないが、再びオブジェクトと合流したり、交戦区域の外へ逃げて回収してもらったり。それを阻止しようと砲撃《ほうげき》を加えれば溶けた飴《あめ》になる。どっちみち、機密を拾えるチャンスはないって訳だ』

「また厄介《やっかい》な……」

『まったくだ。集めた情報だと蜂《はち》の巣みたいなコイルガンを使って開始五秒で残弾《ざんだん》の八割をばらまいたら、主砲を切り離して牽制《けんせい》に使いつつ、本体はさっさとズラかるらしい。追い着かれそうになったら迷わず「白旗」の信号を飛ばすおまけつきだ。……奇襲《きしゅう》と撤退《てったい》。これを二ヶ月でも三ヶ月でも繰り返して、敵が疲弊《ひへい》するのを待ち続ける』

核兵器の直撃《ちょくげき》をものともしないオブジェクト同士の衝突《しょうとつ》が日常茶《さ》飯事《はんじ》になっているこの時代、六〇億人なり七〇億人なりが絶滅しないで今日までやってこられているのは、戦場の中で横行しているいくつかの茶番じみた暗黙の了解だ。『白旗』の信号もその一つ。どちらかのオブジェクトが破壊される、戦闘《せんとう》続行不可能になる、そうなった時に発せられる時の信号で、これのおかげで『取り残された整備基地の面々が大虐殺《だいぎゃくさつ》』みたいな事態になるのも防げる。

ただし、

「『白旗』は本来非常措置だっていうのに……そんな風に使い続けたら……」

『ああ。「もう無視してぶっ殺せ」の風潮が出来上がりつつある。この馬鹿《ばか》一匹のせいで戦場のルールが焦《こ》げ付きを起こしかけているという訳だ。だから、完全に線が焼き切れる前にケリをつけたい』

方法はいくつかある。

一つ目、『白旗』が使われる前に、開戦直後の一撃《いちげき》で仕留める。

二つ目、コンテナ式主砲の分離後、敵機の推進装置を妨害して逃げられなくさせる。

三つ目、何らかの方法で『白旗』の発信を妨害する。

……とはいえ、何の準備もなく一つ目を達成できれば誰も苦労はしない。

『問題の交戦区域は先ほども言った通り険しい山岳《さんがく》地帯で、「フライアウェイ」の独壇場《どくだんじょう》だ。ヤツは八本の脚と静電気式を組み合わせた構成で、最大傾斜《けいしゃ》六五度までなら滑《すべ》るように移動できるからな。その気になれば、山のあっち側とこっち側をぬるぬるまたぐ事だってできてしまう』

お姫様はマルチロールの第一世代で、砂漠だろうが南極海だろうがある程度は均等《きんとう》に動けるように設計されている。だが、それは逆に言えば一つの環境に突出した性能は持たない、という事だ。おそらく山の斜面で戦えば、『フライアウェイ』よりもたついてしまう。

「……逆に言えば、ヤツの足さえ止めてしまえば、お姫様でも十分に倒せると？」

『察しが良くて何より。どんなに特殊な機体だろうが、「フライアウェイ」が静電気を利用して機体を浮かばせているのは変わらない。その足元に小細工を施《ほどこ》す事ができれば、妨害の余地は十分にある訳だ』

ロストエンゼルスは二〇〇万規模の大都市だが、南から北へ突き抜けていくと、徐々にビル

【フライアウェイ】
FLYAWAY

全長…270メートル（脚部標準展開時）

最高速度…時速590キロ

装甲…4センチ厚×250層（溶接など不純物含む）

用途…山岳地帯特化型兵器

分類…陸戦専用第二世代

運用者…『信心組織』

仕様…静電気式推進システム

主砲…コンテナ式コイルガン×1

副砲…レーザービームなど

コードネーム…フライアウェイ
（気紛れ。逃走を前提とした疲弊戦術を頻発させる事から）
『信心組織』の正式名はガルーダ

メインカラーリング…銀

FLYAWAY

の高さは抑え目になっていき、オレンジ色のきめ細かい砂で覆《おお》われた荒野が目立ってくる。等間隔に立つ高圧電線用の鉄塔《てっとう》を目で追い駆《か》けていくと、その向こうに険しい山々の壁《かべ》が見えてきた。

北部山岳《さんがく》地帯。

標高は一番高いものでも二〇〇〇メートルもないだろう。

雪らしきものも見えない。

代わりに、こうして遠くから眺《なが》めているだけでも、水力発電所やロープウェイなどが斜面に張り付いているのが分かる。

『登山装備はいらない。山頂に天文台があるためか、峠《とうげ》のぐねぐね道やらケーブルカーやらが整備されている。このままバイクで現場まで到着できるから心配するな』

「……とうげ……へアピンカーブのれんぞく……それなら、まだかちめはあります‼」

ミリア側も分かってはいるのだろう。

それでもなお無駄《むだ》にスロットルを開放し、バックファイアの爆音《ばくおん》で新入りを挑発していく。

と、その時だった。

ズドンッッッ‼‼‼　と眼前の山々が大きく揺さぶられた。

膨大《ぼうだい》な粉塵《ふんじん》が山から吹き降ろす風のように迫ってくる。

壁《かべ》の存在に気づいていても、ちっぽけな人間にはどうしようもない。

砂嵐にでも巻き込まれたようにクウェンサー達の視界が一気に狭《せば》められる。燦々《さんさん》と降り注ぐ陽光そのものが遮られ、夕闇《ゆうやみ》のように辺りが暗くなっていく。

頬《ほお》にビチビチと痛みが走る。ヘルメットのバイザーもゴーグルもない彼らにはたまったものではなかったが、それでも勝負は続行している。ヘッドライトを点灯させながら、プタナはこの視界の中でもスロットルを開けていく。

「うえっ、ぺっぺっ!! い、一体何が起きたんだ……!?」

『くそっ、予定より早いな。不慮《ふりょ》の事態とかいうヤツらしい。どうやらお姫様が「フライアウエイ」とぶつかったみたいだ!!』

3

「……、」

『ベイビーマグナム』のコックピットで、お姫様は浅い呼吸を繰り返していた。

表情の乏しいその顔の表面を、珠《たま》のような汗が伝っていく。

警告用のアラームが遠い。

耳元で誰かの声が聞こえるが、言語として認識するのに時間がかかる。

『……ひめ、さま。うろたえるのは無事に帰還してからにしろ！　呆《ほう》けるのはまだ早い‼』

フローレイティアからの通信に頬を叩《たた》かれるような格好で、お姫様は何とか無数のレバーの一つを掴《つか》み直す。

眼球が、瞳孔《どうこう》が、活きた照準情報を機械の塊《かたまり》へ与えていく。

『信心組織』の第二世代、『フライアウェイ』。

急斜面に張り付く八本脚の巨虫。

トカゲの尻尾《しっぽ》のように切り離され、蠢《うごめ》くコンテナ状の主砲《しゅほう》。

だがお姫様の心臓が暴れ回っていたのは、その脅威《きょうい》にさらされたからではない。

すでに最初の交差を終え、囮《おとり》としてコンテナ状の主砲をうろちょろさせながら逃走に移ったオブジェクトなんぞに命の危機は感じない。

ガラガラ、という音が耳についた。

山の斜面が大きく崩れていた。

だが土煙《つちけむり》や砕《くだ》けた岩盤《がんばん》とは違い、奇妙《きみよう》な異物が混じっていた。それはねじくれた金属製のレールに、内側から破裂したような格好の鋼《はがね》の塊がいくつか。派手に破壊される前だったら、ロストエンゼルスのパンフレットにも写真つきでこう紹介されていたかもしれない。

ロストエンゼルス、奇跡《きせき》の夜景まで一直線。

世界最高速度のケーブルカーで空中散歩はいかがですか?

「……う」

奥歯を噛《か》み締《し》め、呻《うめ》きながらもお姫様は視線を使って照準を合わせる。

だが七門の主砲《しゅほう》が咆哮《ほうこう》を発する前に、『フライアウェイ』は稜線《りょうせん》を越えて山の向こう側へするりと逃げ出してしまった。

山の向こうはロストエンゼルス。『信心組織』の『安全国』。

そもそも移動経路からして協定違反を繰り返す『フライアウェイ』は、砲撃《ほうげき》に際しても『配慮』を全く考えないらしい。

「うっぷ!!」

口元を手で押さえつけ、すんでの所でお姫様は決壊寸前の吐《は》き気を食い止める。

戦場でどれだけ強固なオブジェクトを破壊しても、銃《じゅう》を持ったプロの兵士を殺しても、それは無害な一般人を殺すのとは全く違う。『戦争』として許容できる範囲《はんい》の外にある虐殺《ぎゃくさつ》に、お姫様の意識がチカチカと明滅《めいめつ》する。

目線を大画面の一角へ投げる。

『誤射』から一〇秒以上が経過してなお、ゴロゴロと坂道を転がるように崖《がけ》から落ち続けるケーブルカーの残骸《ざんがい》。

あそこに何十人、何百人乗っていたかは分からない。

だが全員生還などという奇跡《きせき》が起こらない事くらい、あの動きを見ればすぐ分かる。

4

『フフフ、フラッシュタイムニュース（DJスクラッチ風）!!　本日のヘッドラインはこちら。「正統王国」VS「信心組織」、北部山岳《さんがく》地帯で誤射？　ケーブルカーの乗員乗客八九名全員が巻き込まれるという惨事《さんじ》が発生しました。交戦区域でろくな捜索《そうさく》もできていないようですが、生存は絶望的と見るべきでしょう。被害者《ひがいしゃ》の中には旅行中の子供達も多く含まれていたとされています。広報官の説明は双方ともに食い違っており、真相が有耶無耶《うやむや》にされる恐《おそ》れが出てきていて……』


勝負はお流れになり、クウェンサー達はおんぼろモーテルまで一度戻ってきた。

部屋の隅《すみ》にある古いテレビから流れてくるニュースを眺め、クウェンサーはうんざりしたようにため息をつく。

「あの痕跡《こんせき》を調べれば、誰がどう考えたって『フライアウェイ』側のコイルガンだっていうのは分かるはずなのに……」

「別にこいつが国際世論の代表って訳ではないさ。表に《アイスクリーム屋のバン》が走っていただろう。あいつが撒《ま》き散らしている海賊《かいぞく》電波だから誰も信じない。この前なんか賭《か》けレースの結果が不満だったのか、全チャンネルで丸一日『美し過ぎるブルドッグ』の肛門《こうもん》ばかりテレビに映し続けた事もあったからな。あれは最悪の食事時だった」

「どいつもこいつもエコじゃないなあ……」

「例の世界時計か？　『戦争国』で消費する軍事エネルギーより『安全国』の奥様方がリビングで使う生活エネルギーの方が一〇倍以上膨《ふく》らんでいるって報告書を提出したとして、果たして善良な小市民の皆様が信じてくれるものかね」

ミリア＝ニューバーグの声には緊迫感《きんぱくかん》がない。

ヘイヴィアはチェーン店のコーヒーを泥水で薄めたようなのっぺりしたインスタントをすすりながら、

「とはいえ、あれをいつまでも放置しておく訳にもいかねえだろクウェンサー。『白旗』の件といい、どうも『フライアウェイ』を運用するクソ野郎はテーブルマナーを完璧《かんぺき》に忘れているらしい。ここを離れたって世界中で同じ事を繰り返すだけだ」

「……山岳《さんがく》地帯はヤツのホームだ。つまり調子に乗る。適当につつけば得意なフィールドで応戦しようとするはずだから、再戦を申し込むだけならそんなに難しくはないよな」

　クウェンサーは顎《あご》に手を当ててそんな風に言う。

「トドメはお姫様に刺してもらうとして、問題は『フライアウェイ』の足元に何を仕掛《しか》けるか。あと、険しい斜面をぬるぬる動く八本脚相手に、人間の俺達が追いすがったり先回りができるのかっていうところか。ヤツの脚を止めない事には、お姫様でも狙《ねら》い撃《う》てないからな」

と、そこで。

　すっ……と片手を挙げる少女がいた。

　先ほどまで沈黙《ちんもく》を守ってきたプタナ＝ハイボールだ。

「それについては、考えがあります」

「聞こう」

　ミリアが許可すると、操縦士エリートは先を続ける。

「あの『さんがくちたい』には、ヒミツのトンネルがたくさんあるというハナシをきいたことがあります。ロストエンゼルスは『あんぜんこく』で、山の向こうは『せんそうこく』。ぶきさ、まやく、汚《よご》れたおかね、ほうせき……色んなものを出し入れすれば、『ついせきしゃ』をふりきることができるって」

「密輸用の手掘《てぼ》りトンネル網《もう》の話だな。主にマスタードカウボーイ……つまり『資本企業』の連中が得意としているヤツだ」

「『正統王国』のトンネルはないいんですか？」

「私達アズールハイヴはそもそも南東の商業港を陣取《じんど》り、資金源に改造しているからな。武器も人間も運び放題だから、トンネル事業なんぞに参入する必要はなかったんだ」

ミリアはそんな風に言いながらも、

「話を戻すぞ。北部山岳《さんがく》地帯の件だが、おそらくモデルはヤツら『資本企業』の『本国』と中米を繋《つな》ぐ麻薬トンネルだろう。状況が複雑になるからできるだけ干渉《かんしょう》したくはなかったが、こうなると止《や》むを得ない、か」

そんな風に皮算用を済ませていく。

リスクとメリットの秤《はかり》は、メリットの方へ傾いたらしい。

「あくまで噂《うわさ》レベルだが、山岳地帯全体をアリの巣のようにトンネルが走っているらしい。手《て》掘《ぼ》りでも小さなバイクくらいなら問題なく通れるという話だが。ただし、この話が本当なら連中のビジネスの要《かなめ》の一つだ。そう簡単に全貌《ぜんぼう》は分からないようにできているはずだ。かと言って、今から測量機器を持って山に入るのでは時間がかかり過ぎる」

「じゃあどうすんですか？」

ヘイヴィアが眉《まゆ》をひそめて質問すると、ビキニの上官は即答《そくとう》した。

「ロストエンゼルス風にやろう。マスタードカウボーイの幹部をかっさらって必要な情報を仕入れる。正体が税金で食べている軍人なら遠慮はいらないだろう、ちょうど良いヤツが一人いるぞ」

と、ミリアは壁《かべ》を埋め尽《つ》くす軍用コンピュータの一つを操作して、顔写真つきの履歴書のようなものを表示させた。間違ってはいないのだろうが、本人が書いたものではないのが異質か。課報部門《ちょうほう》が収集している、危険人物の人物調査リストだ。

「ジョージ＝コーラル。男性、三六歳。自宅はこの街だけで五ヵ所登録。ロストエンゼルス西部の金融街で幅を利《き》かせていた、マスタードカウボーイの『元』幹部だ」

「元？」

クウェンサーが尋《たず》ねると、ミリアは面白《おもしろ》そうな声で言う。

「例の、灯台船の集光レンズを盗《ぬす》んだ盗まれたの一件で粛清《しゅくせい》だ。厳密《げんみつ》にはまだ街の中を逃げ続けている。今は身ぐるみを剝《は》がされた哀れな子羊だが、マスタードカウボーイの情報を握《にぎ》ったままなのは同じだ。現役幹部を襲《おそ》うために街中で戦争を仕掛けるよりは、はるかに簡単にさらえるだろう。密輸トンネルの正確な図面を手に入れるにはもってこいだ」

「なら決まりだ、ボヤボヤしていると『資本企業』側の兵隊に殺されちまう。死人は口を開かねえんだ、さらうなら早い方が良いぜ」

ヘイヴィアの声に反対する者はいない。

ドカドカとおんぼろモーテルの出口へ複数の足音が続いていく。

クウェンサーはプタナの方へ目をやった。

「センパイ、何か？」

「……いや、『フライアウェイ』に乗っているのって、アンタと同じ『信心組織』のエリートだろ。あんな風にヒントを与えてくれるんだなって」

するとプタナは唾《つば》でも吐《は》き捨てるような表情でこう告げた。

「あいつは、かざかみにもおけない」

5

ロストエンゼルス西部。

無数の高層ビルが立ち並ぶこの一角にも、掃《は》き溜《だ》めはある。例えば交差点の一角にあるゴミ捨て場。今時どこの国でも使われていないであろう真っ黒なゴミ袋が死ぬほど山積みされたその場所に埋もれるように、ひげ面《づら》の男が仰向《あおむ》けに寝転がっていた。

かつての凄味《すごみ》や威容《いよう》はない。オモチャでも飛ばしているのか、青空を見上げながら両手でアンテナ付きのリモコンを摑《つか》んでいる、メガネの《RC少女》さえヒゲ面の男を眼中に入れていないようだった。

それを発見した『元』部下の男は呆《あき》れたように呟《つぶや》いた。

「まだ西部にいたんですか」

「うるせえな……ここは俺の地区だ、俺の餌場《えさば》だ、俺の縄張《なわば》りなんだ。くそっ、今は誰が屋上のプールで泳いでいやがる。ケニーか？　それともロブ？　何にしたって俺のものを横取りしたヤツはみんな蜂《はち》の巣にしてやる……」

今日までこの男が生きてこられたのは、その意外性のおかげなのかもしれない。曲がりなりにも『幹部』の肩書きを持っていたのだから、まさかゴミの山に埋まっているとは思わない。

それだけだ。

イメージが修正されれば、時計の長針が一回転する前にマスタードカウボーイの兵隊に発見され、二回転する前には額に鉛弾《なまりだま》をもらい、三回転する頃には沖合いに放り投げられているかもしれない。

かつてのよしみに、『元』部下の男はこう告げた。

「早く街から離れた方が良いのでは？」

「テメェも俺を馬鹿《ばか》にしてんのか？　いいか、『再起』の手は練《ね》ってあるんだ。俺は、こんな所では、死なない。何故《なぜ》なら今はまだ俺の死ぬべき時じゃねえからだ。ああくそっ！　まずは銃《じゅう》を手に入れるぞ。その辺にいるヤツぶん殴って奪えば良いんだ!!」

「九ミリ弾《だん》で何をするつもりなんですか？」

「興味があるならついてこい、税金暮らしの軍人じゃ絶対味わえない贅沢《ぜいたく》を教えてやれるぜ。おらーっ!!　テメェらが捜《さが》しているジョージ＝コーラルはここじゃァアあああ!!　文句があるならかかってこいやーっっっ!!!!!!」

と、ゴミの山のてっぺんで立ち上がり、天に向かって男が吼《ほ》えた直後だった。

「はいよ」

ヘイヴィアは気軽な声で呟《つぶや》き、盗《ぬす》んだ四駆《よんく》を交差点傍《そば》のゴミの山へ突っ込ませる。

怒濤《どとう》のノーブレーキであった。

ドグシャアアアアアアッッッ‼　という轟音《ごうおん》と共に黒いゴミ袋の山がボウリングのピンのように弾《はじ》き飛ばされた。

頂点にいたキングピンことジョージ＝コーラルの体が宙を舞い、四駆の屋根にべゴンッ！と重たい音が鳴る。近くの横断歩道を男女二列でお行儀良く渡っていた《修学旅行生》らしき一団が目を丸くしている。

ヘイヴィアのテンションは上がりまくっていた。

「ははっ！　デジタル露出狂《ろしゆつきよう》の情弱スマホも役に立つな。まさかこんなに早く馬鹿《ばか》が見つかるとは思わなかったぜ‼」

その《モノキニの女子大生》は驚いたふりをしてわざと転び、地面との摩擦《まさつ》で自ら水着をずり下ろそうとしていたが、生憎《あいにく》と見せたがりにかまけている暇《ひま》はない。どうせあいつの着替えは二四時間ネット越しにいつでも拝める、と考えを切り替えなくてはならない。

何故《なぜ》なら、屋根へ落ちた男はそのまま車の最後尾から転がるように飛び降り、アスファルトの上へ着地すると勢い良く走り出したからだ。

逃走する。

「ああん⁉　何だありゃ、まだピンピンしてやがるぜ‼」

「突っ込んだのはゴミの山だ、本人じゃない！　バックバック、そのまま腰骨をへし折ってやれ。死ななければ話は聞ける‼」

ミリア＝ニューバーグの大概《たいがい》ひどい指示に従い、タイヤのゴムをアスファルトに擦《こす》りつけながらへイヴィアは全力で車を後ろへ下げる。

ギョッとしたひげ面《づら》は慌《あわ》てて方向転換し、建設中のビルの足場へと身を乗り上げる。

ゴギャン‼　という金属のひしゃげる音と重たい衝撃《しょうげき》が走るが、四駆は標的を喰《く》いそびれた。

ジョージ＝コーラルはなおも足場を駆け上がっていく。『元』幹部のくせにどっしりとしない男だ。

「ああもう、車じゃどうにもならん！」

「俺らも猿山《さるやま》で追いかけっこですか、面倒《めんどう》臭せえ‼」

「いいや、『空中戦』は新入りに任せよう。車を変えて地上からヤツを追うぞ。サポートするにしても、逃げ道を封じるにしても、やれる事はまだあるはずだ」

ミリアは言いながら、無線機に口を寄せた。

「そういう訳だ、プタナ！　自慢《じまん》のオフロードバイクでヤツを追い駆けろ!!」

言葉と同時だった。

ドルゥン!!　という排気音が四駆を飛び越していった。

追い越した、ではない。

オフロード用の二輪はちょっとした上りの坂道を利用してサーカスのように大きく街を飛び、四駆の屋根を越えて建設中のビルの足場へと着地していったのだ。

「すごいな、やはり腐《くさ》っても操縦士エリートか」

「つか、何でクウェンサーのヤツはあいつの背中に張り付いてやがるんだ？」

「お目付け役を買って出たんだ。そうでもしないと怖《こわ》いんだろう、目の届く範囲《はんい》に復讐者《ふくしゅうしゃ》を置いておけば不意打ちを防止できるとでも思っているんじゃないのか」

建設現場の足場は狭い。

左右わずか五〇センチ横を、ビル壁《かべ》と鉄パイプの柱が猛烈《もうれつ》な速度で突《つ》き抜けていく。階段代わりに斜めに立てかけた細長い鉄板の上でも平気で駆け上がっていく。

「怖い怖い怖い怖い!!」

「センパイ、あなた何でバイクにのっているんですか?」

三階程度の高さだった。

車を振り切って安心しきっていたジョージ＝コーラルは、排気音に背後を振り返ってギョッと体を強張《こわば》らせていた。

プタナ＝ハイボールは容赦《ようしゃ》をしなかった。

ズドン!! と。

安全運転でギャングになりすますプロの兵隊を吹き飛ばす。

手足をバタバタと振り回すひげ面《づら》の男は、いつまで経《た》っても落下の衝撃《しょうげき》がこない事に疑問と恐怖を覚えていただろう。

筋肉質の体は足場を飛び越え、空中へと投げ出されていたからだ。むさ苦しい男は落下防止用のネットを突き破り、一度減速してから路上へ落っこちる。

プタナはそれを確認しながら、自身もオフロード二輪のスロットルを開放して躊躇《ちゅうちょ》なくビルの足場から飛び降りていく。

都合三階分のフリーフォールが始まる。

宙を舞うクウェンサーは、同じ目線に電柱へ張り付く《高所作業員》がいるのを目撃して背筋が凍《こお》った。自分がどんな高さにいるのか改めて思い知らされる。

単なる加速とは違う『落下』のGを胃袋に受けて学生が絶叫《ぜっきょう》する。

先に路上へ転がり、起き上がる事もできなくなっていたジョージ＝コーラルの頭のすぐ横にバイクの後輪を押し付ける格好でプタナは正確に着地する。そのまま勢い良くターンを切って、今度は軽量バイクの前輪をひげ面《づら》の男の頭に向ける。ブレーキを調節し、まるでタイヤと地面で甘噛《あまが》みするよう、ギリギリのラインでバイクを停める。

ここまでくると、額に銃口《じゅうこう》を押し付けているのと何も変わらない。

冷徹《れいてつ》に、少女は告げる。

「ようきゅうにしたがえ。さもなくば、ここでのうみそをぶちまける」

「……、」

涙目のジョージ＝コーラルは、そこで短く二回クラクションが鳴るのを耳にした。

すぐ近くにステーションワゴンが停車する。

バタンバタンと複数のドアが開閉する音が響《ひび》き、ビキニにぶかぶかのカーゴパンツを穿《は》いた女がやってきた。そいつは笑いながらこう言った。

「この街にも一応『信心組織』系の警官はいる。さっさと荷物を詰め込もう。……さて、今日が長い一日になるかどうかは君の我慢《がまん》にかかっているぞ。ジョージ＝コーラル『元』幹部さん？」

「うう、くそったれが……」

息を吐《は》き、ひげ面の男は手足から力を抜いて目を瞑《つぶ》った。

彼がロストエンゼルスのスターダムに返り咲くのは、まだまだ先の事らしい。

6

ステーションワゴンで大きなグレープ通りを適当に流しながら、クウェンサー、ヘイヴィア、プタナ、ミリアの四人で経過報告。

「これがヤツのネクタイピンに仕込んであったマイクロチップ。やっぱり切り捨てられた人間は組織に義理立てする必要がないから口も軽いな。おかげで『レインコートを着て包丁片手にバスルームに立つ』必要もなかったし」

情報元のジョージ＝コーラルは車内にいない。

別に額に鉛弾《なまりだま》を叩《たた》き込んで走る車から放り捨てたとかいう話ではなく、

「見返りは何でしたっけ？」

「インスタントな偽造《ぎぞう》ＩＤと『資本企業』ブランドの拳銃《けんじゅう》。ま、三日も経《た》てば簡単にバレるだろうが、三日の内に何かやるつもりなんだろう。マスタードカウボーイの連中が内輪揉《も》めしてくれる分には問題ない」

モラルを捨てれば可能性が手に入る。

それがロストエンゼルスの良い所だ。

ともあれ、これで北部山岳《さんがく》地帯の密輪トンネル網《もう》の正確な図面は手に入った。山の中をショートカットできれば、クウェンサー達でも斜面《しやめん》をぬるぬる動く『フライアウェイ』のルートを先回りする事ができる。

多くの民間人を吹っ飛ばした狂気の第二世代へ、一矢を報いるきっかけを作れる。

クウェンサーは無線機をいじくりながら、

「ハイ、フローレイティアさん。こっちは準備が整いました。お姫様の方は？」

『あと少しで紅茶に鎮静剤《ちんせいざい》を混ぜるところだった。怒りに任せて今すぐハルマゲドンでも起こしそうな雰囲気《ふんいき》だ。つまり頭が沸騰《ふっとう》している。首輪を外せばいつでも飛び込んでいく状況だが、考えなしに突っ込ませるつもりもないよ。ヤツの足を引っ張る手に具体的な心当たりが？』

「一度どこかで会いましょう」

『何だ、生意気に通信傍受を気にする程度には課報《ちようほう》部門のやり方に染まってきたか』

「(……いいえ、そうではなく)」

『(……どうして小声になる？)』

「(……なんていうか、そのー、ほとんど親の仇《かたき》みたいな関係性の子が近くにいるもんで、あんまりクレバーなアイデアは披露《ひろう》したくないなー怖いなー的な）」

『（……ある意味、諜報部門らしい日々を送っているようね、クウェンサー）』

ビクビクした目で隣に目をやると、ナース服をモデルにした緑色の特殊スーツを纏《まと》う少女が『？』と怪訝《けげん》な視線をこちらに返してきていた。

7

ロストエンゼルスにも『島国』発祥《はっしょう》のカラオケボックスはある。

もっとも、適度な防音設備の整った密室を時間単位でレンタルできるという事もあって、実際には『街の角に立つ、裸《はだか》同然のドレスを纏った女性を引っ掛《か》けて』利用するお客様がほとんどらしいのだが。

そんな訳で、待ち合わせに応じたフローレイティアはすこぶる機嫌《きげん》が悪かった。

「クウェンサー……灰皿がないんだけど、ちょっと両手を差し出してくれる？　そう、水をすくうような格好で」

「ストレス溜《た》まっているなら一曲歌いましょうよ！　ここはカラオケボックスなんだから‼」

「何で私がこんな連れ込み宿に……」

「おんぼろモーテルに高級将校がやってきたら、諜報部門の隠れ家だって宣伝して回るようなものでしょう。次の日にはロケット弾《だん》か爆弾《ばくだん》で吹っ飛ばされちゃいますって」

ちなみに他の利用客を装って両隣の部屋は『正統王国』の護衛が借りていて、非常口から一番近い路地には防弾《ぼうだん》仕様のSUVがさりげなく待機している。やはり将校クラスとなると警備体制が違うのだ。

フローレイティアはピッチャーからグラスへ炭酸飲料を注ぎ、油っこい料理の大皿から鶏《とり》の唐揚《からあ》げを指で摘《つま》みながら、

「ロストエンゼルスの方ではどう動くつもりだ？」

「前にも言った通り、『資本企業』が使っている密輪トンネル網《もう》の正確な図面を入手しました。これを利用すれば、『フライアウェイ』の不意を突けます」

クウェンサーは許可を取ってから上官と同じ大皿へ手を伸ばし、フライドポテトを咥《くわ》える。

オニオンリングは不評らしく、二人とも手を付けない。

「ヤツはお姫様と同じ、静電気式の推進装置を使っています。その弱点を活用すれば脚を止めるのは不可能じゃない」

「具体的には？」

唐揚げの塩加減が気に入らないのか、マヨネーズの小皿にぐりぐりと押し付けながらフローレイティアは質問する。

例えば、『床暖房』などという通称で知られる巨大な帯電性のシートを使えば、大量の電力

を消費する見返りとして、機体を浮かばせている静電気を乱して足を止める事はできる。

だが、

「『床暖房』みたいな大きなシステムに頼るのは無理です。トンネルは手掘《てぼ》りで、軽量のオフロードバイクを通すのが精一杯のようですので。まあ、元々は未登録の銃《じゅう》や麻薬を通すためのものだから高望みはできませんが」

何本ものポテトを一気に摑《つか》んで口に入れるクウェンサーに対し、フローレイティアはグラスの炭酸飲料を口に含んでからこう言った。

「ではどうする。山岳《さんがく》地帯と言っても、いくつもの山々が連なるため交戦区域は広大になる。それにヤツもヤツで足元には気を配るでしょう。様々なセンサー類に気づかれず、確実に足を引っ張る方法などあるの？」

「机上の空論ですが、一つだけ」

クウェンサーはそう言った。

フローレイティアはニヤリと笑って先を促《うなが》した。

「聞こう」

「ヤツの静電気を乱し、なおかつ広範囲《こうはんい》にわたって一気に効果を及ぼすもの。それをトンネルを通して山の斜面へ一挙に輸送させれば良い」

「だから具体的には？『床暖房』は使えないと自分で進言しただろう」

「トンネルは狭い。でも、輸送する物質が『固体』でなければ大質量を一挙に運び出す事だってできるんです」

「まさか……」

驚くフローレイティアに、クウェンサーは携帯端末《けいたいたんまつ》をテーブルへ置いた。

表示されているのは北部山岳《さんがく》地帯の衛星写真だ。

その斜面には、ウォータースライダーを何十倍にも肥大化させたような金属管が何本も並行に走っていた。

「水力発電所……つまりダムがある。ここから大型ポンプで大量の水を汲《く》み取って、アリの巣のような密輸トンネルに通せば良い。静電気式は川や海を直接渡る事はできず、海戦用のフロートに換装《かんそう》させる必要があります。調子に乗ってる『フライアウェイ』の足元から噴水《ふんすい》みたいに水を噴き出して、斜面全体を巨大な滝にしてしまえば、ヤツの脚は止まる」

「後は、巻き込まれない程度の位置をキープしていたお姫様が主砲《しゅほう》で狙《ねら》い撃《う》てば……」

「そこらへんはスピード勝負です。『逃げの一手』の『フライアウェイ』は初撃《しょげき》を放った直後、身軽になるためにコンテナ状の主砲を切り離す。つまり、こっちはもう回避《かいひ》を考えなくて良い。ヤツが事態に気づいて『白旗』の信号を飛ばすより早く、お姫様がヤツをぶち抜けば一撃で勝てます」

あくまでも机上の空論。

『滝』を作る諜報部門《ちょうほう》とお姫様の連携が取れなければ、全ては水の泡《あわ》になってしまう危険なギャンブルでしかない。

だが、勝算が具体的な輪郭《りんかく》を伴ったのも事実だった。

多くの民間人を犠牲《ぎせい》にしたクソ野郎に逆襲《ぎゃくしゅう》の一手を投じる事ができる。

「判断はお任せします」

「当たり前だ、私は整備基地司令よ」

もちろん、戦地派遣《はけん》留学生……つまり『素人《しろうと》』のクウェンサー＝バーボタージュの名前でレポートを書いて提出しても、上層部はろくに相手にしないだろう。前回の『コレクティブファーミング』強奪《ごうだつ》の件は相当特殊な事例だ。

しかし、フローレイティア＝カピストラーノ少佐の名義なら話は別だ。

「『参考』にしていただければ幸いです」

「分かった、『一考』はしてみよう」

8

事態は深夜に動いた。

北部山岳地帯。峠《とうげ》のぐねぐね道の途中には、ちょっとした休憩所《きゅうけいじょ》と売店を兼ねたスペースが確保してあった。高速道路のサービスエリアに似た施設《しせつ》が拡充しているのは、おそらくダムや天文台で働く人向けの需要があるからだろう。

『夜のロストエンゼルスは深い霧《きり》に包まれる』とされるが、山岳《さんがく》地帯はその限りではないらしい。ぬるま湯のような海に山から吹き降ろす冷たい風が当たって霧ができるからだろう。こちらにはその湿気を含んだ潮風がないのだ。

(やはり盗《ぬす》んだ)クラシックカーのボンネットに腰掛《こしか》けながら、ミリア＝ニューバーグはどこかと無線機で連絡を取っていた。

眠気覚ましなのか、車内のカーステレオからは海賊《かいぞく》放送が大音量で垂れ流しになっている。

『フフフ、フラッシュタイムニュース(DJスクラッチ風)‼「資本企業」でも有名な弁護士事務所・リップサービスがネット相談窓口を開設した事で話題を集めています。同事務所の得意分野は家族トラブルで、天才の卵をさらって大会社へ売却《ばいきゃく》する、俗に言う「才能売買」の確実な火消し役としても重宝され……』

安っぽい売店で残っていた蒸し鶏《どり》とサラダの冷製パスタを胃袋に収めていたクウェンサーやへイヴィアに向けて、彼女はこう告げる。

「先行していた別働隊が水力発電所のダムを制圧した。これから大型ポンプの設営に入る。行動班はオフロードバイクに切り替えろ」

「お姫様の動きはどうなんです?」

「絶賛待機中。前回は我々諜報部門《ちょうほうぶもん》の準備が終わる前に勇み足で戦闘《せんとう》が始まってしまったからな。今回は全体的に慎重になっているようだ」

そんなこんなでぞろぞろと『正統王国』の兵士達が動き出す。

彼らは深夜でも常に一定数の車やバイクが停まっている『鉱脈』と化した駐車場を物色しながらも、

「プタナさあ、こんな真夜中にカレーとか食べていたら胃がもたれない？」

「センパイ、ぎゃくに8しゅるい以上のスパイスがまざっていないものをごはんとみとめられる心がりかいできません」

「何にしたって戦争中に消しゴムみてえなレーションン以外のものが食えるだけでも贅沢《ぜいたく》だよ。おいクウェンサー、今回はどっちのケツに乗るんだ」

「腰にしがみつくなら女の子に決まっているだろ」

「センパイ、ムネをはるようなトコじゃありません。ライセンスをとってください」

ぶつくさ言いながらも、各々《おのおの》手慣れた動きでバイクを盗んでいく。

深夜の山中でアシをなくして置いてきぼりなんてゾッとする話だが、鍵穴《かぎあな》近くの破壊痕《はかいこん》を見る限り、元々どれも盗難車だったらしい。となると『持ち主』の不運も自業自得か。

「女っ気のねえ熱帯夜なんて最悪だぜ。俺も『街角に立つ女』にでも声を掛けてみようかな」

「やめなって、『貴族』の血が変な風に拡散してみろ、一〇年単位で寝首をかかれるぞ。ナントカサスペンス劇場の一丁上がりだ」

「頭では分かっているさ、だけどほら、人間って生き物はハートで決断する時ってのがあんだろ。向こうで欲求不満そうな顔をしているドレスの美女とか見ちゃうとさあ」

「あれ男の娘《こ》だよ。骨盤《こつばん》の位置を見れば分かるだろう」

ぶふっ!! とヘイヴィアが盛大に噴き出した。激しい後悔《こうかい》に襲われる悪友を無視して、クウェンサーは怪訝《けげん》な目で《ドレスの女》へ目をやる。こんな山道で彼（?）は何をしているのだろう。

答えが出る前に、ミリアはこんな事を言ってきた。

「我々輸送班はトレーラーで行く。大型ポンプだの何だの、先に機材を運んでおかなければならないからな」

「了解しました。プタナ、トレーラーとは距離を取ってくれ。一緒に行動しているようには見られたくない」

「前にも何台かバイクを走らせようぜ。念のため、待ち伏せがねえか調べておいて損はねえ」

そんな訳で二台のバイクがまず先行していく。

その後、クウェンサー達はゆっくりと出て行く複数のトレーラーを見送る。

ややあって、ガォンと排気音を鳴らし、最後に諜報《ちょうほう》部門の行動班は盗んだバイクで二列縦隊を組んで峠《とうげ》を進んでいく。

警戒《けいかい》はしたが、幸い、目に見えて分かりやすい襲撃や横槍《よこやり》はなかった。

途中でパンパンと乾いた銃声《じゅうせい》が鳴ったが、ロストエンゼルスでは珍《めずら》しくもない。対向車線ではおんぼろのレッカー車がレース仕様の高級車を引きずっていて、ロードサービスに偽装《ぎそう》した《車泥棒》を仕留めるべく改造車の群れが追い駆け回しているようだった。

クウェンサーがしがみついているプタナは、こちらを振り返らずに言う。

「大丈夫ですよ、こちらにつきさす『しせん』はかんじられませんから」

「『視線』？」

「『ぐんじえいせい』も主にロストエンゼルスのまちの方にしゅうちゅうしていて、こちらの山はてうすになっているみたいです。まあ、だからこそケーブルカーをふっとばしてもおとがめがないいんでしょうけど」

ゾッとする台詞《せりふ》だった。

その言葉がどこまで真実を突いているかは分からないが、ただのブラフや思い込みではないだろうとクウェンサーは予測をつける。『視線恐怖症《きょうふしょう》』を自らの武器に転化させたこの少女がオブジェクトに乗り込んだ場合、お姫様にとってどれだけ脅威《きょうい》になった事だろうと思う。

（……先んじて封殺《ふうさつ》しておいて本当に良かった）

「センパイ？」

「何でもないぞう！　俺の熱視線を受けて背筋がゾクゾクきちゃったかいプタナちゃん」

ほどなくして、バイクの群れは山の中腹にある水力発電所へ到着した。

駐車場では先行していたミリア＝ニューバーグが軽く手を振っていた。

「始めるぞ、クウェンサーの案で行く。私達は貯水湖から水を引きずり上げるポンプを配備するから、君達は密輪トンネルの方でパイプラインを張り巡らせてくれ」

「了解しました」

一度バイクを降りて、クウェンサーやヘイヴィアもトレーラーのコンテナの方へ向かう。が、金属製の扉を開けたヘイヴィアは眉《まゆ》をひそめた。

「何だこりゃ？　せいぜい一〇〇メートルくらいしかねえぞ⁉　こんなのじゃ山の向こう側まで水を通す事なんかできねえだろ‼」

「そんな長大な送水パイプを運ぶとしたら、どんだけたくさんトレーラーが列を組まなくちゃならないんだよ。馬鹿《ばか》正直にそんなのやったら完璧《かんぺき》に悪目立ちだ。『信心組織』に警戒《けいかい》されたらおしまいなんだろ」

「じゃあどうすんだ⁉」

「図面に印をつけた。アリの巣みたいなトンネルを、人間用と送水用に分ける。送水用の方は枝分かれする道を全部塞《ふさ》いで、一本道にしてしまえば良いんだ。そこへ鉄砲水《てっぽうみず》みたいに水を送り出せばパイプラインの代わりになる」

クウェンサーは親指で水力発電所の方を指し示し、

「ロストエンゼルスの電力は不安定で停電も珍しくなかったろ？　資料によれば電力会社の方でもタービンを増設しようって動きはあったようだが、諸々《もろもろ》の事情で工事は止まってる。速乾セメントの袋だって土嚢《どのう》みたいに山積みになってるはずだ。あれを借りよう」

「そりゃ結構な話だぜ。当たり前みてえな顔で民間物資を接収しようとか、テメェもテメェでロストエンゼルス風に染まってきやがったな」

「セメントにも消費期限があるって知ってる？　むしろあれはコンビニ弁当みたいに廃棄《はいき》処分しなくちゃならないの。処理費用を他国の軍が肩代わりしてやるって言っているんだ、感謝してほしいくらいだよ」

「そういう言い訳がスラスラ出てくるトコも含めてロストエンゼルス風っつってんだ。エコって言葉も使いようだぜ、馬鹿には何持たせたってろくな事にゃならねえんだな」

ぶつくさ言いながら馬鹿二人は発電所の横にある巨大倉庫の鍵《かぎ》を壊して中に入る。山積みされた速乾セメントの袋はお米や小麦のそれに似ていたが、重さはずっときつい。

最初の一つ目で、もうクウェンサーは潰《つぶ》れていた。

「馬鹿野郎！　病弱キャラはお嬢様限定ってのを知らねえのかクウェンサー⁉」

「……何これ……俺達ピラミッドを造る奴隷《どれい》か何かか……？」

床に崩れたまま呻《うめ》き声を上げるクウェンサーの横では、見た目は華奢《きゃしゃ》に見えるプタナ＝ハイボールが一気にまとめて三つもセメント袋を肩に担《かつ》いでいた。

涼《すず》しい顔で彼女は言う。

「センパイ。そろそろ、かしかりのハナシをしましょう」

「やめようって！　何かと天才肌のエリート相手にそんなの始めたら借金地獄《じごく》じゃない!!」

ろくに持ち上げる事もできないクウェンサーは、セメント袋の端《はし》を両手で掴《つか》んでずるずると引きずる羽目に。

ワイヤーを使ってバイクの後部にくくりつける。

シートに腰掛けるのは、当然ながらバイクの運転ができる人間限定なので、

「……やっぱり、かしかりのハナシをしませんか？」

「いやバイクに乗れるのができる男できない男の分かれ目って話はないと思うよ。ギターなんて弾《ひ》けたって全然モテないじゃない!!」

泣き言を言うクウェンサーを置いて、ヘイヴィアやプタナの操るオフロードバイクがバルンバルンと密輪トンネルへ飛び込んでいく。

車のボンネットに地図を広げ、軍用ライトでルートの確認をしているクウェンサーへ、ミリアが様子を見に来た。

「順調か？」

「ええ。計算さえ正しければ、この一ヵ所から巨大ポンプで水を押し込めば、様々なルートを枝分かれしていって、最終的に向こう三つの山の斜面《しやめん》は全部ウォータースライダーに早変わり

するはずです。『フライアウェイ』を誘い込む事ができれば、静電気式の脚を確実に封じられる。ヤツはもう逃げられない」

「山の向こうの様子は、こちら側からでは分からない。送水のタイミングはそちらに任せるぞ」

「了解です」

ものの一時間もしない内に、ヘイヴィア達は戻ってきた。

「こいつ……人が汗水流して土木作業している間に一人で美女と戯《たわむ》れやがって。どこまでロストエンゼルス風を満喫《まんきつ》してやがるんだ⁉」

「サボりの方がおいしい目にあうというのは、社会に対するはんぎゃくだとおもいます」

先行したオフロードバイクが全員帰ってくるのを待って、クウェンサーやミリア達は密輸トンネルの出入り口を、巨大ポンプから直結した二メートル以上のビニールパイプの口で完全に塞《ふさ》いでしまう。

ミリアはパンパンと両手を叩《たた》いて、

「じゃあ他のトンネルから山の向こう側に向かってくれ。第二ラウンドが始まるぞ」

「分かりました。へーいプタナ、そんな訳で女の子の尻《しり》に乗せてくれーい」

言いながら、クウェンサーはプタナの乗るオフロードバイクの後ろへ飛び乗る。格好良い乗り方を研究する辺り、お荷物扱《あつか》いもそろそろ板についた感じである。

隣《となり》では、器用貧乏であるが故に女の子と密着できないヘイヴィアが、本格的なカウンセリングでも必要そうなどんより目でブツブツ呟《つぶや》いていた。

「……俺、もうライセンス放り捨てようかな……」

「良いかへイヴィア、保護欲のポイントは『できないから』だ。『できるのにやらない』じゃあ女の子のハートは摑《つか》めないのだぜ？」

「センパイ、そろそろぶっとばして良いですか？」

そんなこんなで、プタナやへイヴィアのバイクが山道の途中に隠《かく》してある別の密輪トンネルへと飛び込んでいく。

中には明かりはなく、ヘッドライトの頼りない光だけ。幅は二メートルもなく、手掘《てほ》りなので地面もデコボコ。そもそもただ単純に掘っただけで、柱やコンクリートで補強してある訳でもない。

オカルト的な肝試《きもだめ》しより、アトラクション的な度胸試しにピッタリといった印象だ。

「すんごい手作り感……。夏休みの自由研究みたいなトンネルだな」

所々にコンクリートの壁《かべ》のようなものが見えるのは、へイヴィア達が設営した速乾コンクリートだろう。

一枚向こうは数十トン単位の水の道だ。

全体にして七キロほど進んでいくと、オフロードバイクは山の向こう側へと飛び出した。

ブレーキをかけ、トンネルの出口から山々の景色を一望する。

「お姫様も動き出したみてえだぜ」

バイクにまたがったまま、ヘイヴィアがそんな風に言った。

雷雲が遠くから近づいてくるような、低く重たい唸《うな》りが山彦《やまびこ》を伴って響《ひび》いてくる。

静電気式の推進装置だ。

「上手《うま》く蜂《はち》の巣をつついたみてえだな。最強のチキン野郎が顔を覗《のぞ》かせてやがる……!!」

天高くそびえる猛獣《もうじゅう》の牙《きば》の列のような山脈の斜面に、何か巨大な虫が斜めに張り付いていた。

肥大しきった球体状本体に八本脚にコンテナ状の切り離し式主砲《しゅほう》を備える、核にも耐える害虫。

『白旗』の信号の乱発に、民間人の犠牲《ぎせい》も厭《いと》わない射線確保。

ごくりと喉《のど》を鳴らし、クウェンサーは狂った虫の名を呟《つぶや》く。

「『信心組織』の第二世代、『フライアウェイ』……!!」

9

戦場の主役はあくまでもお姫様と『ベイビーマグナム』だ。

だから、クウェンサー達は無線機片手にひたすら待ち続ける。

「……敵は初撃《しょげき》を撃ったらさっさと後ろへ下がる。だから、罠《わな》にかけるにはできるだけ初撃を遅らせて、相手を手前へ手前へ誘い込まないといけない。狙《ねら》いをつけさせるな、『フライアウェイ』を右に左に振り回すよう射撃《しゃげき》を繰り返した上で、少しずつ後ろへ下がるんだ。それで、あいつはこっちに近づいてくる」

『りょうかい、クウェンサー』

「ヤツは絶対に逃げられるって信じているからこそ、その行動は大胆《だいたん》になりがちだ。調子づかせるのはそう難しい事じゃない。余裕があるなら、わざと急斜面でスリップを起こしたように見せかけても良い。簡単に喰《く》いついてくるはずだ」

『安全をかくほしつつ、わざと向こうの「よく」をしげきするようにふるまえば良いんでしょう。それくらいならかんたんだよ』

クウェンサーとお姫様が無線でやり取りしている横では、プタナが少年の横顔をじっと観察していた。

戦局を決定づける、みんなの命を預ける、頼りにされる操縦士エリート。

本来だったら自分もそうであったはずの居場所。

「ん？　どうした？」

「いえ」

ゴッッッ!!!!!!　と、耳をつんざく爆音《ばくおん》が夜の山中を引き裂《さ》いた。

『ベイビーマグナム』から放たれた主砲《しゅほう》のコイルガンが、空気を引き裂き音速超過におけるソ

ニックブームまで撒《ま》き散らして、『フライアウェイ』へ一瞬で突き抜けたのだ。

それを皮切りに、『フライアウェイ』の方も動く。

急斜面上《きゅうしゃめん》で小さく円を描くように砲弾《ほうだん》を回避《かいひ》すると、そのまま一挙に『ベイビーマグナム』側へと接近していく。

コンテナ状に、蜂《はち》の巣状に集束された主砲《しゅほう》の群れが、ギシギシと軋《きし》んだ音を立てて照準を合わせようとしてくる。

ヤツの得意技は一面を埋め尽《つ》くす『斉射《せいしゃ》』だ。

逆に言えば、ほとんど一回こっきりの攻撃を繰り出すまではひたすら温存する。

……そう思っていたのだが、様子が違った。

バンゴンガン!!　と立て続けに『フライアウェイ』から爆音《ばくおん》が返ってくる。

それは主砲の『斉射』ではなく、オブジェクト対オブジェクトの戦闘《せんとう》では使い物にならない小さなレールガンや連速ビーム砲などだったが、

「うわっ⁉」

「野郎、こっちの山を崩しに来てやがる!!」

慌《あわ》てて身を竦《すく》めるクウェンサー達の頭上……いや、山頂近くでも、ガラガラという不気味な音が響《ひび》いていた。下の方では本格的な土砂崩れが起きているようで、粉塵《ふんじん》の壁《かべ》が地上近くを完全に覆《おお》い隠している。

それは、お姫様の『ベイビーマグナム』とて例外ではなかった。

斜面の上を流れるように、いいや、斜面全体が流れるように、大量の土砂が下へ下へと移動していく。その圧倒的な流れが、『ベイビーマグナム』の動きを鈍《にぶ》らせる。斜面に留まるのが精一杯で、鋭角《えいかく》な挙動を維持できなくなってしまっている。

「ヤバい、お姫様の動きが止まっちまうぜ！　ここで近づかれたらコンテナ主砲で蜂の巣にされちまう‼」

「だからって、できる事は何もない。主砲のアームが六本吹き飛ばされたって良い、球体状本体が破裂《はれつ》した空き缶みたいになったって、最後の最後まで動けばこっちの勝ちだ。ヤツを調子づかせて前進させる。そうしない事には俺達の罠《わな》も使えない‼」

混乱するお姫様を見て、さらに『フライアウェイ』が近づいてくる。

コンテナ主砲の射程に入る。

「おい！」

「まだだ‼　効果圏《けん》の端《はし》じゃあ作動と同時に後ろへ逃げられる。効果圏の中央まで誘《さそ》い込んで、前後左右どこへ逃げてもウォータースライダーで押し流せるまで待つ‼」

もうお姫様にも演技をする余裕はない。

本気で四苦八苦する様子に、『フライアウェイ』側が勝利を確信する。

さらに進む。

クウェンサー達が見下ろす、真下の斜面にまで迫《せま》る。

「よし……」

学生は、無線機のスイッチに親指を掛《か》けた。

短縮番号は、山の反対側で待機するミリア＝ニューバーグ達へのサインと直結している。ボタン一つで貯水湖の巨大ポンプが動き出し、数十トン単位の膨大《ぼうだい》な水が向こう三つの山々の斜面をまとめてウォータースライダーに作り替える。

逃亡者の足を、止める。

「よし!!　ミリアさん、やってくれ！　今だ!!」

カッチン、という軽い音が鳴り響《ひび》いた。

直後だった。ずずずずずずずずずずず……!!　という低い唸《うな》りが、山全体を小刻みに揺《ゆ》さぶってきた。クウェンサー達が通ってきた密輪トンネルは人間用に区別されたもので、水は流れない。にも拘《かかわ》らず、別のトンネルを走る振動がここまで伝わってきているのだ。

だが、

「おいクウェンサー、様子がおかしいぜ……」

「ウォータースライダーは完成していません。他のトンネルの出口から水がながれ出ているようすがないのですが」

クウェンサーはギョッとして背後を振り返った。

手掘《てほ》りのトンネルの天井からは、パラパラと細かい破片が降り注いでいる。

「まずい……。まずい!!」

『クウェンサー、じょうきょうをせつめいして』

「『フライアウェイ』の砲撃《ほうげき》で手掘りのトンネルが崩れたんだ！　水を通すための即席《そくせき》のパイプラインは亀裂《きれつ》だらけで使い物にならない！　お姫様、作戦変更だ、今から言う座標に主砲を……!!」

言いかける前に、状況《じょうきょう》は先へ進んだ。

「おい、ちょっと待て。送水パイプラインが機能してねえなら、さっきから鳴り続けている震動はどこから来るもんなんだ!?」

「……さくせんがしっぱいしたのは、水が正しいルートをとおらなかったから」

「ちくしょう」

クウェンサーの顔が引きつった。

「こっちのトンネルに流れてきたのか!?」

身構える暇《ひま》もなかった。

凄《すさ》まじい水の奔流《ほんりゅう》が山中から外へと噴き出し、出口の近くにいたクウェンサー達を容赦《ようしゃ》なく宙へと吹き飛ばしてしまった。

10

当初の予定に比べれば、ずっと小さな噴水だっただろう。

オブジェクトを巻き込んでその足を止めるには不十分なものでしかなかっただろう。

だが、生身の人間を薙《な》ぎ払うには十分過ぎる水量だった。

「がァああ!!!???」

転がる。滑《すべ》り落ちる。大量の土砂や瓦礫《がれき》と一緒にクウェンサー達は巨大な滑り台をどこまでも落ちていく。

山の中腹で、何かに引っかかった。

それがなければ本当に崖《がけ》の底まで真っ逆さまだったかもしれない。

「く、そ……何が……」

ろくに身動きも取れないまま、クウェンサーは無線機に手を伸ばす。だが、スイッチを押しても反応がない。衝撃《しょうげき》のせいか泥のせいか、とにかく壊れてしまったようだ。

（冗談《じょうだん》じゃないぞ……）

真上の斜面《しゃめん》では、今も不気味な低い唸《うな》りを上げて『フライアウェイ』が移動を続けていた。

ヤツは一発撃《う》って逃げるタイプだ。大本命以外に注力している暇《ひま》はないのだろう。

（このままじゃまたあいつを取り逃がす。くだらない鬼ごっこを繰り返す内にお姫様が消耗していってしまう……。何としても今日この夜にあいつを吹き飛ばしてやる!!）

泥だらけの斜面から突《つ》き出た、折れた柱のようなものに摑《つか》まり、クウェンサーは体勢を整える。改めてぐるりと辺りを見回して、彼はようやくここがどこかを理解した。

「ケーブルカーの駅、か？」

「例の民間人大虐殺《だいぎゃくさつ》発天国行きのヤツだぜ。事件の後、運行が止まっていて駅に誰も残っていなかったのは幸いだったな」

悪友の声が聞こえた。

柱を摑んだまま振り返ると、やはり泥だらけのへイヴィアがいた。

「プタナのヤツはどうなった？」

「分かんねえ。でもあいつが着ているのってお姫様と同じ特殊《とくしゅ》スーツだろ？　そうそう簡単にくたばるとも思えねえけどよ」

とりあえず不安定な泥の斜面から、半壊《はんかい》した駅舎の方へと移っていく馬鹿《ばか》二人。

ようやく一息ついて、へイヴィアはこう尋《たず》ねてきた。

「これからどうすんだ?」

「やる事は変わらないよ」

「ウォータースライダー作戦か? ありゃあもう失敗だった! 水を通すトンネル自体が崩《くず》れちまったんじゃどうにもならねえ!!」

「……そうかな。まだチャンスがない訳でもないぞ」

「『フライアウェイ』みてえに、水に頼らずに土砂《どしゃ》崩《くず》れを起こしてみるか? けどよ、ヤツは自分で崩した斜面の中でもすいすい動いていやがったじゃねえか!!」

「そういう話じゃない。とにかく仕掛けられる位置まで移動しないと……」

クウェンサーは軍用ライトを点《つ》けて、崩れた駅舎の中を横断していく。

整備された登山道などを探そうとしていたのだが、駅舎の外へ出る前に彼の足は止まっていた。

「駅員室があるな」

「おい、地図とかねえか確認しておいて損《そん》はねえぞ。公式の図面にはねえ獣道《けものみち》とかも地元の人間は印つけてるかもしれねえしよ」

扉は元々壊れていた。

部屋の中にも土砂は入り込んでいる。

あっちもこっちも泥だらけだったが、いくつかの資料が出てきた。

「業務日誌……？　いや、それにしては小さいな。プライベートな日記か？　駅員じゃない……運転士？　ここで交代する手はずになっていたのかな……」

「そんなトコに怪物《かいぶつ》兵器を倒す必勝法なんか書いてあるかよ。寄り道なんかしてねえで他を探せって」

「いや、でもこれ……」

と、いくつかページをめくって、クウェンサーは眉《まゆ》をひそめた。

ほとんどの紙は泥が張り付いて開かないが、所々に無事なページがあった。

そこにはこうあったのだ。

『五月一日
またヤツらが来た。金をもらっている立場だから文句は言えないが、正直、面倒ならよそでやって欲しいと思う』

『五月一三日
決行日だ。これがどんな意味を持つのかは私には分からないが、とにかく指示に従うだけだ。誰も乗せずに車両を発車させれば良いだけなんだから、それほど難しい仕事ではないが』

「……何だ、これ？」

金をもらっている。

決行日。

指示に従う。

誰も乗せずに車両を発車させれば。

「おい、ヘイヴィア。ケーブルカーの乗員乗客は八九人全員死亡って話、だったよな」

「おいおい、こいつはひょっとすると……」

と、その時だった。

ヘイヴィアの無線機に味方から通信が入ってきた。

『センパイにつながらないのですが、そちらにちゃんといますか？』

「プタナ……？」

『わたしは下の方にいるのですが、とんでもないものを見つけてしまったみたいです』

プタナ＝ハイボールの言葉にも、わずかな動揺《どうよう》が見て取れた。

『いいえ、むしろあるべきものが見当たらない、といった方が正しいかもしれませんけど』

「当ててやろうか」

クウェンサーは横から割り込むように言った。

「事故現場には、そこらじゅうに散乱しているはずの遺体《いたい》がなかった。そういう話じゃないのか？」

11

プタナ＝ハイボールはぐしゃぐしゃにひしゃげて折れたケーブルカーのレールの近くに佇《たたず》んでいた。

軍用ライトを軽く振り回せば、あちこちに壊れて連結を失った車両が転がっているのが簡単に分かる。

にも拘《かかわ》らず、

「ええ、おっしゃるとおりです、センパイ。いたいらしきものが見当たりません」

例の『誤射』は今日の昼に起きたものだ。広範囲《こうはんい》に遺体が散らばっている場合、一日二日で全てを回収するのは不可能なはずである。

にも拘らず、一つもない。

それどころか、血痕《けっこん》や遺留品《いりゅうひん》さえも。

『そこは本来「疑惑の地」だ。「正統王国」と「信心組織」のどっちの調査団が記者会見を開いたって信憑性《しんぴょうせい》は五分五分で扱《あつか》われる。人が消えた、遺体はなかった、そんな風に主張したって、対立する側が証拠《しょうこ》を奪ったと喧伝《けんでん》すればグレー一色でまとめられる。……そういう条件を利用して、大々的に人をさらったんだ』

「……元々、ケーブルカーにのるはずだったひとたちは？」

『待てよ、待て待て。まだ動くコンピュータがあるな。ひょっとすると防犯カメラに記録が残っているかもしれねえ』

と、ここでプタナは軍用ライトの光を消した。

息を潜《ひそ》める。

闇《やみ》一色となった谷底で、彼女はしかし確信を持って目つきを鋭くさせた。

（……『しせん』をかんじる）

相手のそれは四方八方に振り回されている。ライトの光には気づいたが、明確にこちらが何人かは分かっていない。そんな感じだろう。体の表面をいやらしく舐《な》め回すような、プタナに具体的な狙《ねら》いを定めた『視線』ではない。

（あいては1人。おそらくは『ていさつ』やくか……）

その『視線』を避《さ》けるように、プタナは泥の中を進んでいく。

横倒しになったケーブルカーの車両を迂回《うかい》し、『視線』の主の背後へ回る。

金属の表面を、軽く手の甲で叩《たた》く。

「!?」

驚いて振り返る相手の眼前で、極めて強力な軍用ライトを点灯させた。

脳に突き刺すような閃光《せんこう》に向こうが一瞬《いっしゅん》動きを止めたタイミングを狙《ねら》い、大容量バッテリーの重量を利用し、ライト本体を警棒のように使って横殴《よこなぐ》りでその顔を殴打《おうだ》する。

土砂の上に転がり、なおも呻《うめ》く『誰か』を二度、三度と殴りつけ、完全に意識を刈《か》り取る。

衣服の内側やポケットを漁《あさ》り、プタナは携帯《けいたい》電話や財布、身分証などを没収《ぼっしゅう》していく。

「……『信心組織』のていさつやくを見つけました。ただし『ガルーダ』……いいえ、『フライアウェイ』のぶたいとは別のものです。おそらく、まちにせんぷくしているビリジアンエッジ、つまり『信心組織』系のギャングではないかと」

無線機に向けてプタナは囁《ささや》いた。

拳銃《けんじゅう》を見つけたが、グリップカバーの内側に整備用のチップが埋め込まれているタイプだった。GPS発信機が内蔵されているものだ。工具を使わなければ外せないため、これについては諦《あきら》める事にする。

発信機が動かない事を摑《つか》まれれば、遠からず『本隊』にも気づかれる。

プタナは構わずにカチカチと携帯電話を操作し、中身のデータを目にしていった。

腐っても諜報《ちょうほう》機関。企業デフォルトのパスコードロックはともかく、中のデータの暗号化はどうにもならない。ただし、上《うわ》っ面《つら》のファイル名の中にいくつか気になる単語が混ざっていた。

「ナタラージャ……？」

ケーブルカーの駅舎にいたクウェンサーとヘイヴィアは、まだ動くコンピュータを操作して防犯カメラの記録を調べていた。

主に『誤射』の直前の映像だ。

「ああ、ちくしょう……出てきやがったな」

ヘイヴィアが呻《うめ》くように言った。

粗い映像の中、ケーブルカー駅のホームでは覆面《ふくめん》を被《かぶ》った数名の男達が歩いていた。旅行者の一団と思《おぼ》しき数十名が、両手を挙げたまま駅舎の外へと連れ出されていくのが分かる。

そして、問題のケーブルカーは無人のまま発車されていった。

「大々的な誘拐《ゆうかい》だぜ。目的は何だ……？　どっかにヘリウム声で脅迫《きょうはく》電話でもかかってやがるっていうのかよ」

映像が残っているのは、覆面にとっては予想外だろう。

ひょっとすると、買収された駅員……いや運転士の方が『保険』として消去せず手元に残したのかもしれない。

「覆面の方を追い駆《か》けてもヒントは潰《つぶ》されているよ。それより、さらわれている方はどうだ。小さい子が多いみたいだけど、こっちは顔も出てる。何かヒントはないのかな」

「高性能の顔認識プログラムなんてねえぞ。……いや、でも、待てよ……」

「何だよ？」

「このガキども、みんな胸のトコに同じバッジをつけてやがるだろ。これ、拡大できねえか」

「拡大したって粗いままかもしれないけど」

言われた通りに操作すると、ヘイヴィアはしばし黙《だま》っていた。

やがて、『貴族』のボンボンはこう告げた。

「……多分『資本企業』の連中だ。カリフォルニア生化《せいか》大学。飛び級上等、九歳だの一〇歳だのの博士号をゴロゴロ輩出《はいしゅつ》してる天才校だ。ただし伸びるのは学力ばかりで社会勉強はてんでダメ、変態量産学校なんて後ろ指も指されてるがな」

「何で詳《くわ》しいの？　天才少女好き？」

「『正統王国』の王侯《おうこう》貴族にゃ血族特有の遺伝病《いでんびょう》も珍しくねえのさ。表立って口には出さねえが、レアな難病研究関連のプロジェクトにこっそり資金を流しているヤツも珍《めずら》しくねえ」

「だとすると……」

「さらわれたのはただのガキじゃねえ。生物化学関係の博士号を持った研究員ばっかりだぜ。だとすりゃ最悪、操縦士エリート絡みの技術情報だって頭ん中に詰《つ》め込んでいるかもしれねえ」

「誘拐の目的は身代金なんかじゃない」

クウェンサーはごくりと喉《のど》を鳴らして、

「才能売買。今ある才能、またはこれから開く才能そのものをブラックマーケットにでも売り出すつもりなのか……？」

才能売買。

忌々《いまいま》しい言葉をプタナ＝ハイボールも思い出す。

主に『資本企業』の『安全国』を中心に頻発《ひんぱつ》している組織犯罪。天才の卵である小さな子供をさらい、DNA検査は本人の検体を使っても一〇〇・〇％の適合率にはならないのを利用して弁護士軍団の手で『他人の空似』と法的に認定させた上で、各種の才能を求める大会社へと売り飛ばす。

実際に天才の卵がきちんと羽化して成功者になるかどうかは運の要素も絡むが、それがかえってド派手な投機の対象となっている、などという話にもなっている。

（……これも、そうした『さいのうばいばい』の1つ……？）

あちこちに転がるケーブルカーの車両を眺めながら、プタナはじりじりと自分の神経が怒りに炙《あぶ》られていくのを感じていた。

ナタラージャ。

『ヤツら』の携帯《けいたい》電話に残る情報が、何を指しているかはまだ分からないが。

（彼らは『りょこう』のとちゅうで地元のそしきにねらわれた？　あるいは、そもそもの『りょこう』のけいかくを立てるだんかいから、すでにゆうかいけいかくはすすんでいた……？）

　確信はないが、後者と見るべきだ、とプタナは思った。

『資本企業』の『安全国』では、そうした才能売買に対する専門のスクールPMCが編成され、登下校時は完全にガードされている。だが、その仕組みのない他国へ渡った瞬間《しゅんかん》を狙《ねら》えば隙《すき》が生まれる。

　ロストエンゼルス近郊《きんこう》なんていう場所が旅行先に選ばれた事自体、不自然と言えば不自然だ。さらいやすい立地を選んだ末に残った観光街、と見た方が良い。

「センパイ」

　少し考え、プタナは無線機に口を寄せる。

「こちらは『ていさつ』メンバーをダウンさせました。とおからず『ほんたい』にさっちされるでしょう。ですが、ぎゃくにいえば『ほんたい』はまだちかくにいることもいみしているはず。ここをしらべれば、『さいのうばいばい』のそしきを叩《たた》けるかもしれません」

『「本隊」……？　っていう事は、まさか駅舎からさらわれた子供達もよそへ運び出される前だっていうのか？』

「かのうせいだけなら。そもそも、80人以上をこっそりとはこぶのはかなりほねが折れるはずです。くらくなるまで身をひそめて、まよなかにいどうしようと考えるのはそうむずかしいすいりではないのでは？」

『分かったプタナ。だけどお前は銃《じゅう》を持っていないだろう？　今から俺達もそっちに向かうから……』

「いいえ」

ズズン……!!　という轟音《ごうおん》が山々を揺《ゆ》さぶった。

こうしている今も、『ベイビーマグナム』と『フライアウェイ』は山の急斜面に張り付いて戦闘《せんとう》を続けているはずだ。奇襲《きしゅう》が失敗した以上、ホームである『フライアウェイ』の方が『ベイビーマグナム』を追い詰める形で。

「センパイたちは上を。どっちみち、『ベイビーマグナム』がダウンしてしまえば、わたしたちはにげみちを失います。仮に80人以上をきゅうしゅつしたとして、それだけのにんずうをかかえたままオブジェクトのセンサーからこっそりにげおおせるのはふかのうです」

『プタナ……』

「行ってください」

緑色の特殊《とくしゅ》スーツを纏《まと》う少女は、きっぱりと拒絶した。

闇《やみ》の奥を見据《みす》えながら。

「今日は、はなをもたせていただきます。センパイ」

半壊した駅舎に残るクウェンサーとヘイヴィアの二人は舌打ちした。

「どうすんだクウェンサー⁉」

「プタナの言い分は一理ある。『フライアウェイ』を潰《つぶ》さない限り、人質を救出しても『正統王国』の同行者として皆殺しにされるだけだ。何より、プタナの現在位置は分からない。闇雲《やみくも》に捜したってこの山の中じゃ見つからない！」

そもそも、ケーブルカーの一件が周到に計画されていた才能売買だった場合、『フライアウェイ』も一枚噛《か》んでいる可能性が高い。犯行を主導しているのか、金で協力しているかは知らないが、いざ都合が悪くなれば率先して証拠を隠滅《いんめつ》しにかかるだろう。

「くそっ、それじゃとっとと上の問題を片付けねえとな。オブジェクトの対空レーザーさえなければ、辺りにヘリを飛ばす事だってできるんだ」

後ろ髪《がみ》は引かれるが、下手《へた》に拘泥《こうでい》すればその一秒一秒のロスが状況を悪化させていく。

『動かない事』で事態は好転に結びつかない。

「とにかく、まずは滑《すべ》り落ちたここから上に登らねえとな。……おいクウェンサー、テメェ何持ってやがるんだ？」

「何って、さっきの運転士の日記帳だけど」

「そんなもん、今さら何の役に立つってんだ⁉」

「いいや、そうとも限らないぞ」

「？」

駅舎の外へと飛び出し、比較的緩《ゆる》やかなルートを選んで斜面《しやめん》を登っていく。バン！ゴン‼

という轟音《ごうおん》が断続的に続いていた。オブジェクトの砲撃音《ほうげきおん》だ。

『ベイビーマグナム』側から一方的に主砲《しゆほう》で攻撃している訳ではない。

「……おい、何だか様子がおかしいぜ」

ヘイヴィアは足を止めていた。

彼の中にある小心者の恐怖心《きようふしん》……オブジェクトに対する『正しい恐怖』が顔を出す。

「お姫様からだけじゃねえ。むしろ、『フライアウェイ』の方から苛烈《かれつ》な砲撃が繰り返されてやがるみてえだぞ……⁉」

「どうして？　だって、『フライアウェイ』は使い捨て、切り離し型のコンテナ主砲だろ⁉

一発大火力で斉射《せいしや》をしたら、後は逃げ帰るだけのはずなのに‼」

13

実は、クウェンサー達が山の斜面を滑《すべ》り落ちた後、『ベイビーマグナム』と『フライアウェイ』の間では様々な動きがあった。

大前提として、向こう三つの山々を巨大なウォータースライダーに変貌《へんぼう》させる妨害作戦は失敗した。

だとすると、急斜面を得意とする『フライアウェイ』の方が圧倒的に素早く動く。

あっという間に理想の射撃位置に張り付かれた。

機体前面に取り付けられたコンテナ式の主砲が唸《うな》りを上げる。前方に向けて扇状《おうぎじょう》に、凄《すさ》まじい勢いでコイルガンの豪雨が撒《ま》き散らされていく。

空気を引き裂《さ》く音は、混じり合って甲高《けず》いホイッスルのように一面へ響《ひび》き渡る。

『ベイビーマグナム』の球体状本体が削り取られ、大量のオレンジ色の火花で埋め尽《つ》くされ、七門の主砲の内の二つがねじくれて削り取られ、吹き飛ばされていく。

「く……っ⁉」

だが潰《つぶ》れない。

折れない。

お姫様は絶望的な状況でもわずかに機体を振り回し、豪雨の中でも最小の動きで致命傷《ちめいしょう》だけは回避《かいひ》してみせる。

相手のコンテナ式主砲はほとんど一度きりだ。

つまりどれだけ瀕死《ひんし》に陥《おちい》っても、猛打《もうだ》を乗り越えてしまえば逆襲できる。

果たして、その時は来た。

ガコンッ、と『フライアウェイ』の機体前面に取り付けられたコンテナ式主砲《しゅほう》が切り離される。それはトカゲの尻尾《しっぽ》だ。ある程度の残弾《ざんだん》を残した上で、虫の脚のようなもので戦場をうろちょろさせる事で、常に再合流、再斉射《さいせいしゃ》の可能性をちらつかせられる。そちらにかまけている内に本体の『フライアウェイ』は逃げていく。そういう役割。

だけど、動力炉《ろ》なしに主砲だけで発射するのは不可能。今は無視して構わない。

お姫様は一気に『ベイビーマグナム』を急加速させる。

ぐんっ!! と一挙に近づく。

対する『フライアウェイ』は後ろへ下がりながらも、小さな砲を山頂近くへ連射していく。

次々に土砂崩れが発生し、『ベイビーマグナム』の足を止めようとする。

(……どしゃのうごきはたんちょう。パターンをよそくしてしゅうせいさせればロスはへらせられる)

食い下がる。

追いすがる。

『フライアウェイ』が稜線《りょうせん》をまたいで山の向こうへ消えてしまうより先に、今度は『ベイビーマグナム』が確実に相手を殺せる距離と角度へ滑《すべ》り込む。

その時だった。

ぐりんっ!! と、『フライアウェイ』の八本脚の内、前方の二本が大きくねじれた。

まるで無邪気な子供が、虫の脚をひねって毟《むし》り取るような動き。

だが違う。

そもそも、それは『脚』ではない。

砲口がついている。

「『かいあんていしきプラズマほう』……⁉　『フライアウェイ』には、しゅほうが2しゅるいあった⁉」

慌《あわ》てて回避《かいひ》挙動に移ろうとするお姫様だが、どうしても出遅れる。

『フライアウェイ』には、いくつかの理想的な戦術パターンがあった。

一つ目はコンテナ式主砲の斉射と切り離しを繰り返し、『白旗』の信号を乱発してでも安全確実に敵機を消耗させていく戦術。

そして。

二つ目はそうくるだろうと予測し、コンテナ式主砲の切り離しを見て安心した相手を『二つ目の主砲』でど真ん前からぶち抜く、奇襲《きしゅう》戦術。

カッッッ‼‼‼　と。

至近距離から、下位安定式プラズマ砲の凄《すさ》まじい閃光《せんこう》が襲いかかってきた。

14

吹き荒れる閃光《せんこう》を見て、クウェンサーとヘイヴィアは全身から嫌《いや》な汗が噴き出すのを感じていた。

「くそっ、電子シミュレート部門は何してやがった⁉　ぜんっぜんスペックが違うじゃねえか‼」

「嘆《なげ》いても仕方がない。状況《じょうきょう》がどうあれ、俺達はお姫様に勝ってもらうしかないんだ！」

「具体的にどうやって⁉　急斜面での移動はヤツの方が上、しかもコンテナを放り捨てたってヤツは二つ目の主砲《しゅほう》をガンガン使ってきやがる！　これじゃじり貧《ひん》だぜ、お姫様は削《けず》り殺されちまうのがオチだ‼」

「だから、そうさせないって言っているんだ。ついてこい！」

不気味に山々が揺《ゆ》れる中、クウェンサー達はひたすら斜面を登っていく。

ゴドン‼　とさらなる震動が加わった。

おそらくプラズマ系の『二つ目の主砲』でお姫様に手傷を負わせた上で、一度切り離したコンテナ状の主砲と再合流、残っていたコイルガンの残弾《ざんだん》をまとめて斉射《せいしゃ》したのか。

『ベイビーマグナム』はどれだけ削られた？

無事なのか？

この戦いは、生きて帰れるものなのか？

ビクビクしながら音源へ目をやるヘイヴィアだが、一方で、学生は『フライアウェイ』を見ていない。歩きながら、その視線は泥だらけの運転士の日記帳の方に向いている。

「おいおいおい、そんなの熱心に読み込んで何が分かるってんだ⁉　目の前にとんでもねえ怪物《かいぶつ》がそびえているっつーのによ‼」

「うるさいな。おいヘイヴィア、お前の無線機を寄越《よこ》せ。俺のは壊れてダメなんだ」

「別に良いけどどうすんだ⁉」

「……ヤツは隠し球のオンパレードで、今から一つ一つチェックしてもシステムの全貌《ぜんぼう》を把握《はあく》できるかは分からない。何より、お姫様がそれまで保つとも限らない。多少強引でも、ごり押しで状況を進めるしかないんだ」

「今さら俺らが用意したもんで何ができる⁉　密輸トンネルを使ったウォータースライダーは失敗した、ヤツは土砂崩れが起きた斜面でだってスイスイ動き回る！　こんな状況でアイデア料理みてえにパパッと撃破法《げきはほう》を用意できんのかよ⁉」

「だから、こいつを使うんだ」

クウェンサーはそう言って、泥だらけの日記帳を軽く振った。

意味が分からないヘイヴィアに向けて、クウェンサーはこう続ける。

「ヤツらが残したもので、ヤツらを叩《たた》く」

『例えば、全身受光性というものもあります。膝《ひざ》の裏《うら》に強い光を当てる事で、起床時間を調整できるという実験記録もありますしね。人は両目を瞑《つぶ》っていても微弱ながら全身で光を感知する事ができるため、鍛《きた》えれば全方位あらゆる襲撃《しゅうげき》に備える事も可能な訳です』

プタナは自分の体を調べていた『呪医《じゅい》』の話を思い出す。

『しかし、あなたの場合はそういうものでもないらしい。他者からの「視線」というものをダイレクトに知覚するプロセスには謎《なぞ》が多い。全く同じ型のカメラを一列に並べて、どれが作動しているかを正確に当てる事ができるなんて普通ではありませんし。いやいや、まことに興味深い事例です』

それを使う少女自身、詳《くわ》しい仕組みは分からない。

だけど、それがエリートの武器として活用できる事なら理解している。

15

「……、」

ほぼ暗闇《くらやみ》に近い谷底で、プタナはゆっくりと目を閉じる。

うねるような不可視の圧力。それはあちこちへ不作法に懐中《かいちゅう》電灯を振り回しているのに似ている。その位置と方向を推測し、プタナは再び目を開く。一つ一つを避けるように進んでいく。

ろくに落石対策もしていない谷底にはいくつもの大きな岩がゴロゴロと転がっており、また、軍用と思《おぼ》しき幌《ほろ》付きのトラックが何台も停まっていた。どうやら硬い岩や石を踏み抜いてパンクしたものが放置されているらしい。車内には誰も残っておらず、荷台に『才能売買《けいき》』の子供達が押し込められている様子もない。代わりに、だぶついたショットガンや軽機関銃《かんじゅう》などが放置してあった。いちいち壊している暇《ひま》もなかったらしい。

(向こうがあしぶみしているのは、パンクのトラブルがあったから……?)

そんな中を、プタナは縫《ぬ》うように歩いていく。

『視線』の数はいくつもあったが、その中で唯一《ゆいいつ》、おかしな色を持つものがあった。

脅《おび》えの感情で震える『視線』の元へと音もなく近づき、その背後から首へ片腕を回す。

相手は一〇歳前後の男の子だった。

「むぐっ⁉」

「しずかに」

呟《つぶや》き、そのままトラックの陰《かげ》へと引きずり込む。

男の子の体をぐるりと回して正面から見据《みす》え、プタナは自分の唇に人差し指を当てる。

至近距離で、囁《ささや》くように質問する。

「『ケーブルカー』のこどもたちですか?」

「……、」

こくこく、と相手は何度も頷《うなず》いた。

「みんな、向こうに行っちゃったの」

「向こう？」

「『お星様』……みんな『お星様』にのるんだって。ぼくはやっぱりおかしいって思ったから、土壇場《どたんば》で逃げ出したんだけど」

「『おほしさま』……？」

騙《だま》して車や飛行機に乗せる手はず……とは思えない。彼らは歳は幼いが、すでに博士号を持った天才達だ。大人の世界に一枚噛《か》んでいる以上、『冷めた目つきの子供達』はそういう茶番劇に夢は持たない。

だとすると、何かの暗喩《あんゆ》か。

重要なのは、ここにいる子供とここにいない子供にグループが分かれているところだ。

「他に、いっしょににげだした子はいますか？」

「ううん。みんな、喜んで『お星様』に向かっていったんだ。あれがどんなものか、本当は誰も見た事がないっていうのに」

その時だった。

周囲へ乱雑に散らばっていた複数の『視線』が、磁石《じしゃく》に吸い付く砂鉄《さてつ》のように指向性を持った。ぞわり、とプタナの背筋に嫌《いや》な感触が走った途端《とたん》、トラックの向こう側に『視線』が集中する。

影か、足跡《そくせき》か。とにかく『何か』を察知された。

確認のため、すぐにでも誰かがこちらへ回り込んでくるはずだ。

これ以上は拘泥《こうでい》できない。

プタナは屈《かが》んだまま、男の子の両肩に手を置く。真正面から目を見て語る。

「いいですか。あなたはこのまままっすぐ、うしろへ向かって走ってください。このトラックとかさなるように、いっちょくせんに走りつづければ、しばらくはハンターの目からかくれられます。こうていさがあってもむしして、丘をのぼってでも走りつづけてください」

「え、でも……」

「そうしたら」

有無を言わせず、プタナは肩に置いていた手を離し、緑色のナース服に似た特殊スーツに着脱式テープで貼《は》り付けていたカードサイズの火器を取り出す。

一回限りの信号弾《だん》だ。

「これは、ビリジアンエッジとはべつけいとうの、オブジェクトがわの『信心組織』のかいぐんけいエキスパート……『白詰襟《しろつめえり》』をよびだすためのスクランブルです。『しょうさ』のひきいるぶたいなら、『おせん』はされていないはず。100メートル、いえ200メートルすすんだとおもったら、これをまうえに向けてトリガーを引いてください。ぐんじえいせいがフラッシュしんごうをキャッチしたら、すぐにでも『白詰襟《しろつめえり》』があなたを助けてくれるはずです」

「お姉ちゃんは逃げないの？」

「わたしは……」

行く手を阻むのはギャングを装《よそお》った『信心組織』系諜報《ちょうほう》機関のビリジアンエッジ、後ろからやってくるのも『信心組織』の海軍系エキスパート、『白詰襟』の異名で知られるクローバーズ。逃亡犯としては四面楚歌《しめんそか》の状況を自ら作る事になる。

だが、プタナは表情には出さずにこう答えた。

「……やるべきことがあります。ですから、あなたは先に行って、そして、ここであったことをきかれたとおりにこたえてください。かくしても良いことはありません。分かりましたか？」

「うん……」

しばらく悩《なや》んだようだったが、やがて、男の子の小さな指先が、信号弾《しんごうだん》の発射器に触れた。

グリップを摑《つか》んだ。

恐《おそ》る恐るといった調子で、彼は尋《たず》ねてくる。

「大丈夫だよね」

「お姉ちゃんも安全なんだよね」

プタナは答えなかったが、代わりに男の子の髪《かみ》を軽く撫《な》でた。

彼女はトラックの荷台からポンプアクション式のグレネード砲《ほう》を取り出しながら、鋭く言った。

「行ってください、早く！」

声に叩《たた》かれるように、男の子はトラックから離れていく。

その足音に触発されたように、無数の『視線』が集約されていく。

だが、それを遮《さえぎ》るように、グレネード砲《ほう》を肩で担《かつ》いだプタナが自らトラックの陰から身をさらけ出した。

『プタナ、プタナ！　クウェンサー達から話は聞いている。密輪トンネルはボロボロでどこも水没《すいぼつ》しているが、これから谷底に向けて増援を送れないかルートを検索《けんさく》する。それまで持ち堪《こた》えられそうか⁉』

無線機越しにミリアがそんな事を言っていたが、プタナは気に留めなかった。

「ひつようありません。あなたたちがとうちゃくするまえに、わたしが全ておわらせる」

『おいおい、エリートってのは賢くクリーンに戦争を支配する鋼《はがね》の女王様じゃなかったのか』

ボシュッ‼　と、背後でシャンパンのコルクを抜くような音が炸裂《さくれつ》した。

真上に放たれた信号弾が炎色反応で真っ赤に着色された光を撒《ま》き散らす。その光を背に受けたまま、プタナ＝ハイボールは静かにこう答えた。

「今日はちがう」

ドガッ!! と。

少女の人差し指が動き、爆発物《ばくはつぶつ》がギャングに偽装《ぎそう》した諜報員《ちょうほう》達を薙《な》ぎ払う。

戦闘《せんとう》開始の合図だった。

16

『正統王国』では『フライアウェイ』。

『信心組織』では『ガルーダ』。

第二世代のオブジェクトに搭乗《とうじょう》する操縦士エリートの男は、完全防備のコックピットの中で苛立《いらだ》っていた。こうしている今も急斜面に張り付き敵機を翻弄《ほんろう》し続けているが、逆に言えばこれだけやってもまだ致命打を与える事ができずにいる。

一度切り離したコンテナ式コイルガン主砲《しゅほう》はチューブ状のマニピュレーターで再び拾い上げ、再接続した。

二回目の斉射《せいしゃ》により、今度こそ残弾《ざんだん》ゼロ。捨て置いても構わなかったが、やはり機密洩《も》れの可能性は少しでも減らしておきたい。

二本の前脚に偽装した下位安定式プラズマ主砲も、所詮《しょせん》は『近距離奇襲用《きんきょりきしゅうよう》』だ。どうしても本命のコンテナ式と比べると威力《いりょく》に劣り、初手をギリギリで避けられた後はクリーンヒットへ繋《つな》げる事ができない。

この辺りが潮時か。

そもそも、一回の戦闘《せんとう》で一〇分間以上粘《ねば》っているのも奇妙《きみょう》な話だ。

手傷を負った敵機相手なら、コンテナ状主砲を抱えたままでも軽々と逃げられる。

整備基地ベースゾーンへの通信回線が脳裏をよぎる。そちらに短縮番号を一つ押せば、即座《そくざ》に基地司令官が『白旗』の信号を飛ばす。そういう手はずになっていた。

が。

『……ザザ……ざざざざ！　よお……ザザ……聞こえているか、クソ野郎……ざざ‼』

「……？」

無線に何かが割り込んできた。

おざなりな暗号しか施《ほどこ》されていない、脆弱極《ぜいじゃくきわ》まる通信電波だ。

『信心組織』式のものではない。おそらく敵方、『正統王国』のものだ。

『ひどい話だよな。「才能売買」のためにケーブルカーの運転士を買収して、海外旅行の子供達をさらって、その罪だけを俺達に押し付けて。どうせどんな証拠を掴《つか》んでいても、広報官の応酬《おうしゅう》で有耶無耶《うやむや》のグレーにできると思って安心しているんだ。……そんな訳あるとでも思ってんかよ、本気でさ』

オブジェクトの大規模通信設備で電波の発信位置を即座《そくざ》に逆探知していく。

何もない山の中でなら、機材の位置を特定するのはそう難しい事ではない。

『こっちは運転士の日記を手に入れたよ。防犯カメラの記録も保険として残しておいたらしい。アンタ達が何をやったかは、もう分かっている。後は、それをどういう手順で発表すれば良いかってだけだ』

「ケーブルカーはむじんだった。オレがだれかをころしたわけじゃない」

『ふざけるなよ。車両の状況《じょうきょう》を鑑《かんが》みれば、あれは本当に無人で発車できるものじゃない。子供達は商品だから助けたかもしれないが、アンタは代わりに運転士ごと車両を吹っ飛ばした。そのツケは払ってもらうぞ』

「ヤツはまっしろじゃない。オレたちからかねをうけとっていたんだぞ」

『それを口封《くちふう》じで殺したヤツが胸を張る事じゃない。そもそも、アンタがそんな話を持ち出さなけりゃ運転士だって道は踏み外さなかった。知ってるか？　アンタが殺した誰かさんはな、ある日突然行方《ゆくえ》不明になった娘を捜《さが》すために仕事を引き受けたんだ。金なんかじゃない、アンタ達の尻尾《しっぽ》を摑《つか》むためにな』

「……、」

『だから言っただろう、ツケは払ってもらうって。俺達はもう止まらない。核にも耐《た》える小部屋の中で、蓋《ふた》をこじ開けられるのをビクビクしながら待ち続けろよ、悪党』

だが、操縦士エリートはニヤリと笑った。

探知完了。

直線距離で約三〇〇メートル先、山の上層、岩場の陰《かげ》。

即座に照準を合わせ、電波の発信元へと正確に下位安定式プラズマ砲《ほう》を叩《たた》き込んでいく。

カッッッ!!!!!! と。

一瞬《いっしゅん》で斜面全体が沸騰《ふっとう》し、電波の送信者が蒸発した。

17

プタナ＝ハイボールが摑《つか》んでいるのはポンプアクション式のグレネード砲だ。形としては『銃身《じゅうしん》を太くしたショットガン』に似ている。砲身の真下に寄り添うように取り付けられたフォアグリップをスライドさせて擲弾《てきだん》を装塡《そうてん》し、引き金を引いて発射する。放たれるのは鉛弾《なまりだま》ではなく、缶コーヒー大の爆発物《ばくはつぶつ》だ。それは着弾と同時に辺り一面に爆風と破片を撒《ま》き散らし、直径一〇メートルを完全殺傷圏《さつしょうけん》へ変貌《へんぼう》させる。

ドゴンッ!!　ゴグンッ!!　と。

一発一発放つたびに、ラフな格好の兵士達が宙を舞い、軍用トラックまでもが火を噴いて転がる。普通の銃《じゅう》と比べて制圧力が違う。たとえ相手が岩陰に隠れていても、その向こうへ擲弾《てきだん》を落とせば、後は『面』が標的を挽肉《ひきにく》に変える。

「プタナ、この……反逆者がァあああああああああああああああああ⁉」

顔中血まみれにしたまま誰かが叫ぶ。

拳銃《けんじゅう》やサブマシンガンの引き金が複数同時に引かれる。

パンパパン‼　と立て続けに乾いた銃声が炸裂《さくれつ》するが、プタナには届かない。遮蔽物《しゃへいぶつ》に身を隠しているのとは違う。まるで新体操かフィギュアスケートのように宙で身をひねると、全ての射線をプタナの体が潜《くぐ》り抜けていく。

いいや、彼女が捉《とら》えているのは、正確には『射線』ではない。

銃を握る者の放つ『視線』の方だ。

返す刀で爆発物《ばくはつぶつ》が飛んだ。

あちらこちらで小規模な爆発が巻き起こり、悲鳴すらも押し潰《つぶ》して命を刈《か》り取っていく。

（……しんごうだんのフラッシュを『信心組織』ほんたいが気づいて兵をおくるまで、早くても10分。それまでここはとおさない）

黒煙の中に身を隠し、プタナは開いたエジェクションポートから次々に砲弾《ほうだん》を詰め込んでいく。

フォアグリップをスライドさせ、元の味方へと砲口を突《つ》き付けていく。

谷底をなぞるように風が流れ、黒煙が晴れる。

一斉《いっせい》に『視線』が突き刺さる。先ほどを倍する勢いであちらこちらから銃弾《じゅうだん》が襲《おそ》ってくる。

どんな有《う》象無象《ぞうむぞう》が放ったものであれ、鉛弾《なまりだま》は鉛弾だ。

ポンプアクション式のグレネード砲を撃《う》ち込みつつ、『視線』を避けるように身をひねり続けるプタナ。だが数が多過ぎる。

ドン！　パン!!　という乾いた銃声と共に、プタナの肋骨《ろっこつ》やへその上辺りに重たい衝撃《しょうげき》が走り抜ける。

「は、はは！　このっ、面汚《つらよご》しが……!!」

「っ」

歯を食いしばる。

体をくの字に折ったまま、引き金を引く。勝ち誇った誰かさんを粉々に吹き飛ばす。

操縦士エリートの特殊スーツは全天候・全環境型であると同時に、高度な防弾《ぼうだん》・防刃性能も有している。九ミリの拳銃弾《けんじゅうだん》をばらまくサブマシンガン程度なら、額《ひたい》に直接もらわない限りは致命傷にはならない。

ただし、映画やドラマにあるほど高性能でもない。

（づっ……!!　ないぞうが、ひめいを上げている。おなじところに5はつ6ぱつともらうのはまずい……!!)

弾《たま》が貫通《かんつう》しない、つまりそれだけだ。着弾時の衝撃は普通に体内へ伝播《でんぱ》する。続けて何度も受ければ骨折や内臓損傷《そんしょう》に繋《つな》がりかねない。

何より、ダメージで体が硬直してしまえば、そのまま立て続けに銃撃《じゅうげき》を浴びかねない。

他者の『視線』を精密に感知する視線恐怖症《きょうふしょう》を攻撃に転化できなくなる。

(あとにはひけない。いたみはのみこめ、てきをダウンさせればそれだけ向かってくるたまもへる!!)

さらに続けてグレネード砲《ほう》の引き金を引いていく。

回避《かいひ》と攻撃の繰り返しから、ほとんど潰《つぶ》し合いへと様相を変えていく。

「あああ!!」

血を吐《は》くような叫びと共に、プタナがビリジアンエッジを削《けず》り倒す。

そう思っていた。

だが。

ゴゴンッ!!　と。

遠くの方にある軍用トラックが大きく揺《ゆ》らいだと思ったら、その荷台から何かが降りてきた。

複合装甲の塊《かたまり》。

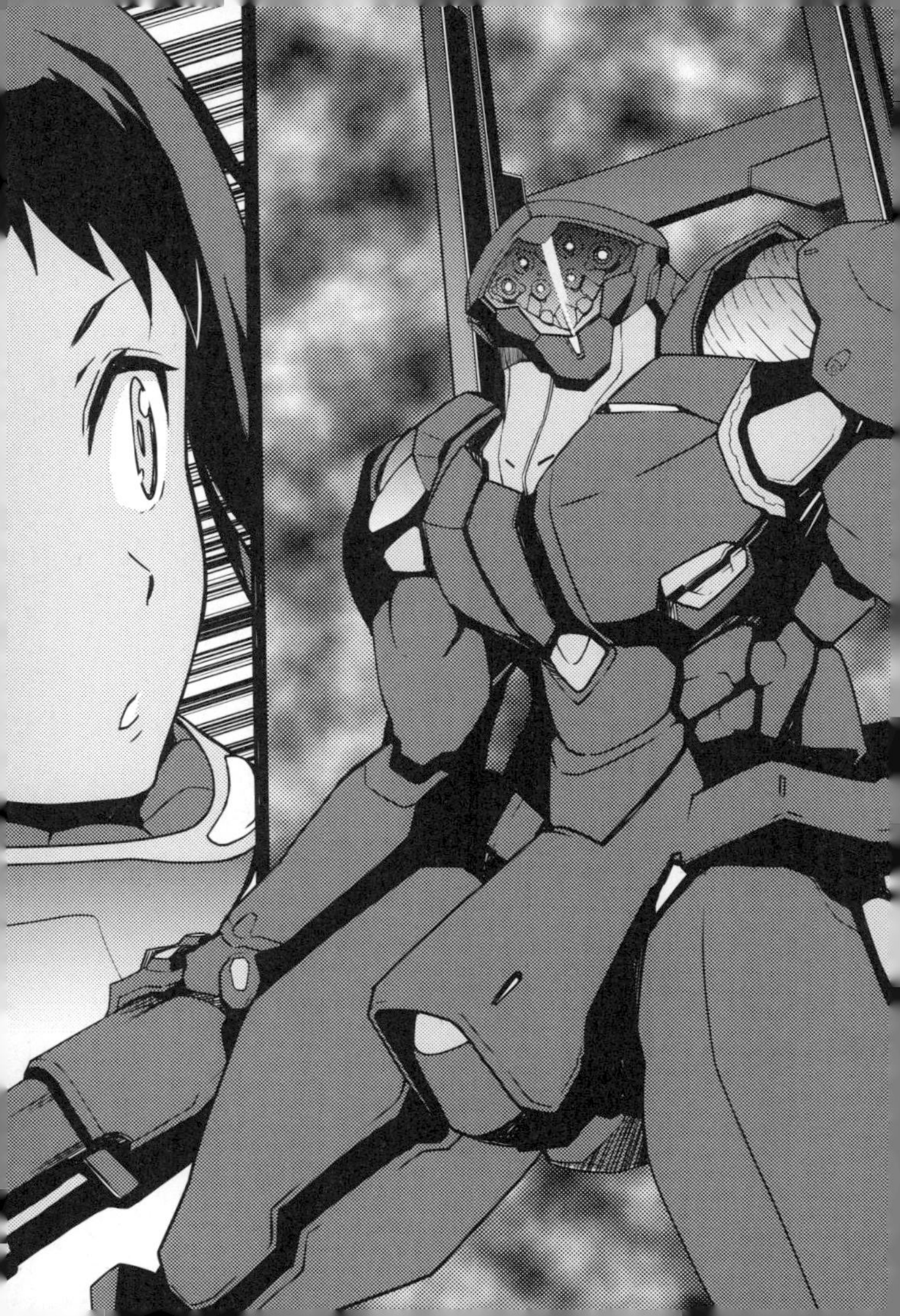

それでいて、人間と同じように手足を操り武器を構えるもの。

「パワード、スーツ⁉」

ラフな格好をした諜報員《ちょうほう》達としては、あれが起動するまでの時間を稼げれば良かったのだ。

舌打ちし、プタナはポンプアクション式のグレネード砲を解き放つが、缶コーヒー大の爆発《ばくはつ》物では直撃させても相手の装甲を破壊できない。

彼女の見ている前で、パワードスーツは悠々《ゆうゆう》と重機関銃《じゅうきかんじゅう》のコッキングレバーを引く。

初弾《しょだん》を装塡《そうてん》していく。

その銃口を、プタナへ突き付けてくる。

防弾車を輪切りにするほどの破壊力を持つ兵器だ。特殊スーツの防弾性能くらいでは、そのまま挽肉《ひきにく》にされてしまう。

「ツッツ‼⁉⁇」

初めて、プタナは飛び跳ねるように軍用トラックの陰へと逃げ込んだ。

直後に鉛《なまり》の暴風が吹き荒れ、トラックそのものが爆炎《ばくえん》を撒《ま》いて吹き飛ばされた。

18

『フライアウェイ』は邪魔《じゃま》な虫を踏み潰《つぶ》すような格好で、山の斜面をまとめて吹き飛ばした。

無線の電波は消えた。

操縦士エリートを非難していた兵士達は跡形もなく吹き飛ばされた。

「……そう思ったか、馬鹿野郎《ばかやろう》」

クウェンサーは爆発地点から大きく離れた別の斜面で身を潜《ひそ》めながら、小さく笑った。

その手には携帯端末《けいたいたんまつ》があり、『分かりやすい電波』を発していた無線機とリンクしていた。『フライアウェイ』が吹き飛ばしたのは、通信の中継に使っていた、ヘイヴィア所有の無線機だけだ。無線機と端末の間は別系統のレーザー通信を使っているため、一緒に探知される事はない。

「おいおいおい、相手の目を騙《だま》したのは良いけどよ、ここから先はどうすんだ⁉　向こうが俺らを殺して油断したと思っていりゃあ、確かに不意打ちのチャンスはできるかもしれねえ。だけどそもそも相手は速いし重いし何より硬すぎる！　これでどうやって戦えってんだ‼」

「そこまで考える必要はないよ」

と、対するクウェンサーは気楽なものだった。

「だって、もう終わってる」

「あ？」

ヘイヴィアが疑問の声を放った直後だった。

ゴゴンッ‼　と。

山の斜面《しゃめん》が一気に大きく抉《えぐ》り取られる。これまでの土砂崩《どしゃくず》れとも違う、もっと広範囲《こうはんい》にわたる崩落《ほうらく》だ。自ら砲撃《ほうげき》を行った『フライアウェイ』をも巻き込み、およそ一つの山の斜面全体が大きく真下へ滑《すべ》り落ちていくのが分かる。

「なっ、何だありゃあ⁉」

「ヒント一、一帯の山々は『資本企業』の密輸トンネルがアリの巣のように張り巡《めぐ》らされている。そして俺達はそれを使って送水パイプラインを作ろうとしたが失敗した。だけど、その水はどこへ行った？　行き場を失ったまま、山の中はたぷたぷになっていたって訳だ」

クウェンサーは一本一本指を立てて、

「ヒント二、『安全国』の都市部なんかじゃ丘や山の本来の強度をはるかに上回る大規模な土砂災害が起こる事がある。……深層崩壊。ゲリラ豪雨なんかで山が蓄えておける地下貯水量の限界を一挙に超えてしまうと、斜面全体が大きく地滑《じすべ》りを起こしてしまうって現象だ」

「ちょっと待て、それってまさか‼」

「ヒント三」

クウェンサーは立てた指を折り曲げ、握り拳《こぶし》の形を作って。

告げる。

「ただでさえたぷたぷの山の斜面へ、あの馬鹿《ばか》は砲撃でトドメを刺した。後に何が待っていると思う？」

ズドッッッ!!!!!!　と、恐るべき土砂が『フライアウェイ』をまとめて押し流した。八本脚……いいや、主砲のカモフラージュを除けば六本脚か。とにかく急斜面用に特化した静電気式推進装置をフルに使ってその場に留まろうとするが、

「おい、どういう訳だ。あの害虫野郎がそのまま滑り落ちて行きやがるぞ⁉」

「そりゃそうだ、深層崩壊は乾いた土砂崩れじゃない。山の中はたぷたぷだって言っただろう！　ドロッドロの水混じりの土石流になるんだ、水に弱い静電気式を活用できるはずがない‼」

だから。

クウェンサーとしては、ヤツの足元へ一発撃《う》ち込ませるだけで良かった。

そのために標的を誤認させる無線機と、操縦士エリートの頭に血を上らせる材料さえあれば良かった。

たとえそれが、すでにいない誰かが残した日記帳であっても。

「ただの一般人と侮《あなど》ったか？　お前は自分で殺したケーブルカーの運転士に負けたんだ」

『フライアウェイ』はもはやその場に留まる事を放棄し、何とかして体勢を維持《いじ》したまま谷底

へ向かうよう方針転換したようだった。

だがそれすらも間に合わない。

ゆらり、とそのバランスが崩れる。

「たっぷり味わえ、敗北の泥の味を!!」

一度決壊してしまえば、後は脆《もろ》いものだった。

まるで坂道を転がる雪玉のように、歯止めが利《き》かなくなる。主砲《しゆほう》も脚もお構いなしに回転を続け、その自重でもって自らの装備を全て砕《くだ》いてしまう。あっという間に高山の主が谷底へと転落していく。

七つの主砲《しゆほう》どころか、球体状本体までオレンジ色に赤熱させた『ベイビーマグナム』が、残った砲を谷底へ向けていた。

だが、斉射《せいしや》はされない。

お姫様が何を考えているかを予想し、そして馬鹿《ばか》二人はこう言った。

「なあおい、あれ、コックピットの中でまだ息してると思うかよ？」

「じゃあ賭《か》けようか。俺は死んでいるに一〇〇ユーロ」

19

爆発に叩《たた》かれるようにして、プタナは大きく地面を転がされる。それでも手放す事のなかったポンプアクション式のグレネード砲を構え直し、地に伏せたままパワードスーツを狙《ねら》う。

とはいえ、直接は撃ち込まない。

それでは相手の装甲を破れない。

パワードスーツのすぐ横にある軍用トラック。おそらく荷台にはだぶついた大量の武器弾薬《だんやく》が無造作に山積みされているであろうその車両へと、容赦《ようしゃ》なく爆発物を叩き込んでいく。

グワッ!!　という凄《すさ》まじい爆発が巻き起こった。

遠く離れたプタナの肌さえ、ジリジリと炙《あぶ》るような痛みが走った。

（やっ……）

むくりと体を起こしたところで、プタナ＝ハイボールの顔つきが凍《こお》りつく。

パワードスーツは仰向《あおむ》けに転がっていた。

だが、動きは止まらない。ぎちぎちと軋《きし》んだ挙動でもって、ゆっくりと起き上がる。得意の重機関銃は銃身が曲がってしまったのか、拾い上げる事はない。

そのまま、褐色《かっしょく》の少女へ向けて突進してくる!!

「……っ!!」

慌《あわ》てたようにグレネード砲を掴《つか》み直し、パワードスーツの足元へ砲撃。相手が怯《ひる》んだところでさらに別の軍用トラックへ誘爆《ゆうばく》させていく。だがやはり火力が足りない。もはや転ぶ事もない。そのまま接近を許し、プタナの胴体を巨大な掌《てのひら》で摑《つか》み取られる。ビル解体に使う重機のような指先でもって搾《しぼ》り取られる。

「がっ、うぐ……あああああああああああああああああ⁉」

『残念だよ、プタナ』

わざわざスピーカーを通して誰かが告げた。

『私は操縦士エリートにはなれなかった。だからアンタに憧《あこが》れていた部分もあった。どうしてそこまで落ちぶれたのか、哀れで哀れで仕方がない』

「はっ、はっ」

応えてやりたいが、もはや肋骨《ろっこつ》は軋《きし》み、横隔膜《おうかくまく》も塞《ふさ》がれ、呼吸もまともにできない。

だから。

そのパワードスーツは、背後から迫る『終わり』を最後の最後まで気づけなかった。


ドォ‼　と。

谷底へと雪崩《なだ》れ込んできた大量の土石流が、パワードスーツを背後から吞《の》み込んでいく。

茶色く濁《にご》った水と泥の塊《かたまり》が、全てを押し流した。

あまりの勢いに、谷底に転がっていた岩の塊や軍用トラックなどが為《な》す術《すべ》もなく転がされていく。パワードスーツとて例外ではなかった。一撃で転倒させられ、後は水の中を延々と振り回されていく。

その内に、搭乗者は気づいたかもしれない。

手の中にいたはずの標的を、いつの間にか手放していた事に。

だがもうどうにもならない。上と下の概念《がいねん》も分からないままに、ちっぽけな兵器は排水口を流れる虫のように吹き飛ばされていく。

20

信号弾《だん》の光信号パターンを『信心組織』軍の軍事衛星が確認してから一三分後、完全装備の兵士達は山岳《さんがく》地帯の谷底へと急行した。

クローバーズ。

『白詰襟《しろつめえり》』の異名を持つ彼らは海軍系エキスパートで、本来なら山岳戦……というより、迷彩の必要な生身のドンパチにそれほど慣れている訳でもない、と思われがちだが、実はそうでもない。上陸作戦専門の海兵隊がピリピリする程度には、彼らも彼らで技術を習得している。

いかに真夜中とはいえ流石《さすが》に真っ白な軍服では危険を伴うため、上から黒い外套《がいとう》を纏《まと》うような格好で、彼らは輸送ヘリからロープ一本で降下していく。

「プタナの信号はこちらからです」

驚くべき事に山の一つが深層崩壊を起こしており、大量の土石流は谷底を濁流《だくりゅう》へと変貌《へんぼう》させていた。

そして彼らは谷底からわずかに上がった辺り、ちょっとした丘のような場所で、一人の男の子を発見する。

少年が手にしている物には、見覚えがあった。

「エリートの支給品です。おそらくは逃走中のプタナ＝ハイボールのものではないかと。彼女はゲン担《かつ》ぎとして、敢《あ》えて旧式を身に着けていましたから」

「……だとすると、これはどういう状況だ？」

クローバーズの精鋭達は男の子の方へ目をやった。

彼は約束を守った。

聞かれた通りの事を、包み隠さず、正直に話す事にした。

「みんな川に流されて、どこかに消えちゃったの」

21

即席《そくせき》の川、大量の土砂を巻き込んだ濁流のはるか下流で、ざばりという音が聞こえた。

プタナ＝ハイボールが両腕の力を使って、何とか水の中から脱した音だった。

「はあ、はあ……うっ……げほっ、がほっ!!」

口の中に入った水を吐《は》き出し、呼吸を整えていく。

そのままごろりと地面に転がり、夜空を見上げる。

これからどうする？

褐色《かっしょく》の少女の前には、いくつかの選択肢《し》があった。

例えば、連絡手段を模索《もさく》するかおんぼろモーテルまで自力で帰還し、アズールハイヴを名乗る『正統王国』の諜報《ちょうほう》部門と再び合流するか。

例えば、ここで濁流に呑《の》まれて死亡した事にしておいて、『正統王国』と『信心組織』の双方の監視から外れた位置に立つか。

……どんなに努力をしたって第二世代『サラスバティ』はもう帰ってこない。だけど、今まで一緒に行動してきた『正統王国』の面々が彼女の機体を奪《うば》った事実は変わらない。

一方で、牙《きば》を剝《む》けば、今度こそプタナは後ろ盾を失う。世界的勢力二つから同時に追われれば、どういう末路を辿《たど》るかは明白だ。

従って生きるか。

逆らって死ぬか。

しばし思いを馳《は》せていたが、思考は唐突《とうとつ》に途切れてしまった。

ひょいっと。

仰向《あおむ》けに転がる彼女の視界へ入るように、何者かが顔を出してきたからだ。

「生きているようで何より」

ミリア＝ニューバーグだった。

彼女はにこにこと笑いながら、こちらに向けて手を差し出してくる。

「経緯《けいい》はどうあれ、せっかく拾った人材だからな。こんな所で失うのは惜しい」

「……、」

少なくとも、軍事衛星込みで『視線』は感じなかった。

濁流《だくりゅう》に呑《の》まれたプタナをどうやって見つけたのか。

それについて、もうあれこれ深く考えるのはやめた。

道は残っていないようだった。

「『フライアウェイ』は機能停止した。おそらく操縦士エリートがコックピット内でジューサーにかけられてトマトジュースになってるな。ま、後は技術部門の仕事だ。うっかり動力炉《ろ》の自爆《じばく》機能なんぞが作動していないかハラハラしながら部品をバラして持ち帰るんだろうさ」

ミリアの手を摑《つか》み、ふらふらとプタナは起き上がる。

すぐ近くには（もちろん盗難品《とうなんひん》の）彼女のバイクが停めてあり、二人してそちらへ移る。

上官の背中に抱き着くようにして、二人を乗せたバイクが勢い良く発進する。

「さて、一仕事は終わった。ロストエンゼルスがろくでもない街なのは認めるが、任務中に石鹸《せっけん》みたいなレーション以外の食事にありつけるのは大きな恩恵だ。今日は限界まで呑むぞーう!!」

「……今日はも何も、すでにてっぺんを回って日付がかわっていますが」

「だから明日のてっぺんまで呑み明かすっつってんの。この短期間に二機だよ二機！　しかも撃破どころか鹵獲《ろかく》だ。まあ私達は諜報部門《ちようほう》だから胸に悪目立ちする勲章《くんしよう》をもらう事はないが、『正統王国』への貢献度《こうけんど》で言ったら学校に銅像クラスだろう。多少ハメを外したって誰も怒らないさ」

「……、」

その大戦果には、プタナの『サラスバティ』も含まれている。

わずかに奥歯を噛《か》む褐色《かつしよく》の少女は、小さなノイズ音を聞いた。

『ザ、ザザ』

ミリアの片耳に引っ掛《か》けてあるインカムのようだった。

そちらからは、山中で別れたクウェンサーやヘイヴィアの声が聞こえてくる。

「プタナが見つかったぞ。私の手で街まで送るから、君達は先に店へ向かってくれ。泥だらけで店員は嫌《いや》な顔をするだろうが、呑んで食って大量の金を落とすと分かれば機嫌《きげん》も直ってくれるだろう」

『へえ、プタナのヤツ逃げなかったんですか。意外だな』

『そうなると、心中はどうあれ俺らに迎合するって決めたのかね』

おそらくインカムを通しての会話だから、プタナには聞こえていないと思っているのだろう。

腰に手を回して背中に密着している状況なら、そうとも限らない事には気づいていない。

「はっは！　どっちみち、取り巻く状況を考えればそれ以外に生き残る道はないからな。当然と言えば当然の流れさ」

『だとよ。良かったじゃんクウェンサー、玉砕覚悟《ぎょくさいかくご》でリベンジ仕掛《しか》けてくるような粘着女じゃなくて。これでビクビクしっ放しの日々ともようやく解放じゃねえの？』

『……ああ、本当に良かった。俺の考えた案で部隊が動いたなんて話がバレたらどうなる事かと気が気でなかったんだよ、いやマジで』

ブツッ……、と。

プタナは、誰にも気づかれぬよう、上官の背中でそっと唇を噛《か》み締《し》めていた。

そして心の中だけで呟《つぶや》く。

分かっているよ、それくらい。

口の中に、鉄錆臭《てつさびくさ》い復讐《ふくしゅう》の味が広がっていく。
彼女の物語は、まだ何も終わっていない。

第三章　爛れ落ちた信仰　〉〉ロストエンゼルス掃海戦

1

フローレイティア＝カピストラーノはインド洋上に待機している大艦隊の一隻《せき》、小型空母の士官室で細長い煙管《キセル》を咥《くわ》えていた。

ロストエンゼルスを取り巻く情勢と、現地に潜《もぐ》った諜報《ちようほう》部門の報告を重ね合わせていく。

天才の卵をさらって企業や研究所へ売却《ばいきやく》する『才能売買』。

計画に一枚噛《か》んでいたと思われる『フライアウェイ』は撃破《げきは》したが、しかし、あれが首謀者《しゆぼうしや》で全ての構成員を壊滅したという確証もない。

『信心組織』から取り込んだプタナ＝ハイボールはこんな報告を残している。

子供達の大半はよそへ移された。

お星様。

そして、ナタラージャ。

「これだけじゃあ、何とも言えんが……」

甘い匂《にお》いのついた煙を吐《は》き出しながら、フローレイティアは呟《つぶや》く。

ノートパソコンに表示されていた情報が、ロストエンゼルスから世界地図全体へと一気に引いていく。そして、そのあちこちに赤い×印がつけられていく。

戦火の位置とは違う。

場所は、いずれも『安全国』と評される大都市ばかりだ。

『正統王国』『情報同盟』『資本企業』『信心組織』。各々《おのおの》の大都市から、立て続けに人が消えている。それもただの一般人とは違う。生物化学、機械工学、低温化学、航空物理、極限環境研究……いずれも突出した才能を持ち、各々の研究分野を牽引《けんいん》してきた天才ばかりだ。

被害者は老若男女《ろうにゃくなんにょ》問わず。

クウェンサー達の言及していた『才能売買』は幼い『天才の卵』に限定されるため、すでに第一線で不動の地位を獲得している老人まで含めたこの一連の事件、どうにも毛色が違う。

（こうなると、ケーブルカーの一件は『資本企業』式の『才能売買』に見えていたというだけで、実際には全く異なる構造の事件だったのかもしれない。たまたま標的の年齢が若かっただけで、相手が大人だろうが老人だろうがお構いなしだった可能性もありえる）

その上。

消えた天才は各分野のエキスパートだが、それぞれの専攻を繋《つな》ぎ合わせると、非常に興味深いジャンルに集約されていくのが分かる。

すなわち、

「宇宙関連……『お星様』か」

ポツリと呟《つぶや》く。

ロストエンゼルスという立地を思い出す。今でこそオブジェクトの建造・整備に主軸《しゆじく》を置き、そこからばらまかれる大量の助成金や無数の諜報《ちようほう》員達の暗躍《あんやく》が街の治安を徹底的《てつていてき》に悪化させてはいるが、その街が開発された、一番最初のきっかけはと言えば……。

（……大規模な発射場、だったはず。もっとも、『資本企業』からマスドライバーを輸入しようという計画が諸々《もろもろ》の事情で転んでからは、大きく方針転換を迫《せま》られたようだが）

プタナ＝ハイボールの話では、さらわれた子供達の一人はこう言っていたらしい。仲間達のほとんどは、喜んで『お星様』に行こうとしていた、と。

「……、」

当然ながら、未確認のロケットやシャトルが発射されていれば、『正統王国』軍の監視《かんし》網《もう》に引っかからないはずがない。レーダーの光点が識別不能であれば、オブジェクトの対空レーザーで撃《う》ち落とされていても文句は言えなかったはずだ。

しかし、一笑《いつしよう》に付すにはまだ早い。

何かが引っかかる。

（まったく、流石《さすが》は自由と災厄《さいやく》の街だな。次から次へと頭痛の種を用意してくれる）

最後の最後に、フローレイティアは画面上の地図をインド洋へ移した。

そこには巨大な赤い円が描かれている。

「……ただでさえ、新しいオブジェクトがこちらに向かっているというのに」

2

クウェンサーとヘイヴィアにはまだ帰還命令が来ない。

となると、そろそろ厄介な問題が浮上してくる。

「これもロストエンゼルス風ってヤツらしいよ、プタナ」

クウェンサーはそんな風に言って、スーパーマーケットの入口で重なった樹脂製の買い物籠《かご》を引っこ抜いていた。

「その気になれば武器弾薬《だんやく》は洋上の『正統王国』大艦隊《だいかんたい》から補充《ほじゅう》できるんだけどさ、それ使って事件を起こすとワタシ『正統王国』ノニンゲンデースって宣伝するようなものなんだって。今後、どこで何が起こるか分からない場合は、足取り手がかりを消せるお手製爆弾《ばくだん》をストックしておいた方が良いらしい」

「はあ。バクダンはせんもんがいですが、そんなカンタンに作れるものなんですか。センパイ」

ここにはヘイヴィアはいない。

器用貧乏なヤツは何かと雑用に駆《か》り出されるのが世の常らしかった。

「プラスチック爆弾《ばくだん》ならそんなに難しくないかな。ようは、爆薬に良く伸びるゴム系の接着剤を混ぜて整えれば良いだけの話だから。でも、問題なのは信管だ」

言いながら、クウェンサーは生鮮食品コーナーを素通りし、調味料のコーナーへと移っていく。

「プラスチック爆弾を作動させるのに必須なこの信管。何しろ正体はデリケートな火薬だから静電気で簡単に破裂《はれつ》する。素人《しろうと》がジューサーとか泡立《あわだ》て器とかで無遠慮にゴリゴリ調合しているとと自分の顔を吹っ飛ばしかねない。スイッチ一つで命取りってヤツだよ」

「やはりむずかしいものなんですか？」

「材料自体は簡単に手に入るんだけどね。いくつか慎重に混ぜなくちゃならないんだけど、その主な成分の一つっていうのが……」

どさり、と。

クウェンサーは棚から手に取った重たい袋を買い物籠《かご》へと放り込んでいく。

「……砂糖だ。武器禁止条約なんて何の意味もないよねってハナシ」

他にもいくつか見繕《みつくろ》い、二人はレジに向かう。

店を出ると、プタナは自分達の（盗《ぬす》んだ）バイクをいじくろうとしていたヤンキー達に拳《けん》銃《じゅう》を突《つ》き付けて追っ払う。

「ああ、ミリアさんから支給してもらったんだっけ、『信頼の証』」

近くでサイレンが鳴り響《ひび》いていたが、こちらとは別口だろう。窃盗未遂《せっとうみすい》程度で通報していたらキリがない。どうやら別の店で事件でも起きたらしい。

と、裏口からひょっこり《女性警察官》が出てきた。

プタナがこんな事を言う。

「コスプレですね」

「はい？」

「じっこうはんか、げんばにもぐってしょうこをゲットしてくるかかりか。わたしたちのどうるいみたいです」

「うへえ……。確かに公務員にしては腰のくびれが魅力的《みりょくてき》過ぎるとは思ったけど……」

「それよりセンパイ」

「今度は何だよプタナ」

「わたしたち、どうしてみずぎなんてきているんですか？」

「火薬の調合なんておんぼろモーテルじゃ怖《こわ》くてできないよ。ミリアさんに相談したら海沿いの自動車修理工場を使えって言われた。でもって材料を抱えるにはクーラーボックスに突っ込んで隠し持つのが一番だし、クーラーボックスなら釣《つ》り人か海水浴客しかないだろう」

「ならつりびとでも……」

「若い男女が二人揃《そろ》って？　このカンカン照りの中、陽気なビーチまで出向いて終始無言の釣《つ》りに来たって⁉　それで納得《なつとく》するヤツがいたらよっぽどの教科書野郎だよ！」

ちなみにプタナは最低限拳銃《けんじゅう》を隠し持たないといけないため、緑色のビキニの上からパーカーを羽織《はお》った状態だ。

ともあれ、買い物袋の中身をクーラーボックスに詰め替え、肩紐《かたひも》でクウェンサーが提《さ》げる。もはやいつも通りの流れでプタナがバイクにまたがり、クウェンサーはその背中へと張り付いた。

バイクを転がして南東のビーチへと向かう。

ノーヘルにもいい加減慣れたもの。クウェンサーは横目で道路沿いの商店の列へ目をやったまま、プタナに向けてこう話しかけた。

「昼、何食べるー？」

「今日はほうれんそうのサグカレーな気分です。ナンよりもサフランライスで、とかしたマーガリンでごはんにふうみをつけて……」

「カレーは昨日も食べてたじゃん！」

「あれはキーマカレーです、ぜんぜんちがいます」

サラリと言いながら、プタナは海沿いの道を走る。

今日もロストエンゼルスは絶好調で、軽く辺りを見るだけで頭にストッキングを被《かぶ》った男達が銀行から飛び出してくるのが分かる。

「あーあ、分かりやすいヤツら。あのデブ、全部失った《宝石豪商》だろ。落ちるトコまで落ちちゃったって感じだね」

「でもセンパイ、ちかくのでんちゅうに《高所作業員》がはりついていましたよ」

「ああ、あいつあちこちで見かけると思ったら、電線とかカメラの線を切る係だったのか」

何にしたって世界時計だの人類の寿命だのには欠片《かけら》も興味のなさそうな風景だった。三分先の未来の保障もないのだから当然かもしれないが。

途中で道路に並行するように走る地下鉄線路をまたぐ陸橋《りつきよう》を渡り、自動車修理工場の敷地《しきち》へとバイクを入れていく。コンクリートと錆《さ》びたトタンの集合体、といった様相の建物はガレージのシャッターが開いていて、プタナは直接バイクごとそこへ乗り込んでいった。

中で待っていたのは、タンクトップに作業ズボンのムキムキ男だった。

「ミリアから金はもらってる、話もつけてある。ここにあるものは自由に使ってもらって構わないが、設備を壊した場合は別途請求《べっとせいきゅう》する」

「了解」

「必要なら適当な機材を動かして派手な音を撒《ま》き散らしておくが？」

「そこまでご近所迷惑な作業じゃないよ。クラシックを嗜《たしな》むように静かに調合するからさ、黙《だま》っていてくれればそれで良い」

話を聞いて、修理工場の面々は外へと出て行った。

クウェンサーはバイクから降り、適当な作業台にクーラーボックスの中身を広げていく。

静電気防止用の特殊《とくしゅ》な手袋をはめ、カップや秤《はかり》で計測した材料を乳鉢《にゅうばち》の中へ注いでいく。

慎重に混ぜ合わせていく。

プタナは手持無沙汰《てもちぶさた》なようだった。

「センパイ」

「なに、くしゃみは我慢してね。今こいつを床に落としたらみんなドカンだ」

「……ちょうど良い。じゃあ、大切なハナシをしましょう」

ガチリ、という小さな音が聞こえた。

見れば、プタナ＝ハイボールは真正面、三メートルの位置からクウェンサーの胸板へ拳銃《けんじゅう》の銃口《じゅうこう》を突き付けていた。

至近だが、手を伸ばしても届かないくらいの距離。

なおかつ、今はクウェンサーの両手はデリケートな火薬の調合で塞《ふさ》がってしまっている。

「おい、プタナ……冗談《じょうだん》だよな？」

「このタイミングをまっていました」

抑揚《よくよう》のない声でプタナは答える。

それを耳にして、ようやくクウェンサーの全身から嫌《いや》な汗が噴き出してきた。

「待て、待つんだプタナ！　お前はもう『信心組織』に居場所はないだろう、『正統王国』の後ろ盾《だて》を利用して上手にやっていくなら、そんな事をしていちゃ駄目《だめ》だ！」

「そんなことは！　どうでも良いんだ‼」

爆発《ばくはつ》したような叫《さけ》びを受けて、クウェンサーの体が強張《こわば》る。

手にした乳鉢《にゆうばち》がわずかに揺れる。

「あなたに分かるんですか？　あれは、うみの上でまるはだかにされているオブジェクトは！　わたしの『サラスバティ』だった‼　わたしのはんしん、わたしの人生、そいつがわたしのアドバイスをうけてぶんかいされている！　こんなくつじょくが、あなたに1ミリでも分かるのか⁉」

クウェンサーは息を詰《つ》まらせた。

天を仰《あお》ぎ、神様のくそったれは嘘《うそ》つきの味方はしてくれない事を確かめてから、改めて自分自身で口を開く。

「……俺を撃《う》っても、『コレクティブファーミング』が返ってくる訳じゃない」

「言ったはずです、そんなことは、どうでも良いんだって。わたしの『サラスバディ』は、死ぬことすらもゆるされずになぶられつづけている。そのげんいんを作ったヤツがめのまえにいる。せめてそのくびをささげるくらい考えても良いでしょう？」

プタナ自身も、銃《じゅう》を持つ手が震えていた。

単純な怒りとも違うのかもしれない。クウェンサーを撃った後、具体的にどこをどう通って何を目指すのかも決めていないのかもしれない。

「わたしは、わたしの人生を失った。『正統王国』と折り合いをつけていくにしても、まずはそのケリはつけさせてもらいます」

「……、」

「あなたをころせば、わたしはさばかれるかもしれない。だけど、元エリートで『信心組織』のきみつじょうほうを多くにぎるわたしと、ただのがくせいにすぎないあなた。『正統王国』がどちらをとるかなんてあきらかでしょう？　……わたしは、ころしても、折り合いをつけていける。やっていける」

「本気で信じている訳じゃないんだろう？　だとしたら、モーテルの中で銃を抜《ぬ》いていたっておかしくなかった。上《うわ》っ面《つら》はどうあれ、心の中じゃあお前はホームを離れてから行動しないとヤバいと思っていたんだ」

「じゃあ、あなたはどうですか。ぎゃくに、わたしがあなたをころさないりゆうを1つでもならべられるんですか？」

相手は本気だ。プタナ自身が自分の頭で信じているほど『先の事』を組み立てられているのかどうかは分からないが、少なくとも、引き金に掛《か》けた指を動かすくらいの覚悟はある。

クウェンサーはそう思った。

だからちっぽけな学生もまた、躊躇《ちゅうちょ》を捨てる事にした。


ばんっ!! と。

火気厳禁の乳鉢《にゅうばち》を思い切り床へ叩《たた》きつける。

爆竹《ばくちく》よりもはるかに大きな炸裂音《さくれつおん》と、白っぽい煙が一面を覆《おお》い尽《つ》くした。

「っ⁉」

思わず身を竦《すく》めたプタナは、耳をやられていたため足音には気づけなかった。

だが正面から自分に向けられていた『視線』が急速に外れていくのを、煙幕《えんまく》の中であっても正確に看破する。

「センパイ!! くそっ!!」

銃《じゅう》を手にしたまま、慌《あわ》てたように白い煙幕をかき分けて前へ走るが、修理工場のどこにもクウェンサーはいない。外へ逃げたのだろう。

とはいえ相手は徒歩でこちらはバイクだ。そう思っていたプタナだったが、見ればオフロードバイクの後輪にはマイナスドライバーが突《つ》き刺《さ》さっていた。

(芸のこまかい……!!)

舌打ちしてシャッターを潜《くぐ》り、表へ飛び出す。

アスファルトの道路の脇《わき》にあるきめ細かいビーチの砂の上に、特徴的な足跡があった。クウェンサーの履《は》いていたサンダルのものだ。

プタナはとにかく走り、修理工場の周りを捜索《そうさく》していく。

建物と建物の隙間《すきま》に人影を見つけたが、クウェンサーではない。《ドレスの女》……に見えた誰かが長い髪《かみ》のウィッグを放り捨てていた。近くの壁《かべ》に細長いビリヤードセットのケースが立てかけられているところから見るに、おそらく彼（？）の正体は《スナイパー》か何かだろう。

陸橋《りっきょう》を渡る。

タタンタタン!!　という列車の通過音が真下の地下鉄の線路から響《ひび》いてくる。

（……おかしい。センパイは車もバイクもうんてんできない。人の足ではそうとおくへはにげられないはずなのに、一体どこへ……？）

「プタナ!!」

と、いきなり真後ろから大声が飛んできた。

慌てて振り返ると、陸橋の真下、いや正確にはそこを走る列車の屋根に、標的は飛び移っていた。

クウェンサーは両手でメガホンみたいな形を作って叫ぶ。

「お互い色々話したい事はあるだろうけど、いつもの部屋でまた会おーう!!」

「ふざけ……!!」

思わず陸橋《りっきょう》の欄干《らんかん》から身を乗り出して拳銃《けんじゅう》を突き付けようとしたその時、猛烈《もうれつ》な怒気を含んだ『視線』がプタナを取り囲んだ。

警戒心《けいかいしん》から、照準から目を離して周囲を観察してみれば、自動車修理工場の面々が水着の少女を取り囲んでいた。

ムキムキのタンクトップ男は低い声で言う。

「設備を壊したら、別途《べっと》請求《せいきゅう》。最初に教えていただろう？　事務所で話そう」

全部織り込み済みだった。

拳銃をパーカーの懐《ふところ》へしまったプタナ＝ハイボールは一度小さく舌打ちし、それでも怒りが治まらずに言語化不能の叫び声を放っていた。

3

Real_time_log.
Network_system_from_“shuttle_NATARAJA”.

『こんなはずじゃなかった』

『「正統王国」にはもっと早く退場してもらうはずだっただろう？』

『だからこんなはずじゃなかった。「サラスバティ」整備終了後か、最悪でも「ガルーダ」のタイミングでオブジェクトを破壊してヤツらを撤退《てったい》させるはずだった』

『予定が狂《くる》おうが何だろうが、対処をしなくてはならない』

『ああ。「ナタラージャ」の存在が露見《ろけん》する可能性は全て排除《はいじょ》しなくてはならない』

『あれを動かす。今度こそ洋上展開中の「正統王国」を退《しりぞ》ける』

『それで終わるのか？』

『終わるさ』

『では』

『我々の地球脱出は、滞《とどこお》りなく完遂《かんすい》される。いよいよ理想郷を追う永遠の旅路が始まるぞ』

4

「さて、いい加減チキンバーガーとラッシーの組み合わせに飽《あ》き飽きしている私達に向けて、上層部がありがたい暇潰《ひまつぶ》しの命令を送って来てくれたぞ。……ん？　どうした、なんか空気がギスギスしているような」

あははははは、とクウェンサーはミリアの言葉に苦笑いで応じた。

ちなみにその横では水着にパーカーのプタナががっつり陣取《じんど》りしていて、今すぐその首をへし折りかねないといった顔で少年を睨《にら》みつけている。

今まで別行動していたヘイヴィアも怪訝《けげん》な顔をしていた。

「何だよクウェンサー、まさか『強引な婚前交渉《こうしょう》』でも迫っちゃった訳？」

「まさかそんな、モテる男子は辛《つら》いよねって話だってば。この前の一件以降、急速に距離が縮まっちゃってさ、プタナから熱視線を浴びまくりー☆」

ギリギリギリ!!　と褐色《かっしょく》の少女の奥歯を噛《か》む音が猛烈《もうれつ》に響《ひび》き渡る。

とはいえ、流石《さすが》にこのおんぼろモーテルの中で銃《じゅう》を抜く訳にはいかない、くらいの理性は残っているらしい。

修理工場のタイミングまで襲撃《しゅうげき》を『待った』事自体、ここでは揉《も》め事を起こしたくないと考えている証《あかし》だ。

「現在、ロストエンゼルス近海……つまりインド洋を渡って『信心組織』の第二世代が向かってきている。敵性コードは『オリエンタルマジック』。エアクッションとレーザービーム式の主砲《しゅほう》を併用する強敵だ」

「それが何だってんですか？　別に街へ上陸して直接攻撃を仕掛《しか》けてくるって話じゃあないんでしょう」

ヘイヴィアが適当に質問すると、ビキニのトップスにぶかぶかのカーゴパンツを穿《は》いた上官はあっけらかんと首肯《しゅこう》した。

「まあこの街自体が『信心組織』の軍港なのだから、ヤツらのオブジェクトがやってくるのは珍《めずら》しくない。だが今は我らが『正統王国』の大艦隊《だいかんたい》と『ベイビーマグナム』が洋上展開している真っ最中だ。わざわざ火線にさらされてまで、ここで補給を受けたがると思うか？　そう、『補給を受けなければならないスッカラカンの機体』が最前線に、だ」

「となると、何か別の理由がある……？」

例えば。

ロストエンゼルスの海の玄関を塞《ふさ》ぐ『正統王国』をさっさと追っ払いたいとか。

例えば。

鹵獲《ろかく》され、洋上で分解研究されている『コレクティブファーミング』を奪還《だっかん》するか、不可能なら轟沈《ごうちん》させてしまいたいとか。

例えば。

軍事機密をしこたま抱《かか》えたまま行方を晦《くら》ませた操縦士エリート・プタナ＝ハイボールを迅速《じんそく》に始末したいとか。

「洋上のカピストラーノ少佐もそう判断した。そして推測に確信を与える情報が欲しいとのお達しだ。だがそう肩肘《かたひじ》を張る必要はないぞ。あっちこっちで同様の情報収集が行われている。私達は私達のやれる事をやれば良い。有象《うぞう》無象《むぞう》の精査は向こうの仕事だ」

「具体的に何をしろと？」

「最高の質問だクウェンサー。我々が抱えている案件の内、尻切《しりき》れトンボのまま中断されているものがあるだろう。……ナタラージャ、という単語についてだ」

プタナが拾ってきた情報だ。

ケーブルカー誤射に見せかけた『才能売買』……いいや、そういう構造に見えていた何かしらの事件。その実行犯の携帯《けいたい》電話のメモリに入っていた単語らしい。

「これが現在進行形で接近中の『オリエンタルマジック』と関連しているかは未知数だが、情報を集めておいて損はない。他に当たりがあれば他のヤツが見つけるさ。私達はとりあえずここから追い駆《か》けて行こう」

その上で、だ……と、ミリア＝ニューバーグはプロジェクターのリモコンを手に取った。

天井一面を真っ白な光が埋め尽《つ》くす。

「ナタラージャについて調べようとしても、関係者の大半は死亡か行方不明だ。取っ掛《か》かりがない。そこで、こいつを狙《ねら》ってみようと思う」

天井にロストエンゼルスの地図が表示され、複雑に曲がりくねったルートが色分けされる。南部にある大フェンスから国際空港までを結ぶ赤いラインだ。

「マルクイーン＝ソノラ。カルフォルニア生化大学で博士号を取得した一〇歳の少年。プタナが救出し『信心組織』基地警備の正規部隊……クローバーズとか『白詰襟《しろつめえり》』とか呼ばれている海軍系エキスパートへ引き渡した子供だな」

ぴくり、と褐色《かっしょく》の少女の眉《まゆ》が微《かす》かに動いた。

構わずにミリアは言う。

「こいつが一番近い位置にあるヒントだが、『信心組織』が邪魔《じゃま》で事情聴取《ちょうしゅ》ができない。幸い、ソノラ君は空港まで移送され、飛行機で『安全国』へ帰る予定だ。……つまり、護衛チームの車を襲《おそ》えば情報提供者が手に入る」

ゴトゴトン、とクウェンサー達の背後で重たい音が響《ひび》いた。強襲班《きょうしゅうはん》と呼ばれる、諜報《ちょうほう》部門の中でも『隠《かく》れない』連中が話を聞きながら準備を進めているためだ。提供するのは火力。名刺代わりに吹き飛ばした防弾車《ぼうだんしゃ》や建物の名前を並べる世界の住人だ。

「質問があります」

クウェンサーは片手を挙げて発言した。

「……車を転ばせて中身を引きずり出す作戦になると思いますけど、それ、リスクはかなり高いんじゃや？　正直、横転させた衝撃でマルクイーン＝ソノラが死亡する可能性は五分五分以上でしょう」

「他に手があると？」

「当人達は消えていますが、例えばホテルの部屋などを調べてみては？　電話、コンピュータ、日記帳、とにかく何か残っていれば情報は手に入るかもしれませんけど」

「だが消えた子供達は『資本企業』の天才達だ。元々の旅の宿もヤツらの息がかかった場所を利用している。街で一番のカジノでもある、ホテルグランドジャックポット。マスタードカウボーイの根城になっているから、私達アズールハイヴが大挙して蜂《はち》の巣に飛び込めば『ギャング同士の銃撃戦《じゆうげきせん》』になる。こちらの方がよほど危険だと思うが？　下手《へた》をすると観光客だって大勢巻き込むぞ」

「……、」

「そういう訳だ。襲撃《しゆうげき》に際して二つのグループを作るぞ。予定通りに攻撃を仕掛ける組と、予定が狂った時に先回りして逃走ルートを潰《つぶ》す組だ。各人、自分の判断でアシを確保したら地図の表記に従って現場で待機しろ。以上だ」

バタバタとたくさんの足音が鳴り響《ひび》いた。

そんな中、クウェンサーは周りをぐるりと見回したが、悪友のヘイヴィアはミリアと一緒に部屋を出て行くところだった。強襲班《きょうしゅうはん》と合流してマルクイーンをさらう作戦に組み込まれていく。あの位置取りで上官に内緒《ないしょ》で話をするのは無理だ。

(ええい!!)

思考を切り替え、少年は表の駐車場《ちゅうしゃじょう》でプタナの腕を取った。

「プタナ、手を貸せ!」

「……何ですか?」

低い声を出すプタナに、クウェンサーはほとんど抱き寄せるような格好で内緒話を始める。

「お前だって自分で助けたマルクイーン=ソノラをその手で死なせたくはないだろう。俺達で手を打とう。強襲班が護衛チームを襲《おそ》う前に必要な情報を手に入れて提出してしまえば、こんな襲撃計画を実行に移す大義名分は没収《ぼっしゅう》できる。俺達ならあの子を死なせずに事を収められるんだ」

「ぐたいてきにはどうするつもりです?」

「ホテルグランドジャックポット。マスタードカウボーイ……『資本企業』の兵隊達が『汚《お》染《せん》』している金ヅルへ忍び込む。お前はどうするプタナ、ついてくるか？」

「良いでしょう。ただし」

「？」

疑問に思う暇《ひま》もなく、クウェンサーの胃袋へ重たい衝撃《しょうげき》が走り抜けた。

体をくの字に折り曲げる少年の足を引っ掛け、灼熱《しゃくねつ》のアスファルトの上へと叩《たた》き落とす。

呼吸もままならないクウェンサーの近くにしゃがみ込み、プタナ＝ハイボールは懐《ふところ》から引き抜いた拳銃《けんじゅう》を額《ひたい》の真ん中へと押し付けた。

抑揚《よくよう》のない声で、彼女は囁《ささや》く。

「……わたしは別に、あなたをゆるしたわけじゃない」

「うえっ、げほ……！　つ、使えるヤツだったら何だって良いさ。まずはアシを手に入れるぞ」

5

今回はスカイブルーのオープンカーだった。

もはや定番となった流れで、プタナが運転してクウェンサーが助手席でお荷物になる。多少エンジン音がうるさいが、乗り心地は良好だ。カーステレオをいじってみると、海賊《かいぞく》放送なのか闇賭博《やみとばく》の配当倍率についてのアナウンスが延々と続いていた。

《修学旅行生》らしき一団を乗せた大型観光バスを追い越しながら、プタナはこんな風に言う。

「りょこうしゃにカムフラージュしたＰＭＣですね。『資本企業』かんかつらしいと言えばらしいですが」

「嘘《うそ》だろ……。早速《さっそく》犬の小便みたいなマーキングが見えてきたっていうのか……？」

ロストエンゼルスを爆走《ばくそう》するプタナ達の目的地は、ミリアが指示した襲撃《しゅうげき》予定地点ではない。『資本企業』のマスタードカウボーイが仕切るロストエンゼルス最大のカジノにして五ツ星超高級ホテル、ホテルグランドジャックポットだ。

以前、深夜の作業中に暇《ひま》だったミリアから聞いた話では、街で一番大金の動く場所らしいがそれはギャンブルのためでもないらしい。ようは、ギャングの幹部同士の話し合い、取り引き、問題解決、人脈作りなどに使われる高級サロンといった方が正しいのだ。ワイロを流したり地下銀行で送金するのは犯罪だが、公認カジノの賭《か》け事の勝敗でＡさんからＢさんへ大金が動く分にはノータッチ。後は様々な隠語を織り交ぜてポーカーの勝ち負けを制御してしまえば、巨大カジノがロンダリングと送金を同時にやってくれるという訳だ。『資本企業』に言わせれば、夜の港でびくびくしながらアタッシェケースを広げる『正統王国』は時代遅れなのだとか。

……もちろん、これには港を奪《うば》いそびれた連中のやっかみもあるだろうが。

つまりそれだけ危険な場所だ。

銃《じゅう》の数も半端《はんぱ》なものではないだろう。

「これでめいれいいはんですね、センパイ」

「最後に結果を出せればプラマイゼロで帳尻《ちょうじり》を合わせられるもんさ」

「ロストエンゼルスふう？」

「いいや、これまでの人生全体の総括《そうかつ》ですけど？」

問題のホテルグランドジャックポットは高級金融街である西部区画にあった。見た目は鏡張りのようなインテリビルが立ち並んでいるが、あちらこちらの壁《かべ》には黄色いスプレーで落書きが施《ほどこ》されていた。マスタードカウボーイのチームカラーだ。

「どこから入ります？」

「正面から。街で一番のカジノでもある高級ホテル、だけどレストランやフィットネスジムは一般開放されているはずだ。下手《へた》にコソコソするよりお客さんで通した方が入りやすいよ」

一応盗難車《とうなんしゃ》なのでエントランスで待機している運転手にオープンカーを預ける訳にはいかない。ホテル真ん前の道に車を置き去りにすると、二人して徒歩でホテルの正面出入り口を潜《くぐ》っていく。

ロビーはあくまでホテルと同じものだ。一列に並ぶカウンターに、一杯いくらかかるか分からないコーヒーを売り捌《さば》いているラウンジがあるのが分かる。ケバケバしいバニーガールなどが尻《しり》を振って歩いている事もない。一番の稼ぎ頭《がしら》であるカジノ部分はエスカレーターで地下に下ってからが本番なのだろう。

「やはり『資本企業』系列ですね。くうきがぜんぜんちがいます」

「そんなものか？」

「……一応ちゅういしておきますが、わたしたちはアズールハイヴでヤツらはマスタードカウボーイです。せんそうではなく『ギャングのりゅうぎ』でもんだいかいけつを図ってきたばあい、わたしたちはほりょのとりあつかいにかんするじょうやくに守られることはないんですからね」

「いやちょっと待てプタナ、あいつ……」

クウェンサーは危険人物を見つけたが、安易に柱の陰《かげ》とかには飛び込まない。そちらの方が悪い注目を浴びてしまうからだ。ジョンだかジョージだか、とにかくこの前さらったマスタードカウボーイの元幹部がいる。

ヒゲ面《づら》は証券マンみたいなスーツを着た数人と共に、ぶつくさ言いながらロビーを横断していくのが分かる。

「ったくよ、わざわざ偽造《ぎぞう》ＩＤと拳銃《けんじゅう》持ってここまで来たんだぜ。ヤツらが頼りにしているドルだのユーロだのの原版かっぱらってビジネス横取りしてやろうと思ったのに、なーんで気がつきゃパンピーのシスターなんぞ助けてやがるんだ俺は……」

「やれやれ。あなたの頭の弱さと計画性のなさについては一〇回くらい死なないと直らないのかもしれませんね。一つ一つの欠点を直すのに一回ずつくたばる、といった調子で」

「あのう、そういうオメエは何で俺についてくる訳？」

などと言い合いながら、ギャング達は目の前を通り過ぎていく。

幸い、向こうはこちらには気づいていないようだった。客室に繫《つな》がるエレベーターではなく、カジノへ続く地下エスカレーターを目指しているらしい。クウェンサー達はクウェンサー達で、連中の真後ろを横切ってエレベーターホールへ歩いていく。

エレベーターに乗り込むと、プタナはこんな質問をしてきた。

「ゆくえふめいのこどもたちのへやをそうさくするというハナシでしたが、ぐたいてきなフロアは分かっているんですか」

「三八階」

「こんきょは？」

「VIP専用、かつ団体客のためにワンフロア全部貸し切れる階層となると条件は限られる。つまり人気《にんき》のないフロア。エレベーターは一番上と一番下で待機しているから、ど真ん中の階層は一番時間がかかるんだ。さてプタナ、このホテルのエレベーターはどうなっている？」

「1かいから5かいまでは共用、そこから先は6かいから25かいと、26かいから50かいの2つに分かれていますね」

「ここで重要なのは、曲がりなりにも相手はVIP待遇《たいぐう》である事。つまり人気のないフロアを押し付けられているとバレたらそれはそれで厄介《やっかい》だ。だから高い階層の方に詰《つ》め込んで、素晴らしい夜景で有耶無耶《うやむや》にする」

「すると」

「上階層のど真ん中、三八階で決まり」

エレベーターが目的階で停止し、扉《とびら》が左右に開いていく。

「ま、ミリアさんの暇潰《ひまつぶ》しトークに付き合っている間に教えてもらった事だけど」

二人してホールへ出ると、ずらりとドアが並んでいた。団体様なら、どこを開けても誰かしらの天才少年少女達の部屋に行き着くだろう。プタナはこんな事を言ってきた。

「るすだとしても、カギはかかっているとおもいますけど」

「ロストエンゼルス風にいこう」

「ショットガンでノブをふきとばす？」

「もうちょっと優しめで」

言いながら、クウェンサーはドリンク用の製氷機の方へと近づいた。裏側から手を伸ばし、電源ケーブルを引っこ抜く。

「センパイ？」

「なあプタナ、ここは別に重要機密を管理する軍事施設《しせつ》じゃないんだ。不慮のトラブルが起これば宿泊客の安全を第一に考えて全室のロックが一斉《いっせい》解除されるようにできている。例えば、だ」

言いながら、クウェンサーは製氷機の下に手を差し入れて、適当に綿埃《わたぼこり》を摘《つま》んだ。それを電源プラグに絡ませて、再びコンセントへと突《つ》き刺《さ》していく。取扱《とりあつかい》説明書にも書いてある、典型的な電気火災の構造を作り、彼は言う。

「軽い小火騒ぎで火災報知器が作動した時とかさ」

ヘイヴィア＝ウィンチェルはキウイ通りに繋《つな》がる細い路地裏に、四角四面鋼鉄《こうてつ》の塊《かたまり》ですといった感じのゴミ収集車をゆっくりと停めていた。今は強襲班《きょうしゅうはん》に混じって荒事の準備中だ。車両盗難《とうなん》の標的と言えばやたら車高の低いスポーツカーばかりをイメージするかもしれないが、こういった鈍重な車にも、それはそれで需要はある。例えば、確実に標的の車両をコースアウトさせたい時や、多少の銃火《じゅうか》の中を強行突破したい時、そして道路上に放置して標的の針路を阻《はば》みたい時にも重宝する。

助手席にはミリア＝ニューバーグが腰掛《こしか》けていた。

彼女はニヤニヤと面白《おもしろ》そうに含み笑いしている。理由は単純だ。

「クウェンサーとプタナのヤツが消えたなあ。こりゃ任務拒否かな？」

「冗談《じょうだん》じゃねえ。書類も提出しねえ、受理も待たねえ、それで消えたら脱走兵扱《あつか》いされるってのが分かってねえのか、あいつら」

「まあ、クウェンサーは学生でプタナは捕虜《ほりょ》だからなあ。本気の軍法裁判で争ったら割とギリギリなラインだな。まあ現場では鉄拳《てっけん》制裁だが」

「……その程度で許してもらえんなら俺も一緒に逃げちまうべきでしたかね」

「ハハッ、ヤツらにはヤツらなりの考えがあるんだろう」

ダッシュボードに手を伸ばし、誰が持ち主かも分からない眠気覚ましのガムを口に放り込みながらミリアはあっけらかんと言ってみせる。

三メートルほど先は燦々《さんさん》と陽光の降り注ぐ明るい街で、ヘイヴィア達の襲撃《しゅうげき》計画も知らずに多くの車が行き交っていた。裸《はだか》同然の女を山盛りにしたオープンカーもあれば、《ピザ屋のバイト》のスクーターが呑気《のんき》に安全運転していたりもする。

緊張を紛《まぎ》らわせるため、ヘイヴィアは隣の上官にこう話しかけた。

「そういや駅前のピザ屋、新しいフェア始めたみたいですよね」

「君な、アレを見て良く食欲なんて湧《わ》くなあ。あいつ、バイトの途中であっちこっちに爆弾《ばくだん》を宅配している破壊工作員だぞ」

「……、」

「残念な事に時々私達もお世話になっているから鉛弾《なまりだま》はぶち込めんがね」

何がどうなろうがロストエンゼルスはロストエンゼルスらしい。

うんざりするヘイヴィアを置いておいて、ミリアは遠隔地にいる他の強襲班《きょうしゅうはん》へと的確に指示を飛ばす。

「キウイ通り、襲撃《しゅうげき》配置完了。経過報告を」

『ブルー03、パッケージはオレンジ通りからレモン通りへ合流を確認』

『ブルー18、レモン通りへ向かう同モデルの車両を確認。攪乱《かくらん》行動だと思われます』

『ブルー29、所定配置完了。パッケージの線を切ります、許可を』

少しでも襲撃を恐れているなら、護衛チームは街の東西南北十文字に伸びる長い長い高速道路は使わない。網《あみ》の目のように道路が走るロストエンゼルスの街並みをひたすら細かく曲がって曲がって、少しでも待ち伏せのリスクを少なくさせようと努めるだろう。

そんな中で、確実に正確に襲撃作戦を決行できるのか。

質問に対する回答は、イエスだ。

「許可しよう。パッケージの線を切れ」

ミリア＝ニューバーグはあくまでもサラリと言ってのけた。

私事は私事、仕事は仕事。この女はそれで銃《じゅう》を握り、爆弾《ばくだん》を仕掛けていく。

ジリリリリリリリリリリリリリリ‼　と甲高いベルが直線的な廊下に鳴り響《ひび》いた。

ホテルの廊下にいたクウェンサー達は気にせず、手近な部屋のノブを掴《つか》む。

電子キーを認証するプロセスは省かれ、あっさりとノブが回る。

部屋に滑《すべ》り込みながら、プタナはこう言ってきた。

「……本当に火の手が回ってにげばを失う、なんてことは？」

「手を加えたのは製氷機のマシンだ。一定以上火勢が強くなったら氷が解けて大量の水が覆《おお》い被《かぶ》さるさ。全焼して民間人大虐殺《だいぎゃくさつ》みたいな事は起こらない」

答えながら、クウェンサーは部屋の中を見回した。

シングルルームなのか、ベッドは一つ、サイドテーブルの近くに置いてあるソファも一人掛けだった。私物は散らばっていない。壁際《かべぎわ》にステッカーをベタベタ貼《は》りつけたスーツケースが一つ置いてあるだけだ。

鍵《かぎ》は開かないが、素材そのものは分厚い合成繊維《ごうせいせんい》製《せい》だ。サバイバルキットのナイフを使って直接切り裂《さ》き、中を改めていく。

「……着替え、歯ブラシ、ガイドブック、こっちのは花粉症《かふんしょう》の薬か？」

「ケータイやコンピュータのたぐいはなさそうですね。デジカメやゲームきなども」

「日記や手帳もな。まるで、ここから消える前に自分で持ち物を整理したみたいだ」

クウェンサーとプタナは互いの顔を見合わせた。

「そういえば、あの子も言っていました。他のみんなはよろこんで『おほしさま』に向かっていった、と」

「とにかく情報が欲しいな。デジタルデータの一つでもあるとすれば、それは本人がわざわざ隠そうとしているものだ。チェックできれば重要なヒントを手に入れられるかもしれないし」

「どうやって?」

質問に対し、クウェンサーはテレビのリモコンを摑《つか》んだ。

特定のテレビ局ではなく、『明細』と書かれたボタンを押す。

「チェックインは三日前、洗濯物を頼んでいて、清掃《せいそう》サービスは時間外料金。ルームサービスや有料放送は利用していない、か。ははっ、優等生だな」

「これが?」

「良いか、三日だぞ。仮にコンピュータを持ち込んでいるとしたら、きっとネットくらいはやっているはずだ。そんなに断ったら禁断症状《きんだんしょうじょう》が出るよ」

言いながら、クウェンサーはサイドテーブルの電話を調べる。

「IPフォン。経費節約のためか? だとすると、どこかにルーターかモデムが……いや、電話機そのものが『そう』なのか」

「どうするつもりですか?」

「深夜の作業中に暇《ひま》だったのかヘイヴィアがピンク色の動画をダウンロードしていてさ、画面が固まって本人も凍《こお》り付いていた。復旧作業を手伝わされた時に、ヒミツのアドレスを教えるって交換条件で電子シミュレート部門まで巻き込んで、結構高度なファイル復元ソフトをいくつか回してもらったんだ。そいつをちょっと通してみる」

「でも、これはルーター付きのでんわでしょう？　コンピュータのようにハードディスクがあるとはおもえませんけど」

「本気で言ってる？　じゃあルーターの設定ファイルはどうやって更新してんの？」

軍用の携帯端末《けいたいたんまつ》とルーター付きのＩＰ電話をケーブルで繋《つな》ぐと、あっという間に小さな画面を英数字の羅列《られつ》が埋め尽《つ》くしていく。

「ほら見ろ、一時ファイル領域に閲覧《えつらん》データの痕跡《こんせき》がそのまま残ってる！　公共ネットなんてもう絶対信じないぞ!!」

「みんなミリアさんのうけうりでしょう。ハナの穴を広げないでください、みっともない」

ほどなくして、英数字の羅列は人間にも読めるデータへ変換されていった。

ネットサーフィンでも楽しんでいたのか、いくつものＵＲＬを転々としているのが分かる。環境汚染《おせん》、クリーンな戦争の弊害《へいがい》、金融問題、人種差別、各種資源の予想残量と消費量をまとめた世界時計……どうも、あまり人生を明るくしてくれなさそうな話題ばっかりだ。

「ＳＮＳやフォーラムにも飛んでいるみたいだな。流石《さすが》にＩＤやパスワードがないとどうにもならないみたいだけど」

「そこまで見るんですか、のぞきま」

「言っておくけど、ここで有益な情報を手に入れないとマルクイーン＝ソノラを乗せた車が襲撃《しゅうげき》されて五分五分以上の確率で死亡するっていうのを忘れるなよ」

交流サイトそのものには入れなかったが、そこへアップロードしたデータについては閲覧《えつらん》可能な状態だった。容量はかなり大きい。そしてファイルの形式も特殊なものだった。

「……何だ、これ？　設計図とかを描く時に使う、かなり専門的なソフトのヤツだぞ」

「だとしたら？」

「奇妙《きみょう》だとは思わないか。こいつはデータ上でオブジェクトを組み立てる時に使うものなのに」

容量が膨大《ぼうだい》なためか、小さな携帯端末《けいたいたんまつ》でファイルを開くにはそれだけで『待機時間』が必要だった。じりじりとバーが伸びていくのを待つしかない。

やがて、データが表示された。

やはりそれは図面だった。

ただし、

「……なん、なんだ……？」

クウェンサーは思わず絶句した。

それはオブジェクトなどではなかった。

何かのドキュメント番組で見たマンタのような形をしている。

だが縮尺の情報が正しければ。

こいつは全長一万メートルに達する巨体のはずだ。

キウイ通りに面した裏路地の出入り口。ゴミ収集車で待機しているヘイヴィアの耳に、遠くからいくつものクラクションが重なり合う音が聞こえてきた。

パッケージの線を切る。

隠語で表された『それ』の概要《がいよう》は、説明してしまえばシンプルだ。

強襲班《きょうしゅうはん》の報告が続く。

『ブルー09、信号機のケーブルの切断完了』

『ブルー17、水道管の破裂《はれつ》完了』

『ブルー34、レモン通りとグレープスクエアの角で交通事故を偽装《ぎそう》。車を捨て退避《たいひ》中』

標的のマルクイーン＝ソノラを乗せた護衛チームが最も恐れるのは、『自分達の車が停まってしまう事』だ。いくら窓が防弾でタイヤにスポンジを詰《つ》めていても、取り囲まれて暴力でごり押しされたらいつかは扉をこじ開けられてしまうからだ。

だから、ヘイヴィア達アズールハイヴは街の各所でトラブルを起こす。

あちこちの道で、望んだ通りの渋滞《じゅうたい》を生み出すために。

前も後ろも塞《ふさ》がれてハイ襲ってくださいという状況を嫌うため、護衛チームは絶対に渋滞を避《さ》ける。網《あみ》の目のように入り組んだ街並みの中で使える道路が限定されれば、それだけ襲撃のチャンスは増えていく。

敵もプロだ。誰かが仕掛《しか》けている事くらいは分かっている。

分かっていて、なおレールに乗っかるしかないのだ。

『ブルー11、パッケージがレモン通りからキウイ通りへ合流。予定地点まで一〇分』

「了解11。ヘイヴィア、エンジンを掛けろ」

『ブルー12、アクション開始。パッケージを後ろから煽《あお》ります』

「ああくそっ、結局脱走兵どもの奇跡は起こらねえか‼」

吐《は》き捨てながら、ヘイヴィアは車の鍵《かぎ》を回した。

ミリアも少しずつ顔色に凄味《すごみ》が生まれてきた。

「タイミングはこちらで指示を出す。君はただアクセルペダルを底まで踏めば良い。最初の一台目に横から突っ込んで護衛チーム全体の足を止めろ。連中がバックする前に別働の強襲班《きょうしゅうはん》が最後尾に追突して動きを封じる。そしたら最後に残ったサンドイッチの具を美味《おい》しくいただこう」

口で言うのは簡単だ。

だけどこれは理想論。

一つでも手を誤れば、何かの偶然《ぐうぜん》が重なれば、当然ながら全てがご破算になる。

これが形を変えた軍事行動である以上、それは人の命の損失を伴うものであるかもしれない。

クウェンサーとプタナの二人は、ホテルの客室で見つけた正体不明の図面に目をやっていた。オブジェクトよりなお巨大、一万メートルに及ぶマンタにも似た形状の謎《なぞ》の機体のものだ。

各所には注意書きが書き込まれていた。

宇宙線対策コート。

イオンエンジン。

太陽光発電パネル。

循環環境。

定員二五〇〇名。

低温 極 限《きよくげん》環境保存容器。

種子及び胚《はい》の凍結《とうけつ》保存技術。

「……『おほしさま』」

プタナ＝ハイボールは絶句したように、何とかか細い声をひねり出す。

「あの子が言っていました。他のみんなは『おほしさま』に行った、と。だとすると、これはまさか……」

「人工惑星」

　ごくりと喉《のど》を鳴らしてクウェンサーは呟《つぶや》く。

「従来のロケットやシャトルとは次元が違う。火星とか木星と同じ、レコードに針を乗せるように太陽の周りを回って生活圏《けん》を確保する超巨大宇宙船。いいや、太陽系なんてのは予行練習で、他の恒星系の仲間入りが本番なのか。コールドスリープがあれば移動時間は体感的に無視できるし」

　厳密には安定した公転には惑星側の自転が必要だ。これだと軌道を外れるリスクもあるが、各種のエンジンで適宜修正するのかもしれない。

　基本的には太陽光でエネルギーを確保するようだが、各種の燃料や資源は他惑星の衛星を研究途上のテラフォーミングで開発するらしい。ジャガイモやトウモロコシなど、バイオ燃料の育て方のレポートもあった。プタナのオブジェクトに組み込まれた『リ・テラ』の大元の技術だ。

「でも、そんなことがかのうなんですか？」

　プタナは怪訝《けげん》な顔で、

「ぜんちょう10キロにも及ぶ巨大な『おほしさま』。仮にくみたてたとしても、自分のウェイトのせいでちきゅうをだっしゅつすることはできないんじゃあ……？」

「衛星軌道上で組み立てる案もあるけど……多分、それも駄目《だめ》だろうな。何しろサイズが巨大過ぎる。組み立てが終わる前に無数のデブリを浴びて削《けず》り潰《つぶ》されるのがオチだ。造っている傍《そば》から船底に穴が空いて、それを板切れで塞《ふさ》いで、を繰り返すんだ。たとえ完成したって強度不足で早々に空中分解するのが関の山じゃないかな」

「だったら、これは……？」

「分からない」

クウェンサーは呟《つぶや》いた。

「だけど、『ナタラージャ』って言葉がこの人工惑星と大きく関わっているのは間違いなさそうだ」

図面には必要事項の他にも、全然関係ない私事の備考がいくつも書き込まれていた。まるで退屈な授業の合間に、ノートの端《はし》に落書きをするように。

そこにはこうあった。

『人間なんて、放っておいても三〇〇年もあれば勝手に滅《ほろ》ぶ。別に死にたいヤツは死ねば良いけど、そんなのに巻き込まれるなんて耐《た》えられない』

『もうすぐ全部終わる』

『ナタラージャができれば、きっと最悪のカリユガだって乗り越えられる。僕達は選ばれた。問題だらけの地球を脱出するんだ』

「……センパイ、これはハルマゲドンと同じ『しゅうまつろん』の1つかもしれません」

「終末論だって？」

「カリユガっていうのはカミサマのおしえが失われたじだいのことで、ちょうどげんざいをさします。そのおわりには全てのにんげんしゃかいはほうかいし、ナタラージャ……つまりシヴァさまが全てをやきつくし、あたらしいセカイをつくりなおすと言われているんです」

その話が、現実的に何を暗喩《あんゆ》しているかまでは不明。

だが、どこまでも肥大しきったお星様の図面を見ても、安心材料になるものは何もない。

「情報を整理しよう」

クウェンサーはサイドテーブルの上へ直接腰掛《こしか》け、

「『消えた天才』は問題だらけの今の社会に不満を持っていた。できればそんな地球から脱出して新しい理想郷を探したい、と思うほどに」

「そのけっかが、あの『おほしさま』ですか？」

「彼らは自分達の得意分野を提供して、巨大な人工惑星を造るための手伝いをしていた。その見返りとして新世界のパスポートをもらっていたのかもな。ケーブルカーの一件は『才能売買』

……つまり誘拐劇《ゆうかいげき》なんかじゃなかった。自分から行方を晦《くら》ますために一芝居《ひとしばい》を打ったんだ」

「まあ、クレバーな『へいきかいはつしゃ』なら、そうカンタンに外出やぼうめいをゆるしてもらえるともかぎりませんし……」

「そしてフローレイティアさんやミリアさんの話を聞く限りだと、『消えた天才』はケーブルカーの一件だけじゃなくて、世界中の『安全国』で起きているらしい。『人工惑星』の図面には、定員は二五〇〇名までとあった。最悪、これだけの天才が協力していたのかもしれない」

「つまり、もんだいはロストエンゼルスだけじゃなくて……」

「『正統王国』『情報同盟』『資本企業』『信心組織』……四つの勢力をまたいだ秘密のネットワークが構築されている可能性がある。しかも、軍や研究施設《しせつ》に囲われた天才達を、監視《かんし》の目をかいくぐって結びつけるような、だ」

多くの天才を凍結《とうけつ》保存して太陽系の外へと撃ち出す計画。

だが、現実的にここまで肥大しきった『人工惑星』は地球の重力を振り切れるのか？

それに、インド洋へと接近している『信心組織』の第二世代『オリエンタルマジック』はどう関わっている？

その時だった。

いつまでも鳴り響《ひび》いていた火災報知器がいきなりシンと鳴り止《や》んだ。

そしてピクンとプタナが顔を上げ、ドアの方を睨《にら》んだ。

「……さついをもった『しせん』が8つ……こちらへちかづいてきます！」

「ここまでか！」

クウェンサーは携帯端末《けいたいたんまつ》からケーブルを引っこ抜く。

小さな画面に目をやりながらカチカチと操作を続ける彼に、プタナが苛立《いらだ》ったように催促《さいそく》する。

「何をしているんですか⁉」

「文書化できてないデータも多い。残ったのはプログラム任せで解析させる。クリック一つでどこまでやれるかは電子シミュレート部門の秘密兵器次第だな！」

必要な手順を終えると端末をポケットにねじ込み、少年は逆に尋《たず》ねた。

「プタナ、銃《じゅう》は持ってきているな。とにかく非常階段まで向かう。脱出用のチューブスライダーがあったはずだ。あれを利用しよう」

「センパイは？」

「俺も一緒に戦いたいけど、どこかの誰かが信管作りを邪魔《じゃま》してくれたもんでね。責任は取ってもらおうか」

プタナ＝ハイボールは舌打ちすると部屋のドアへと向かう。

ノブを回す前に立て続けに発砲《はっぽう》し、穴だらけになったドアを廊下側へと蹴倒《けたお》した。

短機関銃《たんきかんじゅう》を抱えたまま血を撒《ま》いて薙《な》ぎ倒されるチンピラを無視して、プタナはさらに廊下の奥へと鉛弾《なまりだま》を撃ち込んでいく。

「行きましょう、センパイ！」

「エレベーターは駄目《だめ》だ、非常階段！」

ホテルグランドジャックポットはマスタードカウボーイ、つまり『資本企業』のホームだ。長期戦になれば向こうは延々と増援を呼び続け、いつかは数で押し流されてしまう。だからプタナは全員を殺すのではなく、身を竦《すく》ませて動きを封じさせるために鉛弾を撃《う》ち込んでいく。

その間に二人して廊下を走っていく。

非常階段はビルの外側に取り付けられていた。景観は悪くなるし、酔《よ》っ払いが飛び降りて問題になるリスクもあるのだが、建物の中に非常階段を造ると実際の火災時に『巨大な煙突』となり、利用者全員を一酸化炭素《いっさんかたんそ》で全滅《ぜんめつ》させる恐れがある。それを防ぐための措置だろう。

クウェンサーは踊《おど》り場まで飛び降りると、金属製のボックスの留め具を外す。

中から出てきたのは合成繊維で作られた、直径七〇センチくらいの巨大なチューブだ。その端《はし》を階段の手すりに取りつけて、本体を大きく外側へと放り出す。

「プタナ、早くしろ！」

「こんなのでおりたら目立ちすぎます!!　下でまちぶせされるし、そもそも地上まで3分以上かかるから、らっかとちゅうにとめぐを外してフリーフォールの刑になるかも……!!」

「そんなのはどうでも良いんだ、早くこっちに来い!!」

ゴミ収集車のハンドルを握るヘイヴィアの両手に、嫌《いや》な汗が溜《た》まっていく。

こういう状況に慣れているのか、対するミリアの方は緊張はあっても気負っている雰囲気《ふんいき》はない。

無線を通して、別働の強襲班《きょうしゅうはん》の報告が次々と上がってくる。

『ブルー12、パッケージは順調にキウイ通りを移動中。間の一般車両もいなくなりました』

『ブルー20、一般車両の進入を阻止します』

『ブルー15、12の被弾《ひだん》を確認。アクションを引き継ぎます』

『ブルー07、12の回収を完了。独自の判断で引き上げます。ご武運を』

「来るぞ」

ミリアはそう言った。

「最悪、先頭車両は喰《く》いそびれても構わん。とにかく護衛チームの列に割り込ませ、通りのど真ん中で停車しろ。それでパッケージは立ち往生する」

「……、」

「落ち着け少年、ミスを恐れてミスを生み出すほど間抜《まぬ》けな事はないぞ」

「……しくじれば一般人が死ぬ、それも一〇歳ぽっちのクソガキだ！　与えられた仕事を完璧《かんぺき》にこなす自負はあるが、こっちは人の命を背負ってんです!!　呼吸くらい荒くなる!!」

「不安に思うのが嫌《いや》なら、必要な事以外は考えないよう努力するべきだな。脳を調律しろ、兵隊の基本だよ」

　その時が迫る。

　ヘイヴィアは歯を食いしばり、両手でハンドルを固く握り直す。


　見た目は派手な柄《がら》のスーツを着たチンピラ、しかし実態は『資本企業』の諜報《ちょうほう》部員の男達は、ホテルの非常階段の踊《おど》り場に集合していた。

　しゅるしゅるしゅるしゅるしゅる……!!　という布を擦《す》るような音が、脱出用のチューブスライダーの口から響《ひび》いている。

　誰かが滑《すべ》り降りている。

　男達の一人は手すりに取りつけた安全装置の留め具を外し、そのまま外へと放り捨てる。

　途中に『錘《おもり》』があるせいか、風に舞う事もなく合成繊維の生地は塊《かたまり》のまま真下のアスファルトへと落ちていった。

　どさり、という柔《やわ》らかい音はここまで響いてくる。

彼らは無線で地上の別動隊と連絡を取り合っていた。

「侵入者を排除《はいじょ》。念のため、地上で死体の確認を頼む」

『ブルー15、カウントスタート。一〇〇から始めます』

「ヘイヴィア、パッケージとの位置は五キロないぞ。相手は一秒ごとに二五メートル詰めてくる。覚悟《かくご》は決まったか⁉」

「ちくしょう‼　やるよ、やりゃあ良いんでしょう‼」


クウェンサーとプタナの二人はその一階下のフロアで、相変わらずオートロックが緊急解除されていた客室の一つに忍び込んでいた。

「『しょうかき』をおとしただけなんて、すぐにバレるんじゃないですか？」

「仕掛けがバレたって問題ない。その間に行方を晦《くら》ませて追跡できないようにしてしまえば」

クローゼットに掛けてあった着替えを纏《まと》い、鏡の前で髪型《かみがた》を大雑把《おおざっぱ》に変えていく。クウェンサーは真っ白なスーツ、プタナは尻《しり》が見えそうなほど短いミニスカートのドレスだ。元々どんな宿泊客だったのか容易に想像できる悪趣味さだった。

彼らはゆっくりとした動作で部屋を出る。

エレベーターの方は復旧していた。

乗り込み、一階を目指す。

ゴォ‼ と。

ガラス張りのエレベーターシャフトですれ違うようにチンピラ風の男達の『かご』が真上へ向かっていったが、もう遅い。

「よし、報告だ。『人工惑星』の情報でミリアさん達の出鼻を挫《くじ》こう」

「……、」

プタナの目が鋭くなっていくのは、マルクイーン＝ソノラの無事を確認し、用が済んだ瞬《しゅん》間《かん》にクウェンサーの額へ鉛弾《なまりだま》をぶち込むつもりだからかもしれない。

しかし、

「ミリアさん？　ミリアさん！　何だよ、どうなっているんだ⁉」

「つながらないんですか」

「ただ漠然《ばくぜん》と無線が届かないなんて事はない。何かあるぞ……」

高速エレベーターが一階のエントランスへ到着する。

バタバタとチンピラ風の男達が屋外のチューブスライダー落下地点へ走っていく中、クウェンサー達も騒ぎに乗じて早足で正面玄関を出ていく。混乱が生じているのはマスタードカウボーイ側も同じようで、携帯《けいたい》電話や無線機に目をやって何度も設定をいじくっているのが分かる。『私用』は成功だったのか失敗だったのか、とにかく先ほど見た元幹部のヒゲ面《づら》も表の道を歩いていた。

「ほら見ろ、やっぱりこの要塞《ようさい》カジノに隠してあったろ、金の原版！　まあ火災報知器に救われた部分もあったがな！」

「流石《さすが》ですボス、一生ついていきます」

「こっちにゃシスターっつーお荷物もあるんだ。さっさとズラかろうぜ」

……と、よりにもよって連中はクウェンサー達の目の前で路肩に停めておいたスカイブルーのオープンカーに飛び乗ってエンジンを掛《か》けてしまった。

「あいつら、俺達のアシを……！」

「ダメですセンパイ、ここでうちあいはさけましょう」

クウェンサー達はホテルから徒歩で離れながら周囲をぐるりと見回す。と、《ホットドッグ屋台》のバンが路肩に停まっているのが見えた。最近無理に新調したのか、車体は明らかに中古でボロボロだ。そして運転席の男は青空に向けて中指を立てていた。

（あれ……確かWi-Fi盗聴《とうちょう》で端末《たんまつ》情報を盗《ぬす》むっていう……？）

そいつが見ているものを目で追い駆《か》ける。

「あった」

「?」

「北の空だ、UAVが飛んでる。あの無人機がジャミングしているんだ!」

「でもセンパイ、あれはハイグレードなRCだから、ECMをはっしたら自らもコントロールを失うのでは?」

「レーザー通信やプログラム制御で自律飛行する場合は関係ないよ。それに、ホテルでの襲《しゅう》撃《げき》の件も不自然と言えば不自然だった。誰かが警備室へメールでも送って『きっかけ』を与えたのかもしれない」

「『おほしさま』……ですか?」

「ナタラージャ。この情報を持ち帰られて困る人間はそういないはずだ」

とはいえ、ミリア=ニューバーグ達に情報が伝わらなければ、彼女達は通常運転で移送中のマルクイーン=ソノラを襲撃してしまう。どれだけ万端《ばんたん》の準備を固めても、決して安全を約束できない作戦が。

「武装はないな、純粋な電子戦機か。……プタナ、あれは撃《う》ち落とせるか?」

「ジョークですよね。9ミリのオートマチックですよ?」

「なら他の方法を考える」

クウェンサーはぐるりと辺りを見回し、それからバッ!! と車道へ飛び出した。

急ブレーキの甲高い音が陽気な街に鳴り響《ひび》く。

「プタナ、運転席!!」

言われたままに、とりあえず正面から銃口《じゅうこう》を突き付ける。フロントガラスの向こうでは二〇代前半の青年が青白い顔でハンドルから手を離し、両手を挙げていた。幸い、『このままアクセルを底まで踏んで跳ね飛ばす』というギャンブルには出ないタイプだったようだ。

クウェンサーは運転席側のドアを強引に開け、青年の襟首《えりくび》を掴《つか》む。

「悪いね、ちょっと協力してもらうぞ」

「な、何を……？」

「この《アイスクリーム屋のバン》が海賊《かいぞく》電波を撒《ま》き散らす放送車だっていうのは分かっているんだ」

クウェンサーはバンの後部……窓のない金属の箱の方へ目をやる。

青年は汗びっしょりな顔で、

「は、はは。何の事だか分からないよ」

「はぐらかすなよ。ケーブルカーの時はある事ない事面白《おもしろ》おかしく喚《わめ》いてくれたもんじゃないか。何だったらこのままさらって『ベイビーマグナム』の前へ放り出してやろうか？　お前が本当に無実の一般市民だったらバンごと踏み潰《つぶ》される事はないだろうさ。だけど真っ黒でしかもプロの軍人相手なら、お姫様が敵兵を殺すのに躊躇《ためら》う理由は特にないな」

「……、へ、えへ、えへへ。ご、ご注文は？」

「妨害電波を破る方法は二つ。塞《ふさ》がれていない帯域を選んで電波を通すか、あるいはもっと強力な電波を撒き散らして強引に妨害電波の中を貫《つらぬ》くか。こいつならお手のものだろう?」

路地裏の出入り口に引っ込んでいても、もう標的のエンジン音はうっすらと聞こえてきていた。後続の強襲班《きょうしゅうはん》に煽《あお》られ続け、余裕のなくなったタイヤの悲鳴も組み合わせて。

ここにヘイヴィアが前を塞ぐようにゴミ収集車を直角に突っ込ませる。

それで全て終わる。

成功すれば貴重な情報が手に入り、失敗すれば何の罪もない一〇歳の少年が挽肉《ひきにく》になる。

本当に対価は見合うのか。

人の命をポーカーテーブルにベットするほどの価値が、その情報にはあるのか。

「……、」

ヘイヴィアは、ゆっくりと息を吸って、そして吐《は》いた。

『一〇、九、八……』

カウントが続く。

人の寿命を測る不気味な砂時計の砂が落ちていくように。

兵士はハンドルに落としていた視線を正面へ上げる。出口の先、キウイ通りを睨《にら》みつける。

左足でクラッチを半分掛《か》ける。ブレーキペダルに乗せていた右足を離す。その靴底《くつぞこ》でもってアクセルペダルの表面を撫《な》でる。

全力で踏み込む。

その、直前の話だった。

『ざざーザザザ!! こちらブルー1、ホテルグランドジャックポットで情報入手、繰り返す、ホテルグランドジャックポットで情報入手！ ザザ、おそらく護衛チームを襲《おそ》っても同じものしか手に入りません!! 計画変更を進言します！ ザザザ!!』

ヘイヴィアの眉間《みけん》に奇怪な皺《しわ》が刻まれた。

(よりにもよってこのタイミングか、あの馬鹿《ばか》野郎!!)

判断に迷う。連携《れんけい》が乱れる。そうした些細《ささい》な積み重ねが、マルクイーン＝ソノラを本当に殺してしまうかもしれない。

慌《あわ》てたようにヘイヴィアは助手席のミリアへ目をやった。

彼女は黙っていた。

護衛チームのエンジン音は、もうすぐそこまで迫っていた。

『五、四、三……』

カウントは続く。

ヘイヴィアは舌打ちし、アクセルペダルを踏み込む。ゴミ収集車がいよいよ動き出す。後は左足を浮かせれば完全にクラッチが繋《つな》がり、弾《はじ》かれたように車体がキウイ通りへとカッ飛んでいく。護衛チームの先頭車両を横から叩《たた》き潰《つぶ》し、一〇歳の子供を乗せた防弾《ぼうだん》車両の列を次々に玉突《たまつ》き事故へと誘っていく事になる。

『……二、一……』

ガリッ、という鈍《にぶ》い音が響《ひび》いた。

唇を噛《か》んだミリア＝ニューバーグが、無線に向かってこう叫んだ。

「作戦中止!!」

ゴォッッッ!!!!!!　と、ヘイヴィア達の目の前を黒塗《くろぬ》りの車の群れが通過していく。

ギリギリのタイミングで、兵士はクラッチペダルを底まで踏みつけていた。車軸は完全に空回りし、ゴミ収集車がそれ以上前へ出る事もなかった。

その瞬間《しゅんかん》。

運転席のヘイヴィアは、無邪気《むじゃき》に車の側面ガラスへ両手を押し付けて外の景色を眺めている少年と、一瞬《いっしゅん》だけ目が合った。

感情の交錯《こうさく》が始まる前に、全ては風景の流れの中へと消えていく。

それでも、ヘイヴィアは危《あや》うく罪悪感から涙腺《るいせん》が決壊するところだった。

ややあって、別働の強襲《きょうしゅう》班《はん》から連絡が入った。

『ブルー15、命令変更を確認。護衛チームの後方から離脱します』

『ブルー07、15のサポートへ移ります、許可を』

『ブルー15、私見ですが、肩の荷が下りました。ありがとうございます』

ミリアは答えずに無線の通信を切った。

体を前へ投げ出し、額《ひたい》をダッシュボードに擦《こす》りつけ、彼女はゆっくりと細い息を吐《は》く。

自分で自分に呆《あき》れ返るような調子で、自嘲《じちょう》気味にミリアはこう呟《つぶや》いていた。

「……私だってそうさ」

6

Real_time_log:

Network_system_from_"shuttle_NATARAJA":

『こんなはずじゃなかった』

『それはもう何度も聞いた』

『ヤツらは「資本企業」の蜂《はち》の巣の中で倒れるはずだった。それが無事に抜け出したぞ。UAVのECMも力業で振り切った。こんなはずじゃなかった。ナタラージャの情報が「正統王国」へ持ち帰られたら、その存在が拡散してしまう』

『露見《ろけん》はしても構わない、正確な位置情報さえ知られなければ』

『まさか……？　いや、それは危険過ぎる』

『どの道、すでに現場には第二世代の「カーリー」を放っている。覚悟《かくご》は決めていただろう』

『こんなはずじゃなかったのに』

『ナタラージャを移動させる』

『この状況《じょうきょう》で動かせば、それこそ世界に宣伝して回るようなものだ。危険過ぎる』

『駄目《だめ》だ。もうそれしかこの「お星様」の活路は残されていない。いいや、第四の時代・カリユガにさらされた人の未来は、とでも言うべきか』

7

クウェンサーは《アイスクリーム屋のバン》のキッチン部分――実際にはその大半は大型通信機材の冷却《れいきゃく》に使われていたようだが――で額《ひたい》に浮いた嫌《いや》な汗を手の甲で拭《ぬぐ》っていた。

そっと息を吐《は》く。

「マルクイーン＝ソノラの襲撃《しゅうげき》は中止したみたいだ。首の皮一枚繋《つな》げたな。さあプタナ、二人で一緒にミリアさん達にぶん殴られに行こうか」

「……センパイ、じさつしがんならそうおっしゃっていただければよろしかったのに。ここには9ミリのオートマチックがありますからえんりょなさらず」

「あ、え、やっぱり有効？　それ有効!?　もーやだー！　気がついたら狭《せま》い車内で逃げ場がないしー!!」

叫びながらも、クウェンサーは全力で壁《かべ》に向かって泣き出すように身を預けた。渾身《こんしん》のギャグか何かと思って冷めた目で観察していたプタナだったが、直後に事態が急変する。

ぐるん!!　と。

まるで『島国』の忍者屋敷みたいに壁が回ったのだ。

営業用のキッチンカーはスペースを省略するため、金と商品を受け渡すカウンターは走行時には折り畳《たた》んで側壁《そくへき》として格納する形になっている。クウェンサーはそこへ寄りかかり、ショートカットして外へと飛び出したのだ。

プタナは丈の短すぎるドレスの懐《ふところ》から拳銃《けんじゅう》を引き抜きながら舌打ちすると、

「センパイ!! ああくそっ、どこにきえた!? 今ならひたいに1ぱつだったのに!!」

慌《あわ》ててカウンターから身を乗り出し、彼女はあちこち見回しながら捜索《そうさく》の旅へ出ていく。

そしてバンの車体の真下へ潜《もぐ》り込んでいたクウェンサーはそっと息を吐《は》いた。

「……死ぬかと思った。いやマジで……」

今度こそ外へ這《は》い出すと、アイスクリーム屋の海賊《かいぞく》TV局員はこんな風に話しかけてきた。

「も、もう行っても良いのか？　今度は機密情報のデータの送信を手伝えとか、そういうのはないんだよな……？」

「ああ、ああ、行って良いよ。ほんとはナタラージャの情報も送りたいけど、そうすると一時ファイルとかでそっちの機材にデータが残りそうで怖《こわ》いし。こいつは手渡しにする」

「は、はは、そうか」

「そうだ、このお店ってカムフラでもアイス売っているんだろ。金出すからチョコチップミントを一つくれないか？」

そんなこんなで、戦地派遣《はけん》留学生と明るい緑色のアイスクリームを残して、今度こそバンは立ち去っていく。

冷たい甘味を味わいながら、クウェンサーは適当に考える。

……プタナは消えたままだが、この西部区画は『資本企業』のマスタードカウボーイが幅を利《き》かせている場所だ。そして先ほどホテルグランドジャックポットで一悶着《ひともんちゃく》を起こしたばかり。それでもなくとも『信心組織』のビリジアンエッジから年中無休で追われている身の上でもある。多少なりとも身の安全に気を配る心があれば、とりあえず西部をすぐ抜けて『正統王国』のアズールハイヴと合流しようと考えるだろう。

（……となると、再会はいつものモーテルか。通信状態は相変わらず最悪だし、俺も俺でヘイヴィアやミリアさん達と連絡がつかないんだよな）

青空を見上げる。

所属不明の電子戦用ＵＡＶは相変わらず高い空にぽつんといたが、武装がないのは幸いだった。とはいえ、航空写真を基《もと》に兵隊を送り込まれたり、延々と天空からストーキングされても困る。彼は周囲をぐるりと見回し、アイスの持ち手のコーンまでバリバリ食べると、地下鉄駅へ続く階段を見つけて駆け足で下りていった。

ロストエンゼルスの地下鉄と言えば『借金苦で自殺したい男性かとにかく今すぐ妊娠《にんしん》したい女性が使うと良い』とオススメされるほど最悪な乗り心地なのだが、背に腹は代えられない。

　やたら口からペンキみたいな匂《にお》いのするモヒカンだの、上はスーツ下はブリーフ一丁で陰鬱《いんうつ》な顔をしているサラリーマンだの、何故《なぜ》かベビーカーにボロボロの流木を乗っけてにこにこと微笑《ほほえ》んでいる若奥様だの、とにかくバラエティー豊かなラインナップに早速《さっそく》ゲンナリしながら、クウェンサーは揺《ゆ》れに任せて一秒でも早く目的の駅に到着する事だけを願う。

　そんな訳で自動ドアの上に取り付けられた広告用液晶画面へ現実逃避《とうひ》するように目を向けていた少年だったが、そこで表情が曇《くも》った。

　文字情報だけの簡単なヘッドラインニュースにはこうあった。

『「正統王国」VS「信心組織」、またも衝突《しょうとつ》？　インド洋上、ロストエンゼルス近海にてオブジェクト同士の交戦を確認』

「……、」

（……『正統王国』、インド洋、オブジェクト同士の交戦……？　まさか話題に上っていた『オリエンタルマジック』とかいう第二世代がお姫様に噛《か》み付いたのか⁉）

　ここにいても、詳《くわ》しい情報は入ってこない。

　それを握る者はおんぼろモーテルで待っている。

8

青い海は不可視の地獄《じごく》に覆《おお》われていた。

核兵器の直撃にすら耐《た》える『ベイビーマグナム』に搭乗《とうじょう》していたからこそお姫様は命を奪《うば》われずに済んでいたが、そうでなければ今頃目玉は沸騰《ふっとう》し全身はぐずぐずに煮崩《にくず》れていたかもしれない。

元凶を、巨大なモニターからカメラやセンサー群を介して睨《にら》みつける。

『信心組織』の第二世代、『オリエンタルマジック』。

距離はおよそ七キロ先。エアクッション式推進装置で海面からわずかに浮かび上がったその機体には、砲身より巨大な円筒形《えんとうけい》の励起《れいき》システムを備えたレーザービーム主砲《しゅほう》の他に、巨大な砲身を束ねたガトリングシステムが併設されていた。

とはいえ、その正体は単なる回転式の機関砲ではない。

ヴヴヴ――――――――――――ツッツ!!!!!!　という壊れたブザーのような砲撃音と共にばらまかれているのは、およそ五メートルほどの槍《やり》のようなものだ。それらは決してお姫様を狙《ねら》う事なく、辺り一面の海面へと次々に落着していく。そして釣《つ》りの浮きや港のブイのように、細長い胴体を垂直にしたままぷかりと浮かぶのである。

毎分八〇〇〇本以上。

遮蔽《しゃへい》のない海は、もはや得体のしれない農園のように槍の群れで覆われていた。潮風や波で海面が揺れるたび、麦の穂にも似た動きで緩《ゆる》やかなウェーブまで作っている。

『ザザーざざざ!! お、ひめ、さま……ザザ!! まだ……! ざざざ、いくらオブジェクトの、ザザ、対空レーザーでも、ザザザ!! 飽和量を、超え、ている! ザザ、あれにかまけていても、キリがないぞ……!!』

「分かってる……!!」

通信に異常が生じているのは、『ベイビーマグナム』の問題ではない。

件《くだん》の『オリエンタルマジック』側から全方位へ、時に強く時に弱く……それこそ最大値では辺り一面の海鳥を焼き尽《つ》くすほどの勢いでレーダー波が撒《ま》き散らされているからだ。

レーダー、などと言うと特殊なものに聞こえるかもしれないが、ようは使っているものは電子レンジと同じマイクロ波である。

それが、『ベイビーマグナム』のタマネギ装甲《そうこう》の外殻《がいかく》をうっすらとオレンジ色に赤熱させ、無数の火花を散らせる勢いで解き放たれているのだ。

(なんて出力……っ、こんなのがメンテ用の『かんたい』にせっきんしてきたら、それこそみんなが『にんげんたいまつ』にされちゃう……!!)

レーダー、というものの最適解をまるで無視したスペックだった。

あるいは、人間を焼き殺すための電磁波《でんじは》兵器ですと書類に書いて登録すると国際会議で非難を受けるため、レーダーとして誤魔化《ごまか》しているのではと疑いたくなるほどに。

見えない地獄《じごく》は、『オリエンタルマジック』を中心に展開される。

半径三〇キロが人体に悪影響《あくえいきょう》を及ぼす危険域、一〇キロになれば艦船《かんせん》の中にいても場所によっては血液を沸騰《ふっとう》させられるかもしれない絶対殺害圏《けん》だ。

すでに危険域には触れている。

せめて絶対殺害圏の縁《ふち》が『正統王国』軍の洋上艦隊に接触する前に決着をつけなくてはならない……!!

「くっ!!」

お姫様は七つの主砲《しゅほう》を操り、真正面の敵機へと勢い良く下位安定式《かいあんていしき》プラズマ砲を放っていく。

だが、

「当たらない……!!　なんどもやっているのに!!」

確かに、『オリエンタルマジック』はこちらの発射前動作を先読みして回避《かいひ》挙動を取っている。だが、その回避挙動の始動をさらに先読みして狙《ねら》いをつけているはずのお姫様の砲撃《ほうげき》が、先ほどから一回も掠《かす》りさえしないのだ。

もはや単なる操縦士エリートの技量の問題ではない。

頭の中で思い描いている弾道《だんどう》と、実際に砲撃が空間をなぞっていくコースにズレがある。

それは、まるで……、

「……『だんどうけいさん』に、狂いがある……？」

お姫様は、呆然《ぼうぜん》と呟《つぶや》いた。

そうしている間にも、『オリエンタルマジック』は阻《はば》むものを知らずに前進を続けていく。

あまりにも莫大《ばくだい》な殺人マイクロ波を纏《まと》いながら。

『ベイビーマグナム』が背に負う大艦隊《だいかんたい》に向けて。

9

クウェンサーがおんぼろモーテルの前まで帰ってくると、ちょうど『正統王国』が成りきっているギャング集団アズールハイヴの面々も動き出すところだったらしい。

もう殴《なぐ》られるとかいう話でもなかった。

盗《ぬす》んだ車で追い駆け回され、危《あや》うく挨拶《あいさつ》代わりにバンパーで尻《しり》を吹っ飛ばされかける。

「うわあ！　うわあ!!　うわあああああああああああああああああああ!?」

「ようしストップだへイヴィア！　さあクウェンサー君、ギリギリ二〇センチのラインで運転手にブレーキを掛けさせたこのやさしーいお姉さんに何か言う事があるんじゃないのかな？」

四駆《よんく》の屋根のルーフから身を乗り出したミリアに笑顔で問われ、クウェンサーは路上でへたり込んだまま涙と鼻水だらけの顔でこう答えた。

【オリエンタルマジック】
ORIENTAL MAGIC

全長…120メートル(ガトリング標準展開時)

最高速度…時速530キロ

装甲…2センチ厚×500層(溶接など不純物含む)

用途…超高出力電磁波制圧兵器

分類…水陸両用第二世代(ただし万全の力を振るえるのは海戦のみ)

運用者…書類上は『信心組織』。ただしナタラージャ側に合流済み

仕様…エアクッション式推進システム

主砲…レーザービーム×1

副砲…レーザービーム、殺人マイクロ波照射装置、
攪乱兵器ブイ発射用ガトリング砲、
レーザービーム歪曲用バブルチャフ放射器など

コードネーム…オリエンタルマジック
(殺人マイクロ波や敵機の弾道を逸らすギミックなどに由来)
『信心組織』の正式名はカーリー

メインカラーリング…黒

ORIENTAL MAGIC

「ひひっひいいいいい!? ずっ、ずびばっ、もう命令違反なんてじまじぇっ、すみばぜんでしたあああああああああああああああああああ!!」

「良い泣きっぷりだが腑《ふ》に落ちん。そうだ、君、なんか口元から良い匂《にお》いがするんだよな」

「あ、それは出先でチョコチップミントのアイスを食べたからだと」

「轢《ひ》けへイヴィア。上官が酸《す》っぱい匂いのするゴミ収集車に収まって作戦待機している間に何してやがったのかねこのクソガキ」

「ひいいいいいいいいいいいいいいいいいいいいいいいいいいいいいいいいい!?」

 そしてちゃっかり捜索《そうさく》活動を切り上げてさっさとモーテルに合流し、四駆《よんく》の後部座席に同乗していたプタナが手を挙げて上官に進言した。

「ミリアさん、かれの処刑ならわたしに任せてください。うでによりをかけて行います」

「君に任せると本当に殺してしまいそうだからダメ。それより乗れクウェンサー、洋上で『本隊』が派手な動きを見せている。今から我々も合流して作戦支援《しえん》を行うぞ」

「え、あ、はい? でも作戦支援って!?」

慌《あわ》てて四駆の後部座席のドアを開けて乗り込みながら、クウェンサーはそう尋《たず》ねる。

ハンドルを握っているへイヴィアはこう答えた。

「もうサンタクロースみてえにコソコソ隠れてプレゼントを贈るだけじゃ足りなくなっちまったって訳だよ。洋上艦隊《かんたい》はそれだけ追い詰められている。少しでも人の手を借りてえんだとさ」

助手席のミリアがひらひらと手を振った。プタナから前もって話は聞いていたのだろう、クウェンサーは自分の携帯端末《けいたいたんまつ》を彼女に手渡した。

全員で『人工惑星』の情報を共有する。

例によってクウェンサーはプタナと隣《となり》同士《どうし》だった。ぎゅうぎゅうに体が密着している仲良しさんに見えるが、実際にはいつゼロ距離から鉛《なまり》弾《だま》が放たれるか分からない状態だ。

クウェンサーを乗せると、いくつもの盗難車《とうなんしゃ》は一斉《いっせい》に南東の商業港を目指した。『正統王国』のアズールハイヴが資金源にしている場所だ。

港には『コレクティブファーミング』強奪時《ごうだつじ》にも使った、横倒しにした金属柱みたいな小型潜水艇《せんすいてい》が保管されている。中に乗り込むのではなく、またがってしがみつくためのものだ。

ドック内に車を停め、山のように積まれたコンテナの一つから潜水艇本体とゴーグルやボンベなどの付属物を引っ張り出し、兵士達は再び海に向かう。

「情報では敵機の『オリエンタルマジック』は常に莫大《ばくだい》なレーダー波を発振しながら『正統王国』の洋上艦隊を目指しているらしい。すでにここも携帯《けいたい》電話の電波一つで発がん性と叫びたがる保険機構が見たら目を剝《む》くような危険域だ。一〇キロまで近づけば人肉が茹《ゆ》でた鶏《とり》みたいに真っ白になるらしい」

「んなもん、どうやって合流しろってんですか⁉」

ヘイヴィアが子供みたいに裏返った声で異議を唱えたが、ミリアは止まらない。

「潜水艦はレーダーでなくソナーを好んで使う。その理由は何だ？」

「……海水の壁《かべ》が電磁波を減衰させるから大丈夫って話なんですか……？」

にわかには信じがたい調子でクウェンサーが呟《つぶや》くと、ミリアは頷《うなず》いた。

「向こうも向こうで、高出力のごり押しの他に一応は効率も考えているらしい。全方位球状にマイクロ波を放っているのではなく、円形に近い布陣だ。ま、灯台みたいなものさ。真っ黒な海の中までは光は届かない。というより、届ける必要がないとでも言うべきか」

とはいえ、数値は無人の潜水艇《せんすいてい》などを使って大雑把《おおざっぱ》に調べただけだろう。交戦のタイミングを考えれば、精査をしている時間的な余裕はなかったはずだ。

安全な道などない。

あくまでも、『死なずにいられる程度の道』しかない。

「交戦区域に入ったら、絶対に上へ顔を出すな。最低でも五メートル、理想なら一〇メートルは欲しい。だが潜《もぐ》り過ぎると浮上時に潜水病を患《わずら》うリスクがあるのも頭に入れておけ。次に天然モノの空気を吸うのは、今まさに追い詰められつつある洋上艦隊《かんたい》の甲板の上でだ。行くぞ‼」

ミリアの号令で、クウェンサー達は小型潜水艇を使って次々に生温かい海水の中へと身を投じていく。

『海』というものにさして詳《くわ》しくもないクウェンサーだが、それでも潜水艇を走らせていく内に異変らしきものを目撃《もくげき》した。小魚の群れの動きがおかしい。彼らは決して海面近くへは寄り付こうともしない。単に海鳥を恐れている訳ではないだろう。上の方には体を横倒しにしてぷかりと浮かぶ魚が何匹も見て取れたが、他の魚がそれを啄《ついば》もうとする様子もない。すでに痛い目を見ている。

歪《ゆが》んだ学習によって塗《ぬ》り替えられていく光景は、見ていてゾッとするものだった。

『何なんだ、ありゃあ……？』

隣《となり》で潜水艇にまたがっているヘイヴィアが無線越しに呟く。

彼の目線は真上にあった。

揺らぐ海面から、何か細長い槍《やり》のようなものがいくつも海中に飛び出している。得体のしれない鍾乳洞《しょうにゅうどう》やつららのようにも見えたが、おそらく本来の印象は『逆』であるべきだろう。つまり、海面から上に向けて飛び出している、という方が正しいのだ。

『釣《つ》りの浮きと一緒なんじゃないか……。垂直に立てるためには重心が下にないといけないから、空気に露出《ろしゅつ》している部分より水に潜《もぐ》っている部分の方が大きくなるんだ』

『そりゃ分かるけどよ……そもそも何なんだよ、あれ。辺り一面、見渡す限り上を塞《ふさ》いじまっているぜ』

答えたのはミリアだった。

『「オリエンタルマジック」がガトリングシステムを使って所構わずばらまいている兵装らしい。今の所、遠隔砲台《ほうだい》や機雷のように爆発《ばくはつ》した例はないようだ。未確認情報では大量の磁気を検出しているとかで、電子シミュレート部門は補助センサー系かもしれないと疑っているみたいだな』

『……殺人レーダーに、辺り一面の補助センサー。よっぽどの神経質だな、相手の操縦士エリートは歯ブラシの位置がいつもと五センチズレてただけでストーカー侵入を疑うタイプかよ……?』

『……、』

プタナは頭上を見上げ、皆の話を聞きながらも、渋《しぶ》い顔をして黙り込んでいた。

何かに納得《なっとく》がいっていない目つきをしている。

問題の『オリエンタルマジック』はエアクッション式の推進《すいしん》装置を使っているため海面から浮かんでいるが、二〇万トンもの巨体を浮かばせる膨大《ぼうだい》な圧縮空気の層は海中にも微細《びさい》な波を生み出していた。ピリピリと肌に刺さるような痛みが、怪物の接近を知覚させる。

『相手は時速五〇〇キロで戦場を駆《か》け回るんだろ、どうして俺らに追い越せるんだ?』

『お姫様が足止めしてくれているからに決まっているじゃないか』

そのお姫様の方は、海戦用のフロートを取りつけて洋上を行き来しているのが分かる。何故《なぜ》なら海中へと大きく飛び出した姿勢制御用のシャークアンカー……つまり伸縮自在の巨大な柱に危《あや》うく粉々にされかけたからだ。

慌《あわ》てたようにクウェンサー達は回避《かいひ》挙動を取るが、いくつかの潜水艇《せんすいてい》が莫大《ばくだい》な水流に翻弄《ほんろう》され、宙返りさせられる。

クウェンサーの潜水艇も制御を失った。

『うわあ!?』

風に煽《あお》られる落ち葉のようにぐるんぐるんと回転する潜水艇からクウェンサーの体が放り出される。バタバタと手足を振るが、勢いに任せて上方向、海面側へと体が流れそうになる。そちらは殺人レーダーで人間電子レンジコースまっしぐらだ。

と、そんなクウェンサーの手を摑《つか》む者がいた。

『プ、プタナ……？』

『かってにじめつしないでください。私の手でころせなくなるでしょう？』

プタナがツンデレになったらしい。

ミリアがこんな風に言った。

『ちっぽけな人間じゃ巨人達の戦争にはついていけん！　プタナ、そのままクウェンサーを乗せて移動を続行しろ。ここに残っても味方に潰《つぶ》されるだけだ。きっとアリを踏んだかどうかなんて誰にも気づいてもらえないぞ！』

とにかく進むしかない。

今も海上で戦い続けるお姫様に背を向けて、クウェンサー達はさらに奥へ奥へと潜水艇を走らせていく。

『ザザザ!!　ざざざ!　ザザザザザザザザ!!　ざざ!　ザザザザザザザザ!!』

『何やってんだクウェンサー?』

『いや、やっぱり上は駄目《だめ》だな。お姫様にも一言言っておこうと思ったけど、雑音が酷《ひど》くて全然繋《つな》がらない』

『そりゃこんだけのレーダー波の中じゃ仕方ねえだろ』

『……繋がるのは同じ海の底にいる連中だけか』

その時だった。

クウェンサーは無線から意識を離そうとして、しかし何かがそれを拒んだ。

チャンネルが一つ開いたままになっている。

『何だこれ……そうか、沈《しず》んでいった潜水艇《せんすいてい》についていた補助カメラのレーザー通信の線が……でも待てよ』

『あん?』

『……本当に何だ?　何でこんなものが沈んでいるんだ……?』

クウェンサーは片手をプタナの腰に回したまま、もう片方の手で携帯端末《けいたいたんまつ》を手にしていた。

その小さな画面を眺《なが》めたまま、彼の顔は凍《こお》りついていた。

海の藻屑《もくず》となるべく、片道切符ではるか下方に海底へと向かっていった無人の潜水艇。

もはやここからでは肉眼で眺める事もできない、茫漠《ぼうばく》とした闇《やみ》の向こう。

海底までは数十メートル、数百メートル、数千メートル？
同じ海にいながら、明らかに切り離されたその場所に、『それ』は横たわっていた。
全長一万メートルを超える、海棲《かいせい》生物のマンタにも似た巨体。
おそらくは、ナタラージャと呼ばれる巨大極まる『人工惑星』が、だ。

10

Real_time_log.
Network_system_from_“shuttle_NATARAJA”.

『こんなはずじゃなかった』
『だったらどうした』
『気づかれた。「正統王国」にナタラージャを「見られた」んだぞ!?』

『もはや露見《ろけん》される事は割り切った。そのために頭上で「カーリー」を暴れさせたんだろうが』

『それはそうだが、こんなはずじゃなかったんだ！』

『言っておくが、すでに我々の凍結《とうけつ》処理は始まっている。一度始めてしまえば、今さらキャンセルはできない。それくらいの覚悟《かくご》はして乗船したんだろうな』

『こんなはずじゃ……』

『それにどの道、フロッグマン達が海中で得た情報は海上へは伝わらない。膨大なマイクロ波が通信を阻害《そがい》するからだ』

『……、』

『加えて、あのマイクロ波は対レーダー用のＥＣＭとしても機能する。今なら大規模な海上捜《そう》索《さく》もできない。第二世代の「カーリー」がばらまくエアクッションの空気圧や砲撃《ほうげき》が海中に多様な振動をもたらすため、アクティブ・パッシブ共にソナーによる海中探査も不可能だ。どういう状況《じょうきょう》かは分かるな』

『この海は、真っ黒に塗《ぬ》り潰《つぶ》されていると？』

『鼻先で手を振られても気づかれないほどにな。ナタラージャが五秒前にどこにあったか、なんていうのは問題じゃない。そこからほんの一キロ離れた位置であっても、移動してしまえば我らは無限の闇《やみ》の奥へと身を隠せる』

『ナタラージャはこの巨体だ。動けば水を掻《か》き回す。潜水艦《せんすいかん》のようにはいかないんだぞ』

『その巨体を動かすために、わざわざ「カーリー」に暴れてもらっているんだ。……全てはたった一つの目的のために』

『地球脱出、か』

『人類の暗黒期であるカリユガを越えて、新たな理想郷を得るために』

11

『……なんて事だ』

思わず、クウェンサーは呟《つぶや》いていた。

それはすぐにでも怒濤《どとう》の叫び声へと変わっていった。

『なんて事だ!! あいつら……「人工惑星」なんて大仰《おおぎょう》なものを造っていると思ったら、そういう話だったのか!?』

『センパイ、どういうことですか? わたしたちがホテルで見つけた「おほしさま」は、争いばかりのちきゅうをはなれてあたらしい「りそうきょう」を手に入れる、とかいうものだったはずでは……?』

『目的はそれで正しい。でも方法は違ったんだ』

クウェンサーは呻《うめ》くように、

『ナタラージャ。全長一万メートルもの人工惑星なんて、たとえ完成したって宇宙へ打ち上げられない。雪だるま式に借金が膨《ふく》らんでいくのと同じで、自分の重さを自分で処理できなくなるからだ。……だから、あいつらは飛ぶ事を諦《あきら》めた。飛ばなくても目的を達せられるよう脱出計画を作り替えたんだ』

『……?』

『水も空気もない宇宙空間で何百年、何千年って旅するために造られた星だぞ。海に沈めたって内部の人間を守り続けるはずだ。そして、もしもそれが地上の人類の誰にも気づかれなかったとしたら？』

あの船の設計図には、低温環境に関する走り書きも付け足されていた。

つまりは、コールドスリープ。

人間を極低温で凍結《とうけつ》し、永遠とも呼べる長い時間保管し続けるためのシステム。

『あいつらは、人類が勝手に滅《ほろ》びるのを待っているんだ』

『……、』

『設定した期間が一〇〇〇年なのか二〇〇〇年なのか、あるいは一ヶ月か一週間かなんて知らない。だけど、あいつらは「正統王国」「情報同盟」「資本企業」「信心組織」……そういうバランスが全部崩壊《ほうかい》して、本当にどうしようもない問題に追い詰められて、人類なんて単語がこの惑星から消滅《しょうめつ》する方に賭《か》けたんだ。そうやって、あらゆる人間が絶滅《ぜつめつ》してあらゆる問題が消えてなくなった後に、海上にでも顔を出すつもりなんだ。古い星の皮を脱ぐように、ナタラージャ自体を小さな大陸に見立てて。南の無人島にでも寄り添って、バイオ燃料の資源基地にしちゃってさ』

『ナタラージャ……つまりシヴァさまは、あんこくのじだいとよばれるカリユガを自らの手ではかいし、あたらしいじだいを作り出すと言われています。だとすると……』

『地球脱出っていうのは、大気圏《けん》を突破する事じゃない』
クウェンサーはそう断定した。
『あいつらは星の中の星に逃げ込もうとしているんだ。自前の人工惑星の中へ』
世界中から、勢力の垣根を越えて天才達が消息を絶っている、という話があった。
天才達の人生は、常に醜《みにく》い大人達との戦いだったのだろう。『才能売買』の話を聞いている
だけで彼らの辛苦《しんく》は想像を絶する。しかも、あんなものは氷山の一角に過ぎないはずだ。
だからこそ彼らは今の地球に絶望し、密《ひそ》かに脱出用の人工惑星を築いていた。
そして事件や事故を装《よそお》って足取りを消し、お星様に合流した。
次の人類。
『こんな問題』を惑星に持ち込まない、クリーンで優れた人間だけを選んで乗せる方舟《はこぶね》を。
『……だけど、そのために連中はどこまで準備を進めてきた？　全長一万メートルもの巨体を
支えるエネルギーに、生命維持《いじ》に必要なインフラを支えるエネルギーに、それらを隠しおおせ
るためのエネルギー』
『ちょっと待てよ、それってまさか、どっかの備蓄基地のタンクに穴でも空けてやがるって事
なのか!?　そりゃ、確かに「資本企業」辺りの民間長期宇宙旅行計画は道楽にしちゃあ消費エ
ネルギーがヤバ過ぎるって理由で潰《つぶ》されていたがよ!!』
『古い地球に興味を持てない連中だ、俺達の分をきちんと残そうなんて思ってくれるとでも？

あいつら……世界時計だの何だの、データ上だけでは平常値を装って、世界各地で燃料だの食料だのレアアースだの「生きていくために必要なもの」を片《かた》っ端《ぱし》から盗《ぬす》みまくっていたんだ！　いざそれに気づいた途端《とたん》、情報の麻酔《ますい》が切れた途端、世界がメチャクチャになるのも織り込み済みで！　本当にどんな未来が待っているんだ。軍用車一台動かせず手摑《てづか》みで食料争奪戦でもやってる横で、世界中の食料が常温で一斉《いっせい》に腐っていくのも止められないとか？　冗談じゃないぞ！』

チカチカッ、と画面の端《はし》で新しいアイコンが点滅《てんめつ》した。

何かのデータの解析が終わった旨《むね》を示すものだった。

『水着のグアビアじゃねえよな？』

『ホテルのＩＰフォンに残留していたデータだ。ルーターと一体化していて、部屋の通信内容を全部記録していた。連中のデータ……何だこれ、エネルギーの備蓄フィルタリスト？　ルアーデータ、本来の値を照らし合わせて……』

プタナからの報告では、山岳《さんがく》地帯ではマルクイーン＝ソノラを除く大勢の天才少年少女達が『お星様』へ向かっていったらしい。

その『人工惑星』と思《おぼ》しきデータについても、ホテルの中から出てきた。

さらに詳細《しょうさい》な情報かと思って目で追い駆《か》けていたクウェンサーは、そこで開けてはならないパンドラの箱の蓋《ふた》へ、知らずに触れてしまった。

『本当の、世界の備蓄量……？』

公表している数とは別。

誰もが信じている値とはあまりにかけ離れた真実。


そこにあったのは。


『…………………………………………………………』

…………………………………………………………

…………………………………………………………』

『おい、クウェンサー、どうしやがったんだ、おい⁉』

『……知らない方が良い』

『あ？』

『こんなのは、こんなのは絶対に駄目《だめ》だ……。完全に世界が沸騰《ふっとう》するぞ‼』

世界から本当に電気や燃料が消える。多少のソーラーや風力なんて何の意味もない。オブジェクトの動力炉《ろ》を一般電力に回そうにも、もうその加工ができない。つまりあらゆるものがゴミとなり腐っていく。ゴミを食う腐生菌《ふせいきん》が一つだけ大繁殖し、他の微生物の居場所を奪う。だが単一の腐生菌は、熱や紫外線などある弱点を浴びれば一斉《いっせい》に全滅する。

後に待つのは微生物なき世界。

山のようなゴミが永遠に腐らない世界。ただ風化して粉末状になり、雨や霧《きり》を浴びれば粘質なヘドロと化すだけの大陸。地表を覆うヘドロの海は細菌、植物、そして動物、あらゆる生命の敵となる。

その天才達が人工惑星の存在を隠《かく》したがっていた訳も理解できてきた。

こんなものが『手の届く範囲《はんい》』にあったとしたら、周りは絶対に許さない。単純に燃料や資源を取り返そうとする者が出てくるし、ひょっとしたら、へらへら笑いで自分も乗せてくれと迫る者だって出てくるかもしれない。

救いの方舟《はこぶね》は、血で血を洗うカルネアデスの板に変貌《へんぼう》してしまう。

だから、何があっても絶対に隠し通そうとした。

クウェンサーはプタナの腰にしがみついたまま背後を振り返り、

『……ひょっとすると、「オリエンタルマジック」が強引にでも俺達の洋上艦隊《かんたい》を攻めてきているのも、あまり長い間この辺りの海に居座られると困るからなのかもしれないな。露見《ろけん》を恐れて先手を打ってきたんだ』

『おい、ちょっと待てよ。それってつまり、ナタラージャとかいうヤツはこの騒ぎに乗じてどこか別の海に行方を晦《くら》まそうとしてやがるのか⁉』

『「人間が生きていくのに必要なもの」を勝手に抱えて、それをゴリゴリ無駄遣《むだづか》いしながらね。

急ぐぞへイヴィア、俺達の今の装備じゃ海底に向かう事もできない。とにかく洋上艦隊《かんたい》と合流して、フローレイティアさん達にこの事を伝えないと!! 殺人レーダー波や砲撃《ほうげき》の振動で海上・海中双方の探査ができない今の海じゃ一寸先は闇《やみ》だ。一度逃げられたら一〇〇キロ先だろうが一〇〇センチ先だろうが捕捉《ほそく》できなくなるぞ!!』

12

クウェンサー達は『正統王国』の洋上艦隊と合流を果たした。

やはり海面に上がる時は喉《のど》の奥が干上がるほどに緊張したが、幸い、いきなり人間松明《たいまつ》になるような事はなかった。

縄梯子《なわばしご》を下ろしてもらい、そこを伝って小型空母へと乗り上げていく。小型潜水艇《せんすいてい》についてはロープで縛《しば》りつけた上、逆の端《はし》を接着剤で空母の船壁《せんぺき》へ固定するという乱暴な扱《あつか》いだった。まるで古い戦争映画に出てくるマグネット式の人間魚雷だ。

会議室でびしょ濡《ぬ》れの私服集団を迎えたフローレイティアは、挨拶《あいさつ》も抜きにして本題に入る。

「厳密《げんみつ》には、欲しかったのは諸君《しょくん》ではなく乗ってきた小型潜水艇の方だった。ご存知の通りだと思うが、あれさえ使えれば真下から交戦区域へ接近できる。このまま殺人レーダーを前にじりじり最後の時を待つ以外の選択肢《し》も増えるという訳ね」

「そんなにヤバいなら、船を後ろに下げりゃあ良いんじゃ……？」

ヘイヴィアが呟《つぶや》くと、クウェンサーは肩をすくめて答えた。

「……本気で言ってないよね？　相手はオブジェクトで、その気になれば時速五〇〇キロで追ってくるんだよ。お姫様の足止めが失敗したら、地球の裏側まで殺人レーダー全開で追い駆《か》け回してくるんだってば」

「そういう事。状況は絶体絶命だ、これだけの通信障害の中では『白旗《しろはた》』の信号だって聞こえなかったふりでもされるでしょう。何としてもお姫様を勝たせる。そのためには『オリエンタルマジック』の牙《が》城《じょう》を切り崩さなくてはならないの」

言いながら、フローレイティアはプロジェクターとノートパソコンをケーブルで繋《つな》いだ。

即席《そくせき》でまとめた資料が壁一面に表示される。

「最大のネックはお姫様の主砲《しゅほう》がヤツに当たらない、という点よ。色々精査してみたが、『オリエンタルマジック』そのものの挙動はそれほどスマートなものじゃない」

「……だとすると、お姫様の砲弾《ほうだん》を逸《そ》らす、あるいは弾道《だんどう》計算を狂わせる何かがある、と？」

クウェンサーは呟きながら、プロジェクターの画面へ目をやった。

そこに表示されているのは、海上一面を垂直に埋め尽《つ》くす『槍《やり》』の群れだ。

「猛烈《もうれつ》な電磁波にさらされ続けるため、まともな走査なんてできない状況だが、それでも断片的に情報は得られた。どうもこいつから極《きわ》めて強大な磁力が散発的に発せられているらしい。

全ての『槍』が均等に、でもない。まるでもぐら叩《たた》きだ。乱数処理でもしているのか常にバラバラだが、常に三本の『槍』が磁力を撒《ま》き散らしているの」

それを聞いて、クウェンサーはわずかに唸《うな》った。

目の前に迫る脅威《きょうい》でありながら、技術者の卵としての好奇心が鎌首《かまくび》をもたげ始める。

「三体問題、か。『お星様』に取りつかれた連中らしい発想だね」

「何だそりゃ？」

「月でも地球でも太陽でも良い。お星様ってのはみんな引力を持っていて、動き回る星は各々《おのおの》勝手にお互いを引っ張り合う。さて問題、この三つの星がお互いを引っ張り合う影響は、どうやったら答えを出せると思う？」

「あん？　知るかよそんなの、地球の自転だの月の公転だの、どうせ訳の分かんねえ公式を黒板一面にびっしり書き殴るんだろ。ナゾナゾにもなってねえぞ」

「いいや」

と、クウェンサーは首を横に振った。

「……答えは不定。『正確な数値は誰にも導き出せない』だ」

「おい、嘘《うそ》だろ……？」

「嘘じゃない。二つの星の影響《えいきょう》なら簡単に計算できるんだけど、これが三つ以上に増えるとどうにもならない。最近じゃスパコンなんか使って『近似値』と割り出す事はできるよ、円周率およそ三、って感じで。だけど、正確な答えはやっぱり無理なんだ」

「そう、こいつはその三体問題を人工的に作り出す防御システムって訳ね」

フローレイティアは細長い煙管《キセル》を使ってプロジェクターの資料を指し示しながら、

「元々、強大な磁力《じりょく》はプラズマ、電子ビーム、コイルガンやレールガンの軌道を曲げる可能性はあった。だけどそれが単純に引っ張ったり逸《そ》らしたりするってだけなら、干渉《かんしょう》後の軌道を計算して発射するだけで修正できる。……そこへきて、このランダム三体問題よ。まったく頭が痛い」

濡《ぬ》れねずみのミリアは眉《まゆ》をひそめた。

状況をイメージできていないらしい。

「カピストラーノ少佐。先ほど、クウェンサーはスパコンを使えば『近似値』は求められると発言していたが？　オブジェクトの電子演算系を割り振り直して、領域を開ける事はできないのか。例えば、対人用の小さな砲《ほう》の制御を一度捨ててみる、とか」

「それも考えた。でも駄目《だめ》ね、『近似値』はロケットの軌道計算などにも使われているけど、あれには何ヶ月って時間がかかる。乱数制御で常に『槍』の磁力がオンオフされる中、瞬時《しゅんじ》に演算を終えるのは不可能。しかも『近似値』だと結局誤差を修正しきれない。砲弾《ほうだん》は、当たらなければ意味がないのよ。たとえ二センチ脇《わき》を掠《かす》めても参加賞はもらえないって訳」

「あの、レーザービームはどうでしょうか？　あれはじゅんすいな光なので、じりょくのえいきょうをうけないとおもいますが」

「だから別口の防御システムを用意していたみたいね。特殊なゴム系の接着剤と水を混ぜ合わせた『割れないシャボン玉』を辺り一面にばらまいて直進する光を屈折させるの。こんな状況でなければビデオに撮って技術部門に渡してやりたいくらいよ」

下位安定式プラズマ砲《ほう》、レールガン、コイルガン、連速ビーム砲、そしてレーザービーム。

『オリエンタルマジック』には、その全てが届かない。

つまり、このシステムがある限りお姫様に勝ち目はない。

「これを」

と、フローレイティアは画面の中の『槍《やり》』を、煙管で指し示した。

「下から潜《もぐ》って回収していただきたい。どんな仕組みで、どういう風に連携《れんけい》を取っていて、どこを突けばそれを破綻《はたん》させられるか。暴く事ができれば、活路が見える。少なくとも、お姫様を同じリングへ立たせる事ができるはずよ」

つまり、いつも通りの最悪の任務だった。

ヘイヴィアなどはもう泣き出しそうな顔になっている。今にも全部丸投げにして一人で潜水《せんすい》艇《てい》に乗り込んで逃げ出しそうな雰囲気《ふんいき》だが、同時に気づいているはずだ。

任務拒否を認めてもらえるほど、部隊全体にも余裕がない事に。

何より、ここで逃げてもナタラージャの問題が解決しない。全長一万メートルもの巨体を維持するために、あちこちから盗《ぬす》まれた資源がこうしている今も食い潰《つぶ》されている。早い段階で取り戻さなくてはみんなで借金を背負わされる羽目になる。全世界の廃棄物化と、そこから起こる単一腐生菌《ふせいきん》の爆発的な増殖と死滅《しめつ》のビッグウェーブ。後に残る微生物なきヘドロの世界。あらゆる大陸を灰色のヘドロが埋め尽《つ》くすのだ。そうなったら逃げ場なんかない。

だから、嫌《いや》でもやるしかない。

結果を出すしかない。

（……幸い、お互いの目的の『向き』は同じなんだ。『オリエンタルマジック』さえ沈黙《ちんもく》すれば、辺り一面の海は普通に調べられる。ナタラージャはあれだけの巨体だ、しかも潜水艦《せんすいかん》みたいに潜《もぐ》る事を想定して設計されたデザインでもない。水を掻《か》いて音を出すのが怖い、という状況を作ってしまえば、ナタラージャは逃げる事さえできなくなるんだから）

そんな風に、クウェンサーは無理矢理に自分を鼓舞《こぶ》していた。

一〇分後に訪《おとず》れる窮地《きゅうち》を前に、強引にでも心を助走させようと考えていた。

甘かった。

一瞬《いっしゅん》後に、もう次のトラブルはやってきた。

ゴゴンッ!!　と小型空母全体が爆風《ばくふう》にさらされたように大きく揺《ゆ》さぶられ、傾いたのだ。

13

単なる火災事故や弾薬庫《だんやくこ》の誘爆《ゆうばく》とは違う。

パパン!!　パパパン!!　という乾いた炸裂音《さくれつおん》が短く連射されるのが会議室でも分かる。

「冗談《じょうだん》だろ……ナタラージャの秘密を知った俺らを始末するために、船の中まで直接潜ってきたってのか!?」

ヘイヴィアはギョッとしながらも、フローレイティアが放り投げたサブマシンガンを即座《そくざ》に掴《つか》み取った。流れるように初弾を装填《そうてん》していく。ミリアとプタナの二人はそれぞれ自前の拳《けん》銃《じゅう》を懐《ふところ》から抜いていた。

フローレイティアは壁《かべ》の内線電話の受話器を毟《むし》り取る。

「どこからだ！」

『左舷《さげん》前方、喫水線《きつすいせん》の近くにドデカい穴を空けられました！　おそらくは「信心組織」のヤリイカです。オブジェクトの対空レーザーを逃れるため、ギリギリまで海中を進んで標的の二〇〇メートル手前で飛び上がるってヤツかと！』

「穴から入ってきたのは？」

『ミサイルの空けた穴に中規模の輸送潜水艇《せんすいてい》が一つ首を突っ込んでいます。だけど少佐、退避《たいひ》する時はルートにお気をつけて。連中、水陸両用のパワードスーツを腹にしこたま抱えていやがる‼』

洩《も》れ出る声を耳にして、ヘイヴィアは思わず天井を仰《あお》いでいた。

ここは軍の艦艇《かんてい》だが、手持ちの防衛火器にロケット砲《ほう》や携行《けいこう》ミサイルはない。下手《へた》に高火力なものを兵士達にばらまくと、パニックに陥《おちい》った味方の手で燃料パイプや弾薬庫を吹き飛ばされかねないからだ。軍艦と言えば鋼《はがね》の塊《かたまり》のイメージだが、その内部は可燃物で溢《あふ》れ返っている。よって、ミサイルが必要な状況は艦や戦闘機《せんとうき》に任せろ、というのがセオリーである。

しかし、現に敵は内部まで潜《もぐ》り込んできた。

相手がパワードスーツでは艦内の拳銃《けんじゆう》やサブマシンガンをかき集めてもどうにもならない。この艦に何百人乗っていようが、今のままでは嬲《なぶ》り殺しだ。

「ヘイヴィア、それにプタナも。手を貸してくれ」

が、クウェンサーはサラリとそう言った。

唖然《あぜん》とするヘイヴィアの前で、もう一度単なる『学生』は繰り返した。

「その水陸両用パワードスーツを追っ払う！　フローレイティアさん、格納庫までの最短ルートを教えてください。そこまで行けば戦闘機に積み込むミサイルが手に入る。信管を差し替えれば普通の爆弾《ばくだん》としても使えます。パワードスーツだって吹き飛ばせる！」

「ああ、そうだな。どんな状況であれ、今ある手持ちで結果を残す事を迫られるのが軍隊だ。それで行こう」

クウェンサー達の携帯端末《けいたいたんまつ》へ、一斉《いっせい》に着信があった。フローレイティアが空母の見取り図を送りつけたのだ。

「悪いが、私は艦橋《かんきょう》の方へ向かう。連中の目的が何であれ、最悪に備えて機密情報に緊急ロックを掛けなくてはならないからな。それには私の認証が必要になるだろう。ニューバーグ中《ちゅう》尉《い》、お宅の諜報《ちょうほう》部門を何人か護衛に借りても？」

「ええ、まあ。むしろこの状況で、基地司令官クラスのあなたがどうしてまだ艦内に残りたがるのかの方が不思議なくらいではあるが」

「答えは簡単だ、私が部隊を預かる司令官だからだよ」

言うほど簡単ではないはずだ。高度な機密情報を多く持つ以上、フローレイティアは絶対に捕まる事が許されない。おそらく、胸ポケットにはいざという時のための『専用の弾丸《だんがん》』くらいは用意している。

クウェンサー達は会議室を出た所で互いに背を向けた。

フローレイティアは振り返らずに語る。

「生きて会おう」

「当然です」

各々《おのおの》の道を急ぐ。クウェンサー達は水陸両用パワードスーツに対抗できるミサイルを入手するため格納庫へ、フローレイティア達は機密情報を守るため艦橋へ。

ゴン！　ゴゴン!!　と断続的に艦内は不気味に震動《しんどう》する。

敵か味方かは分からないが、誰かが爆発物《ばくはつぶつ》を使っているのかもしれない。

「それにしてもあいつら、一体どこの誰なんだ？」

「ああん？　んなもんナタラージャとかいう『人工惑星』……いいや海洋シェルターのお仲間に決まってんだろうが」

「そうじゃない。ナタラージャは地上、っていうか古い星に住む全人類を見捨てるつもりなんだぞ。自分の位置情報を徹底的《てっていてき》に隠そうとするナタラージャが、地上組を回収するとは思えない。なのにどうして従えるんだ!?」

「……自分自身の救済を求めていないんだろう」

ミリア＝ニューバーグがそんな風に呟《つぶや》いた。

「『世界』なんて訳の分からないくくりが救済されるなら、それで構わない。そんな完璧《かんぺき》な世界に汚れた自分は似合わない。そんな風に笑って銃《じゅう》を握るヤツを使い捨てているんだ」

「ねっこにあるのは、『ざいあくかん』かもしれませんね」

罪悪感。

少なくともナタラージャには『オリエンタルマジック』という協力者がいる。それにもしかしたら北部山岳《さんがく》地帯の『フライアウェイ』も。今、空母を襲《おそ》っているパワードスーツだって明らかに素人《しろうと》集団ではない。

いずれもが高度な軍事訓練《くんれん》を受けたプロの兵士。

そして、その仕事に嫌気《いやけ》が差した者だけを選んで集中的にスカウトしたのか。

「そんな燃え尽《つ》き症候群《しょうこうぐん》に巻き込まれてたまるかよ。一人で死ぬのが怖いから一緒に死んでくださいとしか聞こえねえぜ」

ヘイヴィアとプタナが先行し、ミリアがしんがり、間に挟《はさ》まれるように銃《じゅう》を持たないクウェンサーが通路を移動していくが、途中の道は最悪だった。通路は斜めに傾いていて、船体そのものが最初の爆発の衝撃《しょうげき》でねじれたのか、鋼鉄の壁《かべ》が破断し、鋭い破片が反対側の壁に突き刺さっていた。天井を走る配管も所々で破れているのか、あちらこちらでシュウシュウと白い蒸気のようなものを吹き下ろしている。

その上、

「くそったれが……」

格納庫の近くまでやってきた時、ヘイヴィアが思わず呻《うめ》いていた。

目的地の方から激しい銃声が聞こえてきているからだ。

「パワードスーツの方も格納庫を狙《ねら》ってやがったのか!?　もうこうなると俺らの口を封じるために船ごと沈めようとしているようにしか見えねえぞ!!」

空母の中には特に危険とされる、引火性の極めて高い場所がいくつかある。例えば船のエンジンである機関室や、武器弾薬《だんやく》をまとめた火薬庫。それと同じくらい危険で重要な場所が、戦《せん》闘機《とうき》の格納庫だ。当然ながら翼にはミサイルをぶら下げているし、機内には航空燃料をたらふく詰め込んでいる。そんな火気厳禁がずらりと並んでいるのだ。ここに火が回ると、設計上のダメージコントロールを振り切って艦《かん》を内側から噴火《ふんか》のように吹き飛ばしてしまう事もある。

とはいえ、

「だったらなおさら顔を背けていられない。さっさと追っ払わないと全員仲良く魚の餌《えさ》になるぞ」

「分かってるけどよ、俺は正義の味方を気取って七面鳥になるつもりはねえからな。死ぬなら女の腹の上って決めてんだ」

ヘイヴィアは汗びっしょりの顔で、格納庫に繋《つな》がる整備兵用の小さな扉の横へ張り付く。反対側のプタナと連携《れんけい》を取って、水密扉《すいみつひ》のレバーを下ろして一気に開け放つ。

途端《とたん》。

轟《ごう》‼　という凄《すさ》まじい熱波が彼らの足を止めた。埋め尽《つ》くすようなオレンジ色の光が、自分達が踏み込もうとしていた予想地点を横薙《よこな》ぎに払っていく。

「うぎゃあ⁉」

慌《あわ》てたようにヘイヴィアはプタナの首根っこを掴《つか》んで引き返す。

半開きになった扉の向こうでは、こうしている今も炎が吹き荒れている。しかも単なる火災事故ではない。明らかに人の手でオンオフを切り替えている。

「火炎放射だ……」

呻《うめ》くようにミリアが言った。

水陸両用パワードスーツ側がそんな武装まで持ち込んでいるとしたら厄介《やっかい》だ。火炎放射器は熱も怖いが、最大の武器は密閉空間で酸欠《さんけつ》状態を作り出す事だ。古い戦争では入り組んだ塹壕《ざんごう》やトンネルに隠れる敵兵を始末するために使われてきたが、空母の通路や船室でも極悪な性能を発揮《はっき》するだろう。

しかし、直後にクウェンサー達はまたもや予想外な光景を目撃した。

炎に巻かれ、転がるように逃げ惑っているのはずんぐりむっくりした鋼《はがね》の塊《かたまり》……水陸両用パワードスーツの方だったのだ。

そして格納庫の方から威圧《いあつ》するような叫び声が飛んできた。

「ド阿呆《あほう》が!! ロケットがなければ戦えぬとでも思ったか!? こちらは空母で航空燃料には困らないというのを忘れてはおらぬじゃろうな!!」

なあおい……と馬鹿《ばか》二人は思わず顔を見合わせた。

「整備兵のばあさんの声だった気がする」

「奇遇《きぐう》だなクウェンサー。だがひょっとすると俺らは集団ヒステリーで同じ幻聴《げんちょう》を聞いているかもしれねえぞ。ここは慎重に事を進めようじゃねえか」

恐る恐る、といった調子で二人して格納庫の中を覗《のぞ》き込んでいる。

惨憺《さんたん》。

あちらこちらでチロチロと炎の舌が伸びており、床にはすっかり真っ黒に変色したパワードスーツがいくつも転がっていた。分厚い装甲で覆《おお》われているものの、外側の熱が内部の演算系にまで伝わってしまえば、後はマザーボードをライターで炙《あぶ》るのと同じだ。精密回路を焼かれて立ち往生を余儀なくされる。

そして航空燃料用の給油ホースに即席《そくせき》で手を加えたと思《おぼ》しきジェットノズルを肩に担《かつ》いで、ただ一人君臨する歴戦の老婆《ろうば》。

「うわあー‼　やっぱりどう見てもいつものばあさんだったー⁉」

「ん？　ああ、劣勢のゲリラ戦となるとどうにも熱くなってしまうのは性分《しょうぶん》みたいなものか。なんのかんので信長《のぶなが》が天下を取るような国の生まれじゃしな」

「アンタ……格納庫で火炎放射器とか正気なんですか⁉　誘爆《ゆうばく》とか怖くはないのか‼」

「放っておいて侵入を許せば空母が吹っ飛んでいたかもしれんからな、背に腹は代えられん。それに一応は対策を講じておったさ。ミサイルだの燃料タンクだの、とにかく本当にヤバいものには電気集塵式《しゅうじんしき》の帯電耐火《たいか》コート剤をぶちまけておいた。気休めだが、兵器の塗装《とそう》に使われる珪素《けいそ》性の粉末じゃ。現にこうして誘爆《ゆうばく》も起こらなかった」

「……恐ろしい話だぜ。このばあさんの若かった頃の話が気になってきやがるほどにな」

ヘイヴィアがうんざり言うのを無視して、整備兵の婆《ばあ》さんはジロリと目線を動かした。

その先にいたのは、褐色《かっしょく》の少女プタナ＝ハイボールだ。

「お主《ぬし》が話に聞いていた『コレクティブファーミング』の操縦士か？」

「いいえ、わたしは『サラスバティ』のエリートです」

わざわざ訂正を求めるプタナに対し、婆《ばあ》さんは低い声で『そうか』と呟《つぶや》いた。

それから、こう付け足した。

「済まなかったな」

それが。

何に対する言葉だったのかは、いちいち説明しなかった。

その時だった。

『ザザザ!!　こちら機関室、扉の前まで例のパワードスーツが向かってきている。応戦しているが火力が足りない、余裕のある者は手伝ってくれ!!』

「ばかもんが、燃料回りに敵兵を張り付けるなどと……みすみす艦《かん》を真っ二つにさせるつもりか!?」

舌打ちする整備兵の婆さんに、ヘイヴィアがこう話しかける。

「俺らはどうすりゃ良い？　格納庫に残るか、機関室か!?」

「どっちでもない。小僧達には必要な事をやってもらう、そっちのエリートにもな」

「？」

プタナが眉《まゆ》をひそめると、婆さんは傍《かたら》らの木箱の上に置いてあったノートサイズのタブレット端末《たんまつ》をクウェンサーの方へ放り投げた。

「これは？」

「『ベイビーマグナム』に関するモニタリングデータ。例の殺人レーダー波のせいで情報は断片的だが、それでも芳《かんば》しくないのは分かるじゃろう。お姫様の消耗《しようもう》が激しい。このままでは突破口を見出《みいだ》す前にあの子が潰《つぶ》れるぞ」

「くそっ‼」

画面を見ながらクウェンサーは吐《は》き捨てる。

元来、『ベイビーマグナム』は高速機動を売りにして、相手方の砲撃《ほうげき》を右に左に連続回避《かいひ》しながら、七つの主砲《しゆほう》を拡散させて退路を塞《ふさ》ぎ、動きを止めたところで主砲の群れを集束させ、まとめて撃《う》ち抜く……といった戦法を理想形にしているはずだ。

それが、画面上では全て崩れていた。

そもそもこちらの砲撃は『オリエンタルマジック』に届かない。向こうが慎重を期して五キロ以内には絶対接近しない、という状況を利用し、『ベイビーマグナム』側から無理矢理に接近し、敵機の自発的な後退を試みる、などという危険極《きわ》まりない戦い方を選ばざるを得なくなっている。

しかもそのために、

「……何だこれ、わざと一番外側の主砲を犠牲《ぎせい》にしているのか？」

「避《よ》けきれない分をな。じゃが諸刃《もろは》の剣だぞ。そう何度も受け切れるものではないし、下手《へた》に爆発《ばくはつ》すると自機のバランスを崩す。そこを『オリエンタルマジック』のレーザー主砲《しゅほう》で狙《ねら》われれば一撃じゃな」

お姫様も、分かっているのだ。

分かっていても、これを選ばなければ背後の大艦隊《だいかんたい》を守れないのだ。

その葛藤《かっとう》や苦悩が、モニタリングデータの乱れとして表示されているのだ。

そしてここまでやっても、ジリジリと『ベイビーマグナム』は押されている。『オリエンタルマジック』の殺人レーダー波の最大効果圏《けん》が、整備艦隊へとにじり寄ってくる。

しかし。

海面に立ち並ぶ無数の『槍《やり》』……その特徴を調べて弱点を探り当てると言っても、クウェンサー達には具体的な目途《めど》は全く見えない。作業を高速化できる保証なんてどこにもない。

婆さんもそれには期待しなかった。

代わりに彼女はこう告げた。

「……一つだけ、状況を打破する方法に心当たりはある。ただし軍規に違反はするが。続きを聞く気はあるか？」

「具体的には何を？」

「ここには『コレクティブファーミング』が技術解析《かいせき》のために係留されていて、それを唯一戦《ゆいいっせん》闘《とう》挙動で動かせる操縦士エリートが揃《そろ》っている。システム解析のため、動力炉《ろ》は回しっ放しじゃ。後付けの解除キーさえ手に入れれば、プタナ＝ハイボールの手で息を吹き返す」

全員が褐色《かっしょく》の少女の方へ目をやった。

彼女は自嘲《じちょう》気味に笑ってこう答えた。

「わたしに、ぶたいをすくって『ぐんぽうさいばん』にかけられろ、と？　それもわたしのサラスバティをうばって、まるはだかにした『てきこく』のぶたいをすくって‼」

「気に喰わんのなら乗らなくても良い。どの道、儂《わし》らには捕虜《ほりょ》に戦闘を強要する権限はない」

婆《ばあ》さんは険しい顔で事実を言った。

「その場合は、儂らは船ごと沈《しず》められるか、殺人レーダー波で丸焼きにされるかじゃ。ある意味で、お主《ぬし》の復讐《ふくしゅう》は成就《じょうじゅ》するのかもしれんな」

「……、」

今度はプタナが全員の顔を眺《なが》める番だった。

沈黙《ちんもく》に耐《た》えられず、ヘイヴィアが口を滑《すべ》らせていた。

「そ、そもそも周りはそんなの許すのかよ？　爆乳の上官はどうなんだ」

「ふん、どうせ織り込み済みじゃろう。でなければ、満足な人物調査も終わっていない元敵国の兵士に銃《じゅう》を持たせたまま、将校の前に立たせる事を許可する訳がないからのう。ただ、あやつの立場上、それを正面から命令する事はできないのも当然じゃ」

「たとえそうだとしても、『正統王国』後付けの解除キーっていうのはどこに……？」

「今、小僧が持っているじゃろう」

サラリと言われて、クウェンサーは危《あや》うくタブレット端末《たんまつ》を落っことしかけた。

お膳立《ぜんだ》てはすでに終わっていた。

そしてプタナは目を細めてこう告げた。

「わたしにとってのメリットは？」

「感情論で良ければ」

「あなたのせいぎは、わたしのせいぎとはシンクロしません」

「……戦闘《せんとう》終了後、『コレクティブファーミング』の不調を装《よそお》って海に沈めてしまうのはどうじゃ？　ついでに動力炉《ろ》を起爆させてしまえば、もう儂《わし》らが技術解析《かいせき》を続けるのは実質不可能になる。お主《ぬし》の機体を、お主の手で供養できるぞ」

プタナの瞼《まぶた》が、わずかに痙攣《けいれん》した。

弱い所を突かれた、といった表情だった。

「良いでしょう。『くよう』ということばはわるいひびきではありません。あれは、わたしの手で天へかえすべきですから」

「恩に着る」

直後だった。

ゴゴン!!　という重たい衝撃《しょうげき》と共に、クウェンサー達のいる格納庫全体が揺《ゆ》さぶられた。

いいや、ひょっとすると小型空母全体か。

ミリアは水密扉《すいみつひ》の一つを睨《にら》みつけた。

「近い!!」

「行け小僧！　『コレクティブファーミング』の増援と海上の『槍《やり》』の解析作業は生き残るために必須じゃ。そのエリートを死なせる前にオブジェクトへ詰め込んで来い!!」

再びの爆発音《ばくはつおん》。

床全体が滑《すべ》り台のような傾斜《けいしゃ》と化す。ヘイヴィアやミリアはとっさにワイヤーで固定されたコンテナの壁《かべ》を掴《つか》んだが、クウェンサーとプタナは間に合わなかった。傾斜に任せてそのまま滑り落ちてしまう。あっという間に七〇メートル近く離れてしまう。

これだけの傾斜の中、いちいち合流する事はなかった。

ミリアが叫ぶ。

「モタモタしている間に撃《う》たれるのもつまらん！　海で会おう!!」

「了解しました!!」

クウェンサーも大声で言い返し、プタナの手を掴んで一番近い鋼《はがね》の扉へ向かう。

どこの通路も酷《ひど》かった。艦《かん》全体がねじれているのか、壁《かべ》や天井は破断し、白い蒸気やら青白い火花やらが枝垂れ桜のように落ちてくる。だが、こちらには騒がしい銃声《じゅうせい》や爆発音《ばくはつおん》はなかった。

「ルートはどうするんです⁉」

「一度上の甲板まで上がろう。オブジェクトは二隻《せき》の空母で挟《はさ》まれていて、無数のワイヤーで固定されているはずだ。そこを伝って入るのが手っ取り早い」

金属製の狭い階段を駆《か》け上がる。

実際に平べったい飛行甲板まで出ると、あちこちに金属コンテナを重装甲化させたような、即席《そくせき》の研究室がいくつも並んでいた。空母としての離着艦《りちゃくかん》に影響《えいきょう》が出そうなものだが、通常戦力よりオブジェクトの解析作業が優先されたためだろう。

クウェンサーは婆《ばあ》さんから渡されたタブレットを操作して研究室の番号と役割を調べると、その一つへと入っていく。中はコンピュータやケーブル類でゴチャゴチャしていたが、それを無視して部屋の片隅《かたすみ》にあったマネキンを摑《つか》み取った。

いいや、厳密《げんみつ》には、

「プタナ、お前の特殊スーツだろう。後で着替えるんだ、絶対に必要になる」

「げんじょう、ターゲットに対するこうりゃくほうはゼロです。じかんかせぎは行いますが、あまりあてにはしないでください」

「分かってる。お前が沈《しず》められる前に、海の中から何とかしてみるさ」

と、そんな事を言いながらコンテナ状の研究室を出た直後だった。

バゴン！　という轟音《ごうおん》と共に、戦闘機《せんとうき》を下層へ搬送《はんそう》するためのエレベーターの扉《とびら》が、ゲリラ豪雨のマンホールのように飛び上がった。

そこから焼け焦《こ》げた金属の腕が生える。

真下の格納庫から這《は》い上がってきた怪物の正体は、

「パワードスーツ⁉」

慌《あわ》ててクウェンサーはプタナの細い体を突き飛ばした。

そこが限界だった。

ゴッッッ‼‼‼　と。

多連装式のロケット砲《ほう》が放たれ、コンテナ状の研究室が爆風《ばくふう》と共に吹き飛ばされた。

14

プタナ＝ハイボールは尻餅《しりもち》をついていた。

眼前がすでに黒煙と粉塵《ふんじん》で見えない。海風がそれらを薙《な》ぎ払っていくと、ようやく惨状《さんじょう》が露《あら》わとなった。

自分の身長よりも高いコンテナ状の研究室はバラバラに砕け、壁《かべ》や天井は一面に散らばっていた。

そして、先ほど自分の体を突き飛ばしたクウェンサー＝バーボタージュがうつ伏《ぶ》せに倒れていた。残骸《ざんがい》と化した金属の塊《かたまり》に、腰の辺りから喰われる格好で、だ。

「センパイ……?」

「……ちくしょう。早く行け、プタナ」

元々は研究室の中にあったのか、あちこちに銃器《じゅうき》も転がっていた。その中から比較的素人《しろうと》でも扱《あつか》いやすいショットガンを手に取ろうとしているようだが……届かない。その動きで、足か腰でも挟《はさ》まっているのだと気づく。

プタナは慌《あわ》てたようにコンテナの壁を両手で掴《つか》むが、人間の力ではびくともしない。まるで飛行甲板に直接溶接でもされているかのように、ほんの数ミリさえ動かない。

「無駄《むだ》だプタナ、だから早くオブジェクトに行け！　パワードスーツはまだ動いている!!」

「ショットガンじゃあれはたおせない！」

「カメラのレンズやセンサーヘッドだけなら話は別だ!!」

「そもそもセンパイは9ミリのハンドガンもうてないでしょう!?」

ガギガキン!!　という無骨な金属音がパワードスーツの方から聞こえてきた。多連装式のロケット砲《ほう》をうっかり撃《う》ち尽《つ》くしてしまったのだろう。別の兵装を選択し直している。

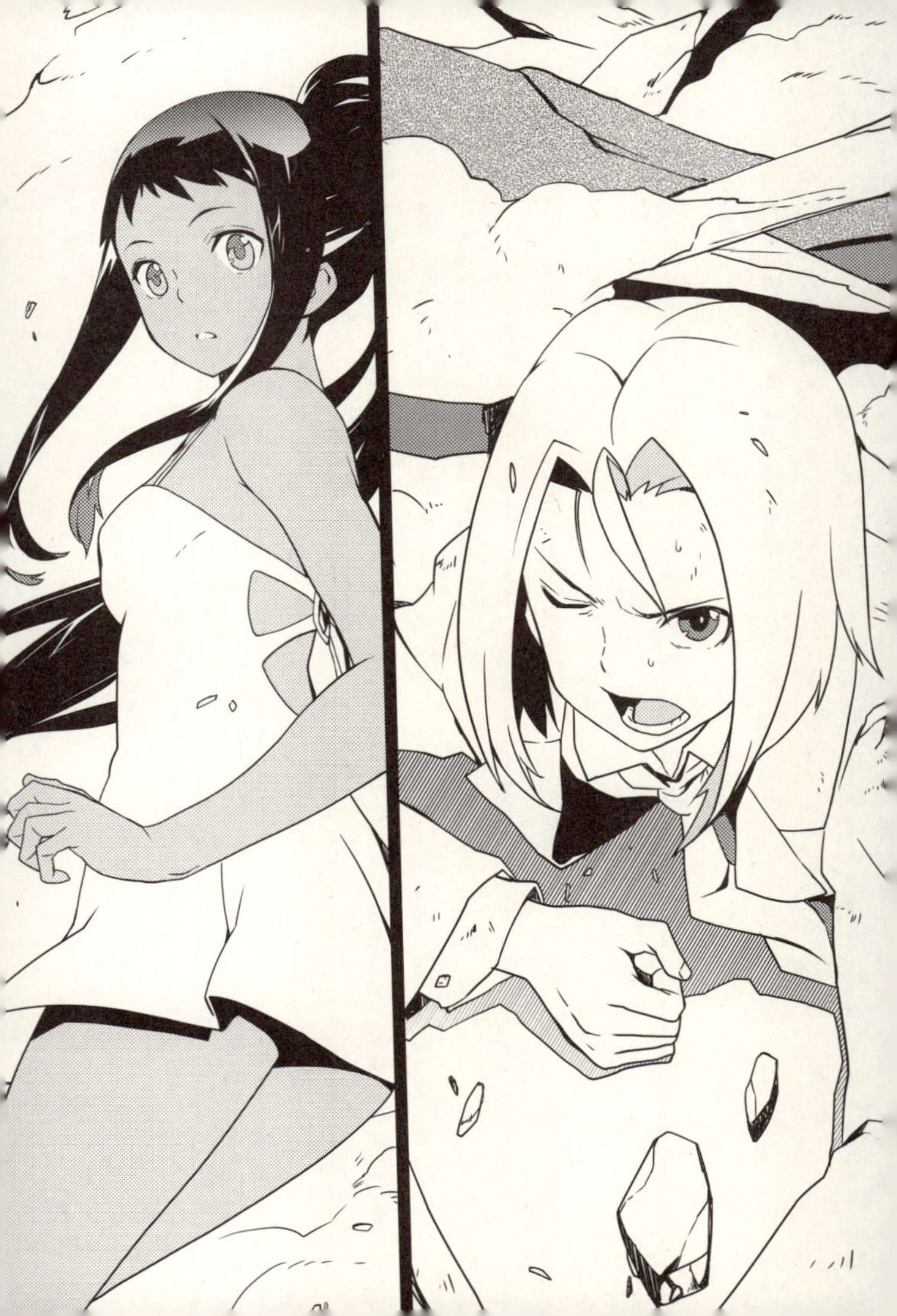

「あなたはそんな人じゃなかったはずです。あのパワードスーツのヤツらみたいに、自分は良いからせかいを守れなんて言ってじこまんぞくするような人じゃなかった！」

「分かってるよ、自分が格好つけている事くらい」

荒い息を吐《は》きながら、さらにクウェンサーは手を伸ばす。

ぴんと張った手の先が、ショットガンのグリップに触《ふ》れる。

「だけど思うんだ、ここで何もかもが失敗して、お前が『コレクティブファーミング』に乗れなかったら、今も戦い続けているお姫様はどうなるんだって。ここでお姫様の勝利に賭《か》けた仲間達はどうなるんだって！　だから頼むよ、プタナ、頼む!!　お姫様を助けるために、さっさとオブジェクトに乗ってくれ!!」

ガッ!!　と、クウェンサーの手が今度こそ明確にショットガンを掴《つか》み取った。

その銃口《じゅうこう》をパワードスーツではなく、褐色《かっしょく》の少女の方へ向ける。

プタナは首を横に振った。

それでも、彼女の足は二歩三歩と後ろへ下がっていた。

オブジェクトの方へと。

「済まなかった、プタナ……」

クウェンサーは、整備兵の婆《ばあ》さんと同じ事を呟《つぶや》いた。

だがおそらく、根っこにあるものは少し違うのだろう。彼は続けてこう言ったのだ。

「有頂天になってた。あの時は、これが一番スマートな方法なんだって思って笑ってた。戦争なんかしないで、お姫様も戦わずに済んで、相手のエリートも死なずに、それでも俺達が勝ち逃げする。そんな夢みたいな方法なんだって喜んでいた。でも違ったんだな」

「……、」

「形は変わったって、戦争は戦争だ。俺は卑怯《ひきょう》な奇襲《きしゅう》を仕掛けてお前の人生を奪《うば》ったんだ。ようやく分かったよ。だから済まなかった、プタナ」

ガギン!!　という金属音が響《ひび》いた。

パワードスーツの掌《てのひら》が一部変形し、銛《もり》のような先端《せんたん》が飛び出した。

おそらくは水中銃《じゅう》だ。直撃すれば鋼《はがね》の壁でも食い破りかねない威力《いりょく》の。

クウェンサーはろくに構え方も知らないショットガンのストックを肩に当てながら、恐怖を麻《ま》痺《ひ》させるように叫んだ。

「行くんだプタナ!!」

それが今度こそ少女の背中を押した。

近くに落ちていたタブレット端末《たんまつ》を掴《つか》み取る。

バッ!!　と足を挟《はさ》まれた少年から背を向ける。全力で走り出す。パワードスーツの駆動音《くどうおん》が続く。だが水中銃の先端はプタナの背中を貫通《かんつう》させる事はなかった。『点』としてのレーザーポインターではなく、『面』としてのライトの円に近いガイド光を頼りにクウェンサーが放ったショットガンが、水中銃《じゅう》の発射直前にパワードスーツの腕と言わず胴体と言わず、とにかく大量の散弾《さんだん》をぶち当てて狙《ねら》いをわずかに逸《そ》らしたからだ。

だが妨害されれば、相手がどう動くかは目に見えている。

標的が一時的に切り替えられる。

「……っ!!」

何度も何度も銃声が炸裂《さくれつ》したが、プタナは背後を振り返らない。

二隻《せき》の小型空母に挟《はさ》まれ、大量のワイヤーで固定されたオブジェクトへ向かう。そのワイヤーは固定用であると同時に、整備兵の移動用も兼ねている。足場の一本に、手すり代わりの左右に二本。断面だけ見れば逆三角形のような配置のそのワイヤーを頼りに、球体状本体へと突き進む。

済まなかったな、プタナ。

ここに来て、二人もの人間からそう声を掛《か》けられた。

よりにもよって、それは敵国の兵士達のものだった。

少女の両親も、少女の先生も、少女の教官も、少女の神官も、誰も彼もがオブジェクトに乗るのは正しい道だと言い張るばかりで、彼女が小さな頃からクレヨンで描いていた夢を踏みつけた事に疑問すら感じていなかったというのに。

本当は何を守りたかった？

本当はどんな道を進みたかった？

ロストエンゼルスの北部山岳《さんがく》地帯であった『才能売買』の時は、柄《がら》にもなく頭に血が上った。あそこで自分の境遇を重ね合わせていたのは、自分の生い立ちに一〇〇％の満足を得られていなかったからではないか。

『サラスバティ』が奪《うば》われた時も、自分の半身を失った気持ちになった。だけど、それは本当に純粋な怒りだったのか。自分の本当の夢を踏みつけにした『サラスバティ』まで奪われたら、もう夢を捨てた事実を正当化できなくなるのが怖くて、『正統王国』へ憎悪を募らせていたのではなかったか。

「ッッッ!!」

彼女の中でのアイデンティティが、少しずつ剝落《はくらく》していく。

あるいは、無類の力を持つプタナ＝ハイボールを効率良く管理するために『信心組織』が施《ほどこ》していた安全策が破損《はそん》しつつあるのか。

プタナは球体状本体の後方上部へ取りつく。タブレット端末《たんまつ》を近づけ、無線信号で一番から七〇番までの隔壁《かくへき》を開け放ち、一本の滑《すべ》り台のようなトンネルを露出《ろしゅつ》させる。その中へと飛び込む。最後の最後に待っていたのは、彼女が依存し、彼女も依存されてきた、超大型兵器のコックピットだった。

モニター類は全て死んでおり、照明一つ点《つ》いていない。

唯一《ゆいいつ》の光源はタブレット端末で、そこには操縦士エリートの音声認証機能とリンクしている旨《むね》が表示されていた。

だからプタナはこう言った。

クウェンサー＝バーボタージュに、名前も知らない整備兵の婆《ばあ》さん。

プタナの人生の中で、誰も言ってくれなかった台詞《せりふ》を言ってくれた人達。

そして彼らが信頼する『仲間達』を思い浮かべながら。

「ただいま、『サラスバティ』。せんそうのじかんよ」

ブゥン!! と。

直後に、あらゆるモニターが息を吹き返した。

プタナ＝ハイボールはロストエンゼルスから身に着けていた丈の短いドレスを脱ぎ捨て、操縦士エリート用の特殊スーツを身に纏《まと》い直す。その全身にベルト状の固定具を装着し、ピンと張る事でプタナの体が宙に浮かぶ。胃カメラのようなセンサーが一〇本以上も飛び出して、彼女の全身各所を走査していく。

少女は、兵器になる。

神にも等しい破壊力を秘める超大型兵器との合一を果たす。

15

クウェンサーはうつ伏せで足を瓦礫《がれき》に挟《はさ》まれたまま、見よう見まねでショットガンを構える。それでも弾《たま》が当たるのは彼の技量ではなく、ライトの円に似たガイド光を始めとしたナビゲートが優れているからだろう。

だが、向かってくるパワードスーツを破壊する事は叶《かな》わなかった。

射撃のたびに肩を自転車で踏まれるような痛みが走り、耳をつんざくような爆音に頭が眩《くら》む。パワードスーツは撃《う》たれた場所によって体をふらつかせるが、その歩みは止まらない。ついにはクウェンサーの頬《ほお》が浅く裂《さ》けた。向こうから反撃されたのではない。跳ね返った跳弾《ちょうだん》が掠《かす》めたのだ。

しかも、それさえ長くは続かなかった。

ガチン！　と、ショットガンの中から異様な音が聞こえる。何度引き金を引いても、弾が出ない。撃ち尽くした。そう気づいた時には、すでに相手は覆《おお》い被《かぶ》さるような格好でこちらを見下ろしていた。

「…………………………………………………………………………」

「……………………………………………………………………」、

互いに言葉はなかった。

分かりやすい恐怖を感じる暇《ひま》もなかった。

ただパワードスーツは、空き缶でも踏むような仕草で足を上げただけだった。

直後の出来事だった。


ゴンッッッ!! と。

突如《とつじょ》として、横から加わった凄《すさ》まじい力がパワードスーツをオモチャのように薙《な》ぎ払う。

小型の乗用車くらいは凌《しの》ぐ重量があったはずだ。だがそれを五メートル以上吹き飛ばしたのは、正体不明の超兵器などではなかった。

それは、千切れたワイヤーだ。

オブジェクトを支えていた無数のワイヤー。怪物が動き出したのをきっかけに片《かた》っ端《ぱし》から破断していき、まるで伸ばしたゴムをハサミで切ったように飛び回り、その内の一本が甲板上を一閃《いっせん》していったのだ。

ぎぎぎぎぎ、とパワードスーツはそれでも起き上がろうとした。

死んだふりをしていれば、そこで見逃してもらえたかもしれなかったのに。

ずっ……と。

バスケットボールの試合くらい悠々《ゆうゆう》とできる飛行甲板に、暗い影が差す。巨人が箱庭を覗《のぞ》き込むように。だが、真上にあったのは洗車機の回転ブラシの代わりに鈍い金属刃を巻きつけたような、あまりにも巨大なカルティベーター……つまり耕耘機《こううんき》だった。

横一列の回転刃を支える二本のアームが操作され、鋼《はがね》の大空が落ちてくる。

凄《すさ》まじい音が炸裂《さくれつ》した。

ガリガリガリガリゴリゴリゴリゴリ!!　という金属を噛《か》み砕く音は、小型空母の飛行甲板を缶詰《かんづめ》のようにこじ開けそうになっていた。オレンジ色の火花が洪水のように撒《ま》き散らされる。途中にあったパワードスーツがどうなったのかが分からなくなるほどの破壊力だった。

空母全体が大きく斜めに傾《かし》ぐ。

「う、あっ、うわあああああああああああああああああ!?」

クウェンサーは滑《すべ》り落ちないように飛行甲板へ腕を伸ばす。そうしてから、自分の体が自由になっていると気づく。体の上に覆《おお》い被《かぶ》さっていた金属壁《へき》の残骸《ざんがい》は、空母が傾いだ事で跳ね飛び、海へと落ちていったのだ。

「プタナ……?」

『センパイ、わたしはあなたの人生をせおうつもりはありません』

まだじくじくと痛む足首を両手で押さえながら見上げると、『コレクティブファーミング』のスピーカーはこう告げた。


『生きのこりたいのなら、自分の足で立ってください』


それ以上の言葉は必要なかった。

クウェンサーは自らの足で飛行甲板の縁《ふち》から海へ飛び込み、側壁《そくへき》へロープで固定させた小型潜水艇《せんすいてい》を目指す。その間にも『コレクティブファーミング』は二隻《せき》の空母の間から大海原《おおうなばら》へと飛び出し、『ベイビーマグナム』を支援するため交戦区域へ向かっていく。

海の上と下。

双方から、『オリエンタルマジック』撃破《げきは》のために動き出す。

16

クウェンサーは海の中でヘイヴィアやミリア達と合流した。

ミリアは先頭で皆《みな》を導きながら無線越しにこんな事を言う。

『一番近い「槍《やり》」はおよそ五キロの地点にあるが、問題はその水深だ。今までは一〇メートル前後を保っていたが、あれを調べるとなると半分は近づかなくては接触できない』

『マジかよ……ケータイの電波って精子を殺すんじゃなかったっけ？　ズボンのポケットに入れるなって話があったような気がするんだがよ』

『最悪、玉袋ごと真っ白に茹《ゆ》でられるかもしれないけどな』

クウェンサーはうんざりしたように呟《つぶや》きながらも、

『ミリアさん、ロープかワイヤーでくくって海中へ引きずり込むというのはどうでしょう。それなら水面に出なくても露出《ろしゅつ》部分を調べる事もできますし』

『だがあれは巨大な「浮き」なんだろう？　人力程度で引きずり込めるのか』

『浮力を作っているものを破壊すれば良い。空気の層なら穴を空けて水を流し込むとか』

『その場合、むしろ沈んでいく「槍」を支えるためにワイヤーが必要になりそうだな』

そうこう言っている内に目的地に到着した。

海面近くをつららや鍾乳洞《しょうにゅうどう》のように鋭い『槍』が並んでいるのが分かる。

『もうアスパラ畑の端《はし》が洋上艦隊《かんたい》から五キロの位置まで広がってやがる。このままじゃ本体が直接突っ込んで、直径一〇キロのデッドラインもそう遠くない話だぜ』

『だからさっさと始めよう。ワイヤーをゴムの接着剤で張り付けるぞ。誰がやるかはジャンケンだ』

言い出しっぺのミリアが一発で負けると、彼女は突如《とつじょ》として階級制を提唱し始めた。結局わがままな上官の命令には逆らえず、一番下《した》っ端《ぱ》のヘイヴィア上等兵が駆《か》り出される羽目に。

『おい！　それを言ったら学生って何なんだよ!?』

『お客さんに決まってんだろ。早く行けよ雑用係』

相手が美少女でない限りクウェンサーは非情なのだった。世の理《ことわり》である。

課報部門《ちょうほう》の中にはあれだけの騒ぎの中でも工具キットを取ってきた者もいたようで、彼らの手元には電動ドリルなどもあった。

そしてただでさえビクビクとワイヤーを繋《つな》げているヘイヴィアに、下から無茶ぶりが飛んだ。

『ヘイヴィア、それ終わったら側面にドリルで風穴空けてくれ。釣《つ》りの「浮き」と同じなら、きっと上の方が風船で下の方に錘《おもり》が集中しているはずだ！』

『ばっ、馬鹿野郎《ばか》!!　海面に出たら人間電子レンジだっつってんだろ!!』

『……クウェンサー。無茶を承知で、「槍《やり》」と繋げた潜水艇《せんすいてい》を真下に走らせてみるのはどうか。数メートルでも「槍」全体を沈められれば、ヘイヴィアも少しは安全に海中で作業ができると思うのだが』

『ひゅー!!　いつの間にか全部俺がやる事になってやがるしー!!』

という訳で、ガゴゴゴ!!　と潜水艇から不気味な音が響《ひび》くくらい負荷をかけて、まだ十分な浮力のある『槍』を無理矢理に沈める。そのわずかな時間を使ってヘイヴィアは電動ドリルで『槍』の上部側面にいくつもの穴を空けていく。

『ああ、ちなみに中のケーブル切ったら感電するかもしれないから気をつけてー』

『ぶふっ!!　全部終わった後に言うんじゃねぇよ!!』

ぶくぶくぶく、と白い気泡《きほう》が吹き荒れた。どうやら無事に浮力を確保している層に海水を流し込む事に成功したようだった。

落ちていく『槍』をワイヤーと潜水艇の力で支え、クウェンサー達はその周りに集まって装備の調査に移る。

『「槍」の上はこっちで、下はあっち。良いですか、まだ機能が生きている可能性もある。絶対に上の方へは近づかないで!』

『あん？　何でだよ』

『オブジェクトの主砲《しゆほう》を歪《ゆが》めるほどの馬鹿《ばか》デカい磁石《じしやく》がついているんだぞ。こんなトコで作動したらどうなる。俺達、ズボンのベルトを引っ張られて全員仲良く一個の肉塊《にくかい》になるかもな』

『うわああ!?』

『脱ぐなへイヴィア、みっともない。多分俺の予想では……ああ、やっぱりそうだ。こいつの磁力は一定方向に整えられている。ラッパの口の方にいなければ影響は受けないさ』

『どうして分かるんだ？』

ミリアが尋《たず》ねると、クウェンサーは『槍』の上部にあるユニットを指差しながら、

『もしもこれが単なる磁石だったら、最初に交戦区域の真下を通った時に潜水艇《せんすいてい》は全滅《ぜんめつ》しています。それにレールガンやコイルガンはまだしも、下位安定式プラズマ砲《ほう》まで歪《ゆが》める磁石だなんてそうそう転がっているものじゃない。多分、こいつはプラズマ系の砲身内部やJPlevelMHD動力炉《ろ》の保護に使われるクラスター状の電磁石と同じものです』

『旧時代のトカマク融合炉から続く技術だったな』

『ラッパの口はマイスナー効果を使っているのかもしれません。超伝導技術の副産物で完全反《はん》磁性《じせい》を示します。平たく言えばこのラッパは指向性爆薬《ばくやく》みたいに、全方位へ散らばる磁力を一方向へ集束させる効果を持つ』

『あん？　でも待てよ』

ヘイヴィアは横倒しになった『槍』の真下に回り込みながら、

『そんな馬鹿《ばか》デカい出力の電磁石、どうやって動かしているんだ？　バッテリー式だとしたらよっぽど巨大なものになっちまうぜ』

『多分、内蔵電力じゃないよ』

『まさか、海中ケーブルでオブジェクトと繋《つな》がっていると？』

『そうでもないと思います。答えはこれだ』

クウェンサーはやはり『槍《やり》』の上部にある別のユニットを指差した。

直径わずか二〇センチほどの、絵皿のような形をしたものだ。

『無線送電。より正確にはマイクロ波送電技術です』

『マイクロ……あっ⁉　まさか‼』

17

インド洋の海上、『ベイビーマグナム』のコックピット内部では、お姫様は混乱に襲《おそ》われていた。

頼みの綱《つな》の主砲《しゅほう》は全く当たらない、『人工的な三体問題』とやらの解決策は見えない、挙げ句に今度は鹵獲《ろかく》していたはずの『コレクティブファーミング』が識別コードも放たずに支援砲《しえんほう》撃《げき》をしてくる始末。

ただ、極限の状況下でもお姫様は自分の仕事を忘れなかった。

彼女は少しでも絡まった糸をほどくため、無数に開いたウィンドウの一つを睨《にら》みつけていた。

単なるレーダー走査用にしては、あまりにも出力が高過ぎるマイクロ波のせいで満足に情報収集ができない状態だが、それでも、断片的なデータの寄せ集めだけで状況の推測はできる。

「……、」

まるで公開処刑のため、広場に引っ立てられた罪人の気分だった。

それくらい、忌々《いまいま》しい視線が集中するのをお姫様は感じていた。

そんな錯覚《さっかく》を感じる原因は、

(……おかしいとはおもっていた)

辺り一面の海へ、ガトリング式の射出機で大量にばらまかれた『槍《やり》』の群れ。その側面に取り付けられていた皿のようなものが、ゆっくりと首を振っていた。

一点に集束するように。

『オリエンタルマジック』の動きを正確に追い駆《か》け、何かを受け取るように。

(たんなるレーダー用にしては出力がケタ外れすぎる。あくしゅみなさつじんマイクロウェーブともおもっていたけど、それもちがう。これの正体は……)

「マイクロウェーブそうでん……。この『やり』、全てオブジェクトのどうりょくろからエネルギーをうけとって、それをばくだいなじりょくにへんかんしていたっていうの⁉」

18

『そうだへイヴィア。例の殺人レーダー。……どうにも無駄《むだ》に大仰《おおぎょう》な仕掛けだから、気になってはいたんだ。だって入り組んだ塹壕《ざんごう》だの密林の中だのならともかく、だだっ広い海上で人間を殺すのにそんな装備がいるか？　船を見つけて普通の砲《ほう》で吹っ飛ばすだけで良い。何だったら二〇万トンの巨体で体当たりするだけでも殺戮《さつりく》はできる。だとすると、何か別の理由があるって考えた方が妥当だろ？　索敵《さくてき》とか対人用なんていうのは、本当の目的を隠すための化学調味料みたいなブラフだったんだ』

『それが、広範囲《こうはんい》に及ぶマイクロ波送電技術か』

ミリアは吐《は》き捨てるように言う。

彼女は絵皿のようなパーツの縁《ふち》を指先で摘《つま》む。まるでひまわりのように、首が動くようになっていた。

『一般に、オブジェクト級の砲をあちこちに別途配備して動力炉《ろ》の電力を借りる方法は、あまり意味がないとされている。レールガンやコイルガンでは発射時の衝撃波《しょうげきは》、レーザービームや下位安定式プラズマ砲では輻射熱《ふくしゃねつ》で自らを破壊してしまうからだ。かと言って、それらに耐えられるように重装甲化を繰り返せば戦車も爆撃機《ばくげきき》も自重で潰《つぶ》れてしまう』

『だけど、こいつには関係ない。指向性の高い磁力を放射するだけだから反動も輻射熱《ふくしゃねつ》もありませんからね。おまけに材料は元々動力炉や砲身を保護するための技術を流用しているだけだから、相性だって悪くない』

『そういえばよ』

と、ヘイヴィアはまたもや疑問を投げかける。

『この「槍」、三体問題とかいう数式の解析を防ぐため、乱数制御でオンオフを繰り返してんだろ。でもこれだけのマイクロ波の中じゃまともな通信ができねえんじゃねえのかよ？』

『ヘイヴィア、磁力を使った疑似三体問題の中で、唯一貫ける《ゆいいつつらぬ》主砲《しゅほう》は何だった？』

『レーザービーム……ああ、そういう事か』

『見ろよ、赤外線の照射装置がある。こいつを使っているんだろうな。レーザー通信は電波より扱いづらい面もあるけど、「槍《やり》」はそこらじゅうにある。きっと蜘蛛《くも》の巣みたいに網《あみ》を張っているはずだ』

言いながら、クウェンサーはゴム系の接着剤を赤外線照射装置のレンズへ塗りたくった。

これでもう不意に電磁石《でんじしゃく》が起動して彼らを呑《の》み込む事はない。

『そんな事なら、俺らもレーザー通信の装備を持ってくるべきだったな。それで上にいるお姫様だのプタナだのと連携《れんけい》が取れたのに』

『海中と海上じゃレーザー通信はほとんど無理だよ、間にある海面で大きく屈折するだろうし。水槽《すいそう》へ斜めに光を落とす実験とかやらなかった？』

言いながら、クウェンサーは頭の中で一つ一つ条件を確認していく。

『浮き、電磁石、無線送電、レーザー通信……。段々とピースが見えてきたな。必須項目さえ分かれば、後はそれを潰《つぶ》す事で妨害できる。問題は「槍」の数……か』

『具体的な方法が？』

ミリアの質問に、クウェンサーはこう答えた。

『ええ、移動しながら説明します。でもあくまで仮説だ、行き詰まった時のために、諜報部《ちょうほう》門の人達には引き続きこいつを調べてもらっても構いませんか？』

『ああ、それが良い。だが移動というのはどこへ？』

『洋上艦隊《かんたい》。ばらまかれた「槍」を一斉《いっせい》に潰すためには準備が必要です。材料は向こうからもらいましょう』

『おいクウェンサー、そんなに都合良くポンポン落ちてるもんなのか？　ゾンビゲームの弾薬《だんやく》ケースじゃねえんだぞ』

『大丈夫だ、俺達はもうそいつをこの目で見ているんだよ』

『？』

クウェンサー達は仲間の諜報部門にこの場を任せ、一度洋上艦隊目指して引き返す。

しかし状況は一変していた。

まだ海面に出る前から、すでに小型空母の全貌《ぜんぼう》が見える。

理由は単純、今まさに浸水して沈みそうになっているからだ。

『くそっ‼　結局押し返せなかったのかよ‼』

ヘイヴィアが慌《あわ》てたように無線機を操作すると、雑音混じりの声でフローレイティアから返信があった。

『ザザザ、我々は損害の大きな、艦を捨てて隣《となり》に、ジジ、移っただけよ。呑気《のんき》に、ザザ、勝利宣言をして艦内を、ザザザ、うろついていたパワードスーツ、どもを燃料パイプの、ジジジ、誘爆《ゆうばく》で吹き飛ばしながらね。概《おおむ》ね、ザザ、問題はない、それより、ザザザ、引き返してきたのは何故《なぜ》だ？　ジジジ、何か必要なものでも、ザザ、出てきたの？』

沈みつつある空母の近くまでやってきていたクウェンサーは、海中を漂《ただよ》っていた木箱やドラム缶などを摑《つか》んでいく。

『電動のポンプに、メートル単位のチューブ、空気を溜《た》め込む袋、後は帯電コート剤の粉末……ここにあるものだけで何とかなりそうです』

必要なものを手に入れると、クウェンサー達は再び現場へととんぼ返りしていく。

その間に、彼は頭の中で固めていた作戦内容をヘイヴィア達に説明していく。

話を聞いた二人は海中で静かに笑っていた。

『なるほどな。ユニークなアイデアだ』

『ったく、名探偵じゃねえんだ。さっさとそれを教えてくれりゃあこっちも不安になる事ねえのによ』

現場へ戻ると、荷物を受け取った諜報《ちょうほう》部門の兵士達はミリアの指示で交戦区域の方々へと散っていった。

彼らが所定の位置につくまで待つ。

そんな折だった。

『こんなはずじゃなかった……』

『……？』

知らない声だった。そもそも使っている帯域も違う。『正統王国』から放たれているものではない。かと言って、海上の『オリエンタルマジック』からでもないだろう。殺人レーダー、いいや無線送電に使われる高出力マイクロ波のせいで海上からの通信はほぼ全て届かない状態にあるのだから。

だとすると。

他には。

『こんなはずじゃなかった』

『……ナタラージャか……？』

クウェンサーが呟《つぶや》くと、ヘイヴィアやミリアの視線も険しくなった。

ナタラージャの位置を探るための絶好の機会かもしれないが、こちらには機材がない。そして洋上艦隊《かんたい》やオブジェクトとは連携《れんけい》が取れない。

知ってか知らずか。

そもそも、相手はリスクの計算などしているのか。

『君が誰かは知らない。だけどどうして僕達の邪魔《じゃま》をする。僕達は、別に世界征服《せいふく》がしたい訳でも、既存の文明を壊したい訳でもない。そう、生まれ変わりたかった。コールドスリープを使って一度心臓を止め、息を吹き返す事で脱皮する。この星も同じさ。僕達はナタラージャとやり直す。それだけだったのに』

『そのわがままのために、何をどこまで勝手に無駄遣《むだづか》いした？　世界時計の針をどれだけ勝手に動かした？　中には人の命だって入っていたはずだ。邪魔者を消す意味でも、アンタ達が誘って使い捨てた地上組についても。……ここではないどこか、なんて訳の分からないものを求めるのは自由だけど、そのために傷つけた分についてはケリをつけさせてもらうぞ』

『なあ、こんな世界がいつまで続くと思う？』

声は、嘲笑《あざわら》うように言った。

『答えは続かない、もう終わっている、だ。不思議な話だろう、だが事実なんだよ。世界時計？　そんなもの、僕達が生まれる前には針が振り切ってるよ。国連が崩壊《ほうかい》し、世界地図がステンドグラスみたいに叩《たた》き割られた段階で、もう世界なんか終わっていた。もう心臓は止まっていて、血管の中を流れる血液が惰性《だせい》で動いている。それが今の時代だ。長期宇宙旅行計画？　あれは「資本企業」のプロパガンダ。飛べない船を砂漠に造ってハッタリを見せるのが精一杯。星を食い物にしたお偉方《えらがた》は、結局遠い宇宙に逃げる事もできなかった。だから本当に誰も助からないよ。後は、それをいつ思い出すか、でしかないんだ。もう死んでいるんだよ、生まれ変わるしかないんだこの星は。分かるか少年？』

『……、』

『「信心組織」「正統王国」「情報同盟」「資本企業」……一見強固に見える新しい枠組《わくぐ》みだって、

どれもこれも矛盾《むじゅん》とエラーを覆《おお》い隠すのに必死じゃないか。例えば「信心組織」、ありとあらゆる宗教の混成組織。そんなもの、成立するはずがないだろう。自分達以外は認めない、あるいは認めはするが自分達が一番てっぺん。そんな宗派ばかりでは集まってもいがみ合うだけだ。だから全員の足並みを揃《そろ》えるための共通の敵を常に求め続け、それが見つからなければ内側から魔女を捜《さが》して火炙《ひあぶ》りにする。ロストエンゼルスだって分かりやすい魔女の森、叩きやすい内《ない》憂《ゆう》を安定確保するための養殖場の一つでしかない。言っておくが、こんなのはほんの一例に過ぎないぞ』

『……、』

『僕達の推測では、惑星の麻酔《ますい》なんて二〇〇年も保てば良い方だと思うよ。三〇〇年は絶対に保たない。だからさ、世界征服なんて考えるだけ無駄《むだ》なんだ。燃料と資源を一斉《いっせい》に失えば、人はもう戦争さえできない。オブジェクトも機体整備には既存《きぞん》のエネルギーに頼っているし。必死にかき集めた水や食料は端《はし》から腐って、爆発的に増殖した腐生菌《ふせいきん》は衣類や家屋、森や山にまで手を伸ばす。街も国も大陸も一挙に腐敗する。単一の腐生菌が世界を埋め尽《つ》くした後、その腐生菌も一つの原因で簡単に全滅。でもこの終わりは、元々君達が用意したものだった。僕達は来るべき未来を見せたに過ぎない。……それだけなのに、どうして君達はそんなにも喰らいついてくる？　この破滅《はめつ》は、君達が勝手に作ったもののはずなのに』

『……、』

『その後に待つのは腐る事もできずパサパサに風化したゴミの山が、雨や霧《きり》を吸って粘性を得たヘドロの世界か。そのままじゃ動植物はもちろん雑菌さえ繁殖不可能。陽の光を塞《ふさ》がれ、雨や空気の供給を断たれた地中も急速に衰退する。まあヘドロは乾燥すれば新たな燃料になるかもしれないが、それはそれで面白《おもしろ》い。何しろ街、国、大陸を覆《おお》う固形燃料の山だ。摩擦《まさつ》や静電気、何かの拍子で小さな火が点《つ》いただけで大陸が燃える。山火事の延焼速度は大体時速五〇キロ辺りだけど、こちらはもっと早い。まるで地を埋める獣の群れのように人を喰らうだろうね』

どうしようもなくなった世界。

戦争が当たり前になった時代。

人口だけは爆発し、口先ばかりで誰も本気で節約なんて考えず、食料は貪るばかりで、贅沢《ぜいたく》のために森は消えて、資源は底を尽きかけて、戦争以外の技術開発は放ったらかしで、何もかも目を逸《そ》らすように戦いに没頭《ぼっとう》する。勝っても負けても誰かが救われる訳でもないのに、まるで脳内物質をじゃぶじゃぶ吐《は》き出すためだけに勝利の妄執《もうしゅう》に取りつかれる軍人に、与えられる情報を鵜呑《うの》みにして『俺はちゃんと考えている』と他者を馬鹿《ばか》にする民衆。

そんなもので溢《あふ》れ返ってしまった惑星。

世界時計の針が最後まで進んでしまった『後』の時代。

だから、全部リセットする。

時計の針を戻す。

それも大虐殺《だいぎゃくさつ》なんて野蛮《やばん》な方法は使わない。燃料や資源を奪って干上がらせるに留まらない。人の手で御しきれないほど膨大な固形燃料で世界を埋め尽《つ》くし、地表を舐《な》める火が大陸の端《はし》までも逃げる人を追う。一滴もないから死ぬのではない。いっそ溺《おぼ》れさせて殺す、恐るべき意趣返し。

その意義を考え。

『こんな時代』と天秤《てんびん》にかけて。

クウェンサー＝バーボタージュはこう答えた。

『いい加減にしろよクソガキ。お前の妄想《もうそう》小話なんかどうだって良いんだよ』

無線機の向こうから、呼吸が詰まるような音が聞こえてきた。

クウェンサーの声に対して、ではないだろう。

そう、顔を見た事もない相手を『クソガキ』と看破《かんぱ》していたのだ。

さらに彼は言う。

『中学生……いや、それ以前だな。口調だけは偉《えら》そうにして、間に機械でも挟《はさ》んでいるのかもしれないけど、アンタの正体は一〇歳そこらだ。これくらい、アンタ達の大仰《おおぎょう》な計画とやらを聞いていればすぐ分かる。こんなガキがリーダーって事は大人の天才も使い捨てか？』

『な、なんっ』

『ここではないどこか。そもそもこんなものを求めるのは？　世界は汚《きたな》い、大人は醜《みにく》い、そう言っておきながら自分の代で解決する努力もなく逃げ出そうとするのは？　コールドスリープだの「人工惑星」だの地球脱出だの、実際に取り出した手段は大仰でも、アンタ達の根底にあるのはトコトン責任放棄を追求した「子供の理論」だ。自分では手を下さなくても勝手に死んでいく、なんていうのも、結局は「いつか誰かが思い通りに夢を叶《かな》えてくれる」って事なんだろう。……あまり世の中を馬鹿《ばか》にするなよ、クソガキ。自分が子供なら何をやっても許される、なんていうのも「子供の理論」でしかないんだ』

吐《は》き捨てるように、クウェンサーは言った。

『良いか、「子供のやる事」が許されているように見えるのは、結局、アンタの見ていない所で別の誰かがそれを被《かぶ》っているからだ。親とか先生とか、アンタの嫌いな誰かさんがな。だからアンタの特権は無限に使える訳じゃない。大人の力でも肩代わりできなくなった時、そいつは本来通りアンタに向かって雪崩《なだ》れ込む。……一言で言おう、やり過ぎだよ。そのツケはここで払ってもらうぞ』

『ふざけるなよ……』

と、一段低くなった声で、誰かは呟《つぶや》いた。

どろりとした粘液《ねんえき》のような言葉は、機械を通さなければどんな風に響《ひび》いたのだろう。

『見えない所で肩代わりしていた？　あんな連中が!?　ふざけるな!!　僕達を取り巻く環境がどんなものだったか、何も知らないくせに!!』

『だからどうした』

『ロストエンゼルスを見てきただろう。だがあんなものは、所詮《しょせん》「信心組織」がプロパガンダで作り出したモデルルームの犯罪都市でしかない。信仰《しんこう》が失われると人はどうなるか、っていう分かりやすい都合の良い結果を捏造《ねつぞう》するためのもの。本物は、あんなものじゃない。本当の悪意がどんなのものか、君は氷山の一角すら見えていない!!』

『それが何だって言うんだ』

確かに、『才能売買』の話を聞くだけで、ナタラージャに関わった天才達が普段どれだけ醜い利権に振り回され、ニヤニヤ笑いの大人達に付きまとわれているかは想像を絶する。しかもあんなものは一端《いったん》ですらないのだろう。

だが。

それでも。

『お前の都合が、無条件で他人の都合を踏み倒して文句も言わせないなんて考えている時点で、お前はただのクソガキだよ。木の棒振り回す程度なら誰かが泥を被《かぶ》れば済んだものを、ここまでやるからもう誰もお前を庇《かば》えなくなった。こんなのは、ただの自業自得だ』

『だから……』

ぎちり、と。

一体何があったのか、無線機の向こうから奇怪《きかい》な音が響《ひび》き渡った。

『そんな都合の良いものが、この世のどこにあるっていうんだッッッ!!!?!??』

『それが見えないから、お前はどうしようもないクソガキなんだ』

地球脱出。

ここではないどこか。

醜《みにく》い大人達が一人もいない、自分達を最年長としたセカイ。

『泣いても許さない』

冷淡にクウェンサーは言う。

『お前の人生に、チャンスなんて残さない』

ナタラージャの計画には、実際に『人工惑星』に乗って次の地球を目指す冷凍組と、地上で戦って星の存在を隠し通す地上組の二つに分かれると予測されていた。

そして自らの死をも許容した地上組の根底にあるのは罪悪感ではないか、と。

子供達が描いた夢と。

そんな夢があまりにも眩《まぶ》しくて、自分の矮小《わいしょう》さを呪《のろ》うようになった大人達。

きっと、それが全ての内訳だ。

『敵』と規定した醜い上層部だけではない。自分達の枠《わく》に収まらない存在は全て醜いものとして平気な顔で排除《はいじょ》する。それが同じ境遇にいた『大人』の天才でも。蹴落《けお》として、当然の報いだと笑ってみせる。これはそんな幼稚《ようち》な独裁者が生み出した戦争だ。

改めて、クウェンサーは理解する。

戦場のど真ん中で。私の手は汚れていないからクリーンですなんて謳《うた》いやがった全ての黒幕に向けて、彼は容赦《ようしゃ》なく現実を突き付ける。

『全部ぶっ壊すぞ。お星様の夢を見たいなら枕《まくら》でも抱えていやがれ、コールドスリーパー』

19

ぼこんっ！　とくぐもった破裂音《はれつおん》が響いていた。

実際に海上では耳をつんざくような音が炸裂《さくれつ》していたのかもしれないが、海中にいるクウェンサー達からすればそんなものだった。

『クソガキ相手に大見得を切ったのは良いけどよ、こんなので本当に何とかなんのかよ⁉』

『さっき説明をしただろう』

言いながら、クウェンサーは持っている物から手を離す。

それは、パンパンに空気を詰《つ》めたビニール袋だ。

バッテリー式の電動ポンプはミリアが操作していた。接続されたチューブは上へ上へと伸びていて、シュノーケルのように海上へ飛び出しているはずだ。

真ん丸に膨《ふく》らんだ袋はヘリウムを詰めた風船のように、次々と海上を目指していく。

それは空気にさらされると同時に莫大《ばくだい》なマイクロ波に焼かれ、勢い良く破裂《はれつ》していく。

同じ事が、諜報《ちょうほう》部門の手を借りてあちこちで行われているはずだった。

『部下からの報告だ。規定数はばらまいたと！』

『じゃあ後は手順通りに!!』

言いながら、クウェンサーは小型潜水艇《せんすいてい》を操った。後部にくくりつけたワイヤーの反対側には、ゴム系の接着剤で海面近くを漂《ただよ》う『槍《やり》』に繋《つな》がっている。

クウェンサー、ヘイヴィア、ミリアの三人はそれぞれバラバラの場所へとかっ飛んでいく。

ワイヤーを使って『槍』を引きずり回す。

『何をやっても無駄な事だ……』

無線機からは、相変わらず正体不明の声が聞こえていた。

ナタラージャに搭乗している黒幕だ。

『洋上展開している第二世代「カーリー」は死なない。いい加減に三体問題くらいは気づいただろう。あれと光学屈折《こうがくくっせつ》技術を組み合わせれば、あらゆる主砲《しゅほう》の弾道計算は無効化される。「カーリー」が場を乱し続ける限り、僕達は自由自在に暗黒の海を泳ぐ事ができる!!』

『ハイその通りですとでも答えてほしかったか？　カスタマーセンターじゃないんだ、お前を安心させるような言葉なんか吐《は》き出す訳がないだろう』

『僕達は負けない‼』

『お前が言うほど、三体問題っていうのは完璧《かんぺき》な防護システムでもない』

クウェンサーが言葉を放った直後だった。

ゴンッッッ‼‼‼　と。

凄《すさ》まじい爆音《ばくおん》と共に、『オリエンタルマジック』の球体状本体が大きく抉《えぐ》り取られる。

『クウェンサー！　「潜望鏡《せんぼうきょう》」から報告があったぜ。お姫様の下位安定式《かいあんていしき》プラズマ砲《ほう》が「オリエンタルマジック」にクリーンヒットだとよ！　あと二、三発も当てりゃあヤツは沈む‼』

『だとさ。どう思う？』

『……ば、かな……⁉　計算が合わない……。いいや、答えが出ないよう三体問題が組み込まれているはずなのに、どうして答えが出た‼』

『制限三体問題っていうんだよ』

クウェンサーは笑う。

『三つ以上の天体が互いに引力で引っ張り合う影響《えいきょう》を正確に演算する事はできない。これが三体問題だ。だけど、一部の例外的な条件ではその限りでもない。例えば同一の引力を持つ三つの天体が正三角形の各頂点に布陣《ふじん》されていたり、一直線に並んでいたりする場合だ。こいつが制限三体問題。これなら大仰《おおぎょう》なスパコンなんていらない。簡単な数式で答えを出して、一発で砲弾《ほうだん》をぶち込める』

『……そんなのは問題じゃない。君達は、制限三体問題に合致するまで延々と運任せで待ち続けたっていうのか？』

『そうでもない。例えば潜水艇《せんすいてい》と「槍《やり》」をワイヤーで繋《つな》げて引きずり回せば良い。正三角形や一直線になるように、一つ一つの「槍」の位置を調整していけば確率だって上がってくる』

『そうじゃない!!　どの「槍」がオンオフされるかは乱数処理でランダムに決定されていたはずだ。たとえ正三角形や一直線になるように「槍」を配置したところで、実際にその三本が使われるとは限らない!!』

『もちろん』

クウェンサーはあっさりと認めた。

だがその上で、

『だけどもぐら叩《たた》きの乱数処理計算なんて、三体問題に比べればずっと簡単に解析《かいせき》できる。俺達はただ「槍」に番号を割り振って、その位置を上のお姫様やプタナに伝えれば良い。後は全部、操縦士エリート様の天才頭脳に丸投げさ』

『上との通信は……無線送電のマイクロ波で使い物にならないはず……』

そこまで呟《つぶや》いてから、声の主は何かに気づいたようだった。

『そうか、さっきの破裂音《はれつおん》……。海上へ何かを送っていたな!! あの破裂の有無が、〇と一の単純な信号を作っていたんだ!!』

学生は質問に答えなかった。

代わりに彼はこう言った。

『「オリエンタルマジック」さえ機能を止めれば、インド洋の索敵《さくてき》能力も元に戻る。一万メートルもの巨体が動けばすぐに分かる。チェックメイトだぞ、クソガキ』

『……それはどうかな』

ゆっくりと息を吐《は》くように、黒幕の誰かは言った。

『たとえ三体問題の防壁を無力化されたとしても、それで「オリエンタルマジック」そのものが撃破《げきは》された訳ではない。まだ勝負は決まっていないんだ』

『二対一だぞ』

『だが片方は長期にわたる連続回避《かいひ》挙動で消耗している。そこを狙《ねら》えば良い』

『お姫様がそんなにやわに見えるのか』

『いいや』

と、黒幕はそう言った。

『考えなしの甘ったれなら味方を守ろうとする。だからピンピンしている方が早死にするさ』

ザボンッッッ!!!!!! と、遠く離れた場所で莫大《ばくだい》な気泡《きほう》の柱が生じた。まるで白い大瀑布《だいばくふ》のようなものの正体は、全長五〇メートル以上の巨体が下へ下へと沈《しず》められていくものだ。

水中では数百メートルも離れれば何も見えなくなってしまうはずなのに、それでもクウェンサーの目には明確に海中へ没していく怪物兵器が映っていた。相手がそれだけ大きいのだ。

お姫様ではない。

単純な戦略兵器の他に、特徴的なロードローラーやカルティベーターなどを装着させたあの機体は……、

『プタナ!!』

どうにもならない。

手を伸ばしても届かない。届いたとしても、二〇万トンもの巨重を二本の腕で支える事などできない。

クウェンサーの見ている前で、褐色《かっしょく》の少女を閉じ込めたまま鋼《はがね》の塊《かたまり》が暗い暗い海の底へとひたすら沈み込んでいく。

『ははははっ!! 上手《うま》くやったようだな、これで一対一だ、まだ勝負は分からない! まし

て君の方のエリートは消耗しているんだろう⁉』

『……、』

　人を戦場に立たせれば。

　オブジェクトの前へ送り出せば。

　こういう結果に結びつくかもしれない事くらい、分かっていたはずだ。

　だが、

『ぶっ殺してやる、このクソガキがァっっっ‼‼‼』

『どうやって⁉　頼みの綱《つな》のオブジェクトはあてにならない、それともマイクロ波の渦《うず》の中に体をさらして生身で「カーリー」にでも向かっていくのか⁉』

『……そうじゃない』

　ギリギリと奥歯を噛《か》み締《し》めながら、クウェンサーは泥のような言葉を吐《は》き出した。

『もう仕込みは終わっているんだよ、クソガキ』


　は……？　と。

　黒幕からの声が途切れた直後だった。

『クウェンサー、「潜望鏡《せんぼうきょう》」からの報告だ！　電気集塵《しゅうじん》の効果を確認、「槍《やり》」の表面はびっしり埋まってやがるぜ‼』

『ミリアだ。同じく報告があった。無秩序《むちつじょ》に撒《ま》き散らされるマイクロ波の方向性に変化が生じているらしい。計画は成功だ』

割り込みがあった。

ナタラージャの黒幕だ。

『な、にが……？　今さら一体何をした？』

『電気集塵』

クウェンサーはそう呟《つぶや》く。

『ダクトを流れる空気から埃《ほこり》を取り除いたり、逆に金属板なんかに粉末状の塗料《とりょう》を吹き付けるために使う技術さ。こいつは主に静電気と帯電粒子を利用したものだが、そろそろ何の事かは分かってきたか？』

『……まさか』

『小型空母には耐火《たいか》コート用の帯電粉末塗料が腐《くさ》るほどあった。おそらく溶鉱炉《ようこうろ》にも使われる壁材《へきざい》を砕《くだ》いて粉末状にしたものだろうけど、それがあれば十分だ』

『まさか、海上に送っていた「何か」は、オブジェクトに対する原始的な信号だけでなく、粉末塗料を海上一面へ撒き散らすために……⁉』

『電気集塵によって、空気中を漂《ただよ》う粉末塗料は「槍」に向かう。より正確には、受電用の円盤《えんばん》アンテナに向かって、びっしりと埋め尽《つ》くすように』

じりじりと。

焼け付くような答え合わせが進む。

『そいつはマイクロ波を吸収してエネルギーに変えるはずの円盤アンテナを、逆にマイクロ波を弾《はじ》き返す電磁波鏡へと変貌《へんぼう》させる。そして愉快な事に、円盤アンテナは効率良くマイクロ波を受け取るため、ひまわりみたいに首の向きを変える機能があった。……平たく言えば、全ての円盤アンテナは常に「オリエンタルマジック」を追い駆《か》けるように設定されているんだ』

『まずい、そういう事か⁉』

黒幕が何かに気づいたようだが、もう遅い。

そもそも、海底のナタラージャと海上の『オリエンタルマジック』を直通で繋《つな》ぐ回線は機能していないはずだ。ご自慢のマイクロ波のせいで。

だから。

何もかもが間に合わなかった。

『なあ、おい。オブジェクトが全力で撒《ま》いたマイクロ波を全部集めて一点に突《つ》き返したとしたら、何が起こると思う？　半径三〇キロの生物に悪影響《あくえいきよう》を及ぼし、一〇キロ以内なら皆殺しにするような膨大《ぼうだい》な電磁波だ。そのエネルギーは並の主砲《しゆほう》を超えているんじゃないのか』

カッッッ!!!!!!と。

凄《すさ》まじい閃光《せんこう》が迸《ほとばし》った。

電磁波の一種には可視光も含まれるが、いくらマイクロ波を集束させても目に見える波長に切り替わる事はないだろう。

あれは、自らが生み出した膨大なマイクロ波によって機体全体から火花を噴き出し、赤熱させられた『オリエンタルマジック』が溶《た》けていく光だ。

核にも耐えると謳《うた》われた超重装甲が、為《な》す術《すべ》もなく破壊されていく光だ。

何か膨大な質量が遠く離れた海中へと突っ込んできた。原形を失った流動体のそれは、プタナと同じく深い深い海の底へと沈んでいく。

同時に、通信がクリアになった。

海上で唯一《ゆいいつ》残った『ベイビーマグナム』から、お姫様の声が飛んでくる。

『……おわったよ。あとでけいいをせつめいしてほしいけど』

『オッケー、お姫様の部屋で朝まで語り尽《つ》くしても良いのなら』

気軽に言いながら、クウェンサーは海の底を睨《にら》みつけた。

肉眼では見通す事のできない深い闇《やみ》。

その奥へと、吐《は》き捨てるように呟《つぶや》く。

『これで、お前を守る大人はいなくなったぞ』

『あ、あ』

『だからもう、お前の夢は誰も守ってくれない。お前が次に目を覚ますのは、手前勝手に思い描いた理想郷じゃない。ありふれた邪悪と理不尽《りふじん》が蔓延《はびこ》る、世界時計の針が最後まで振り切った、いつもの朝がいつものように始まるだけさ』

『あああああああああああああ!!　ああ!!』

20

Real_time_log.
Network_system_from_“shuttle_NATARAJA”.

『こんなはずじゃなかった！　こんなはずじゃなかった!!』

『喚《わめ》くな』

『今すぐナタラージャを動かすんだ！　この危険なインド洋から離れれば!!』

『「カーリー」がやられた以上、電磁波《でんじは》的な海上封鎖《ふうさ》を維持できない。一万メートルの巨体を動かせば、水を掻《か》く音をすぐにでも察知される。留まるしかない』

『こんなはずじゃなかったんだ!!　そ、そうだ。座して待つくらいなら、もうナタラージャが駄目《だめ》だというのなら、今すぐにでも脱出を……!!』

『できると思うのか。コールドスリープの準備作業に入ったら、プロセスが完了するまではもう出られない。半端《はんぱ》に作業を切り上げれば全身の細胞《さいぼう》を破裂《はれつ》させる事になるぞ』

『うるさいっ!!』

『……？』

『とにかく時間を稼げば良い、ナタラージャの存在が露見《ろけん》しても構わない、「大人達」とコンタクトを取ってお前も乗せてやると誘いを掛けて、軍人同士で足を引っ張らせれば、その混乱の内に別の海へと退避《たいひ》させられる、だから大丈夫、大人なんて最後の最後で切り捨てれば良い、このナタラージャに乗っても良いのは僕達だけだ、僕達だけなんだ……』

ザザーッッッ‼

ざざざざざざざざざざざっ！　ザザザ‼　ざざざざざざざざっざざ‼

ざりざりざりざりザリザリザリザリ‼

『なんっ、だ、今のは⁉』

『ソフトウェアではない、ハードウェアのトラブルだ。何か高い負荷が……嘘《うそ》だろう……』

『どうした⁉　こんなはずじゃあ……』

『何か、凄《すさ》まじく巨大な質量がナタラージャの上へ覆《おお》い被《かぶ》さっている……！　推定質量は二〇万トン‼　これは……⁉』

Caution.
This_connect_is_irregular_pass.

【ようやくたどりついた。オブジェクトを丸々1きのっけてやれば、もうどこにも『くもがくれ』はできないでしょう？　ぜんちょう10キロの巨体だからって、20万トンのいんせきをうけてぶじでいられるとはかぎらないのだし。1てんに力が加わるハイヒール系だとなかなかキツいでしょう？】

『誰だ……こいつ……⁉　高出力の電波で宇宙線用のシールドを強引にぶち破って、外から船内無線ネットワークへ割り込んできただと⁉』

『外⁉　そんな訳があるか、どれだけの水圧にさらされていると思っているんだ‼』

【あなたたちが沈《しず》めたオブジェクトよ。『サラスバティ』とでも言えば分かるかな。ハァ、ようやくかたくるしいけいごからかいほうされて気分が良い。ぐんたいってつかれるもの】

『沈められた後……そのまま「ここ」まで落ちてきたのか⁉』

【わたしもやっぱりエリートなのか、やられっぱなしはしょうに合わないの】

『なんだ、これ』

【だから、あなたたちが1ばんいやがることをしてやる】

ザリザリザリ!!
ガリガリガリガリガリガリガリガリガリ!!
ざりざりざりざざざざざざ!!

『何だこれ!? ここから海上に向けて、強大なレーザービームが照射されているぞ!!』

【これで、『正統王国』はあなたたちのいばしょを知った。そしてあなたたちはこうしておさえつけられているかぎり、もうどこにもにげられない】

『こ、こんなはずじゃ……』

【だからお互い、いつまでもまつとしようか。きょくげんの水圧の中で、きっと助けにきてくれるだれかさんを】

『こんなはずじゃなかったんだァァあああああああああああああ‼』

終章

クウェンサーは洋上艦隊《かんたい》を構成する一つ、補給艦の甲板に立っていた。

金属製の手すりに体を預け、キラキラと輝く青い海を眺めている。

「とんでもない話だったよな」

少年の言葉に重なるように、クレーンの動く音が響《ひび》き渡った。

真下の海面には小さめの潜水艦《せんすいかん》がぷかぷか浮かんでおり、補給艦から伸びた太いチューブをくっつけている。水や燃料の補給を受けているのではない。逆に、潜水艦が溜《た》め込んだ燃料を吸い出しているのだ。

いいや、それも正しくはないか。

より厳密には、海底二〇〇〇メートルに沈められているナタラージャの横っ腹から奪《うば》ってきた燃料を、とでも呼ぶべきか。

「プタナのヤツ、海に沈められた後も主砲《しゆほう》だのロードローラーだの振り回して落下地点を選んでいたんだと。それでナタラージャの真上へドスンだぞ。操縦士エリートってのはどいつもこいつも恐ろしい。考える事のスケールが違うんだな、きっと」

と、話を聞いているのは彼の隣《となり》に立っているお姫様だ。

彼女はコックピットの備蓄から持ってきたのか、パンくずを海鳥へ与えながら答える。

「クウェンサーはとうそうしんが足りない」

「え、あ？　お姫様もそっちサイドなの⁉」

ナタラージャが詰《つ》め込んでいた『資源』は、『正統王国』『情報同盟』『資本企業』『信心組織』へそれぞれ返還される運びとなった。

化石燃料といった分かりやすいものから、ナタラージャを形作る構造体そのものもいずれ分解され、溶かして分離し、各々の持ち主の下へと返されるのだろう。作業がいつ終わるかは想像もつかない。冗談抜《じょうだんぬ》きに、まるで世界最大規模の海底鉱山が新しくできたようなものだ。

あるいは、反旗を翻《ひるがえ》した天才少年達でさえ。

「あのクソガキども、世界はもう終わっているって言っていたよ。世界時計の針は、俺達が生まれてくるより前に振り切っていたとか」

「……、」

「後はそれにいつ気づくかってだけなんだって。連中の予想じゃ、二〇〇年もしない内に俺達人類は自分が死んだ事を思い出すんだとさ」

問題なんて山積みだ。

一つ一つがムチャクチャに絡まっていて、解《ほど》く事さえ難しそう。

しかも一つを解決している間に、四つも五つも新しい問題が浮上してくるカオスっぷり。

だが、お姫様は感情の読めない瞳でこう答えた。

「だから何？」

「だよな。それが正しいリアクションだ」

潔癖症《けっぺきしょう》の人間は、往々にして自分自身の寝癖《ねぐせ》には気づいていないものだ。

たとえ彼らが人類滅亡《めつぼう》後の地球へ浮上して焼けた大陸を自前の植物や微生物でテラフォーミングしても、きっと彼らが思い描いた理想郷なんて完成しなかっただろう。

同じような社会ができて、ただその中で多少ポジションに違いが生まれるくらいだ。

例えば、今。

日頃から角を突き合わせて戦争やっているくせに、全員共通の利害が発生した時だけ顔に作り笑いを張り付けて協調路線を謳《うた》う世界的勢力の面々のように。

彼らも昔は子供であって。

彼らも今は大人になった。

それだけの話。

「……わたしは、せかいは２００年ではおわらないとおもう」

「？」

「ただし、200年たったあとのせかいは、わたしたちにはそうぞうもつかないものにかわってしまっているとはおもうけど」

「まあーね。人間が勝手に諦《あきら》めて勝手に滅《ほろ》びる程度の生き物だったら、きっと世界ってヤツは『こんな』にはならなかっただろうし」

「言うほど、せかいっていうの分かってる？」

「分かる訳ない。だってこれから待っているんだろ、世界ってヤツは。オブジェクトの設計士になって、シャンパングラス片手に高層ビルの最上階から夜景を見下ろしてさ」

海の向こうでは別の世界的勢力の艦隊《かんたい》がやってきていて、同じように海底のナタラージャから資源を取り戻す作業を続けていた。

きっと取り戻した資源を使って、新しい戦争でも始めるのだろう。

あるいはそれを嫌って、帰路に就《つ》く輸送艦隊へ襲《おそ》いかかるオブジェクトでも出てくるか。

石油の予想埋蔵量が修正されたり新技術で消費量が削減《さくげん》されるたびに結構簡単に針が進んだり戻ったりする世界時計。今度は各地で消えた鉱脈の代わりに、海底に沈んだ超大型機を基《もと》に新しい残り時間が設定されていくんだろう。

そうやって、世界はこうしている今も少しずつ変わっていく。

一体誰が望んだのかも分からないほど複雑な道を経由して。

だから。

「せめて、その二〇〇年後が気持ち悪くならないように、今の俺達が頑張《がんば》るしかないんだよなあ……」

フローレイティア＝カピストラーノはノートパソコンのカメラを使って、遠く離れた『安全国』で待機している上官と話をしていた。

『君達はよくよく奇怪《きかい》な国際問題ばっかり掘《ほ》り当ててくるなあ……』

「そろそろ、あの連中と勤勉な兵士がいっしょくたにされていそうで恐ろしいのですが」

『しかし天才というのも考え物だな。嘘《うそ》つきは嫌い、負け犬は嫌い、乱暴者は嫌い、自己中は嫌い……。言うのは簡単だが、普通なら木の棒振り回す程度ではどうにもならない。世の中なんて変わらずに、自分達の方が河原の石のように角を取られて丸くなっていく。ところが彼らには、流れに抗うだけの力があった』

言うには言うが、上官は楽しそうでもある。

いいや、どんな状況であれそれを好転に結びつける発想の柔軟性《じゅうなんせい》がないと、『戦場に出ない軍人』はやっていけないのだろう。

『ま、でも同時にチャンスでもあった。今回のナタラージャの件で、使える天才と使えない天才、安全な天才と危険な天才を割り振る事ができたからね。「信心組織」辺りがたまに声を張り上げている「良い神」と「悪い神」みたいなものだ。何を奉じて何を封じるべきかが見えてきたのは、とても大きい』

「とはいえ、昨今の技術力競争を鑑《かんが》みれば首謀者《しゅぼうしゃ》達が処刑されるとも思えません。彼らは危険な存在ですが、同時にあれだけの事を実現できる頭脳を持っているのですから」

『だから悪魔ではなく悪い神なのさ。恐れはするが敬《うやま》う。もっとも、彼らにとっては救いではなく悲劇かもしれないが』

上官はサラリと言ってのける。

『「島国」なんぞじゃ手の付けられない怨霊《おんりょう》を神として祀《まつ》る風習があるみたいだけど、それと似たようなものだ。悪性《あくせい》には悪性を組み込む社《やしろ》を用意すれば良い。悪性の天才を利用するための仕組みは、きっとまともな人間には奇怪に映るものだろう。いっそ殺してくれと願うほどに』

「それを成《な》し遂《と》げるのは軍の仕事ではありません」

『ははっ、そういう事だ。自業自得と言えばそれまでだが、世の中っていうのはどこまでも残《ざん》酷《こく》にできている』

人間の歴史なんてもう終わっている。

二〇〇年もしない内にみんなそれを思い出し、後は勝手に滅《ほろ》びていく。

そんな風に思ってしまうほどの何かが、あったのだろう。

手前勝手な問題の解決のため、次々と醜《みにく》いデータを突き付けられ続けてきた天才達は、そんな結論を出すほどに地球という惑星を見限ったのだろう。

『……僕だってさ、時々は思うんだよ。こんな世界は、とっくに滅んでいるべきなんじゃないかって』

「……、」

『国連の崩壊《ほうかい》、なんて訳の分からない事が現実に起きてしまった時点で、潔《いさぎよ》く歴史の幕を下ろすべきだったんじゃないか。そこから先は全部惰性《だせい》で回っていて、明るい未来なんてものはどこにも残っていないんじゃないか。そんな風にさ』

「それでも続いてしまっているのが私達の歴史です。続いてしまった以上は勝手にさじを投げられない」

『ま、そうなんだよなあ。もう考えるの面倒だからやめましょう、ではそれこそ「子供の理論」でしかないんだしね』


整備兵の婆《ばあ》さんは、ノートサイズのタブレット端末《たんまつ》を操りながら『ベイビーマグナム』の損《そん》傷箇所《しょうかしょ》をチェックしていた。タマネギ装甲を張り替えるのは毎度の事だが、今回もダメージは決して低くない。

そして、そんな作業をしながら、彼女は傍《かたわ》らにいる褐色《かっしょく》の少女に向けてこう言った。

「あれで良かったのか？」

「何のことでしょう」

「儂《わし》は協力の見返りとして、『コレクティブファーミング』の動力炉《ろ》を起爆《きばく》する旨《むね》を提案した。しかし実際問題、お主《ぬし》はそれをやらなかったじゃろう」

質問に。

緑を基調としたナース服にも似た特殊スーツを纏《まと》う少女は肩をすくめた。

あの時、あの場面で、そういう選択肢《し》もあった。

脱出はできないから自分も巻き添えとなるが、それでも『サラスバティ』を起爆してしまえば、もうこれ以上『正統王国』側に技術解析される事はなくなる。

『サラスバティ』を供養してやる事ができる。

そして、ナタラージャにたらふく詰め込まれた盗難《とうなん》資源が『サラスバティ』の起爆に巻き込まれて失われてしまえば、『正統王国』『情報同盟』『資本企業』『信心組織』などの世界的勢力は組織としても体裁すら保てないまま、ただ絶望のままに朽《く》ち果てていったかもしれない。腐《ふ》生菌《せいきん》の絶滅から始まり、世界を覆《おお》うヘドロや固形燃料が生み出す炎が生き物のように各大陸を埋めるのを目《ま》の当たりにして。

それは、全てを奪った『正統王国』に対する復讐《ふくしゅう》や、自殺願望に対する最大級の麻酔《ますい》効果としても作用したかもしれない。

ただ、褐色《かっしょく》の少女はそうしなかった。

先を見たいと。

そう思えるようなものを、何かしら見つけていたのだろう。

「やるべきことを、やっただけです」

「そうじゃな。極限の環境でそれができる人間は限られておるが」

海底の『サラスバティ』については、引き続き『正統王国』が海底探査機を送り込んでテクノロジーの解析《かいせき》を進めるつもりらしい。海中でも使えるアーク溶断などを利用し、少しずつパーツを切り取って回収するプロジェクトも進められているようだった。

いつか『正統王国』が完全にテクノロジーを吸収すれば、プタナはそちらの後継機《こうけいき》の操縦士エリートとして召集《しょうしゅう》されるかもしれない。

……もっとも、『正統王国』と『信心組織』はこうしている今も『サラスバティ』の保有権を巡《めぐ》って国際裁判の真っ最中で、しかも『情報同盟』や『資本企業』だって横槍《よこやり》を入れたがっている。予定通りに事が進む保証は全くないのだが。

「お主《ぬし》はこれからどうするつもりじゃ？」

「ひとまずは、『信心組織』の手のとどかないばしょへ。わたし自身もぐんじきみつのカタマリですから、しばらくエリートかんれんのラボに回されるとおもいます」

「そうか。ミリアのヤツがお主をほしがっていたのじゃがな」

「あれもあれでわるくはありませんが」

と、そこで婆《ばあ》さんのタブレットに呼び出しのショートメールが入ってきた。

相手はフローレイティアだ。

彼女も彼女で、『安全国』でのんびりくつろいでいるお歴々のための資料作りに奔走《ほんそう》させられている。婆さんにヘルプがかかったという事は、『ベイビーマグナム』かお姫様のコンディションについて、詳細《しょうさい》なデータが必要なのだろう。

作業の進捗《しんちょく》はひとまず部下の整備兵達に任せ、婆さんは高級将校の乗る小型空母へ移るため、モーターボートのある方を目指す。

その途中で、婆さんは振り返ってこう言った。

「そうじゃ、言い忘れておった」

「なんでしょう」

「ありがとう、今ある世界を見限らないでくれて」

その言葉に。

プタナ＝ハイボールは感情の読めない瞳をわずかに和《やわ》らげ、こう答えた。

「こちらこそ。あなたのことばのおかげで、わたしは広い『せかい』を見せてもらいました」

あとがき

どりゃー！　ついに九冊目!!

鎌池《かまち》和馬《かずま》です。

突然ですが、私は自分のシリーズの中に意図的にブラックボックスを作っておく癖《くせ》があります。まあ、テクニックというより執筆の過程でそういう方向に流れてしまった、とでも言うべきか。このヘヴィーオブジェクトでは世界中の戦場を主人公達が転々としていく一方で、彼らの日常生活（例えば、音楽プレーヤーと言えばどの程度の技術レベルのものを使っているのか、など）は曖昧《あいまい》で、その最たるものが『安全国』だと思います。……おそらく、このシリーズをお読みいただいている読者さんの間でも『普通の学園もの』から『ガッチガチの近未来』まで十人十色の『安全国』があるのではないでしょうか？

設定は作っておくけど決して明かさない、というこの作中ブラックボックス、あるとないとでは作家の精神的なプレッシャーは全く違うものです。何故《なぜ》なら『いつでも外伝を作る余地がある』のですからね。譬《たと》えるなら、ロングヘアのヒロインは髪《かみ》の縛《しば》り方一つでいくらでも印象を変えられるが、ショートヘアにしてしまうと遊びを作れない、といった感じでしょうか。

今回はその『安全国』に焦点《しょうてん》を当てているものの……作品をお読みいただいた皆様ならお分かりの通り、実はこれ、住民の大半が他国の諜報員《ちょうほういん》だったり、大元の『信心組織』自身が犯罪都市のモデルケースを作るため作為的に治安の悪化を傍観《ぼうかん》していたり、と本来の『安全国』からはかけ離れたものになっています。

『何でまたそんなひねった事を?』とお考えの読者さんもいらっしゃると思いますが、こういう切り取り方一つでいろんなアイデアを形にしてシリーズ内にぶち込める柔軟性《じゅうなんせい》こそが、作中ブラックボックスの素晴らしい所だったりする訳です。


と、そんな訳で今回は一つの街を舞台にしたお話になっています。よって、章立ては場所の移動ではなく時間の経過に重点を置いてみました。プタナの立ち位置が一番分かりやすいと思いますが、マスタードカウボーイの幹部ジョージ＝コーラルや、その他の街の住人達の動きにも常に変化を作っています。

《　》でくくった住人達は主人公に関わる事もあれば関わらない事もありますが、これもまた、一つの大きな街を形成するための演出です。章を追っていけば、彼らの正体や末路などが見えていくように構成してみました。今回はできませんでしたが、朝、昼、晩で章を分ける事で全く違う街の顔が見えてくる、とかでも面白《おもしろ》いものができたかもしれませんね。

あと、一冊丸々全力の『信心組織』巻も意外と珍《めずら》しいのかも？　オブジェクトについてはヒンドゥー教を参考に。一応、シリーズ既刊の『死の祭典』にもラートリーなる夜の女神の名を冠《かん》したオブジェクトが出てきます。『夜空の星々は全て彼女の瞳である』という伝説を見ればお分かりの通り、このヒンドゥー系の神話はいわゆる中二マインドを非常に非常に非常にくすぐってくれる素敵な題材の宝庫だったりします。サラスバティ、ガルーダ、カーリー、そしてナタラージャ。興味のある方は調べてみるのも一興かと。きっと、あなたが『まあこんなもんだろ』と思う三倍以上はくすぐってくれるはずですよ。

プタナ＝ハイボールについてはお姫様やおほほと違い、自分のスキルを直接戦闘《せんとう》にも応用できるタイプのエリートです。後者二人のエリートは『オブジェクトに乗ったら最強だけど、外で銃《じゅう》を向ければ管理できる』のに対し、プタナにはそれが通用しない、という訳ですね。『信心組織』らしく、信仰心《しんこうしん》などを軸に『別のやり方で裏切らせない方法』を構築している設定です。

……その点だと、やはりシリーズ内で一番厄介《やっかい》なのはエリートと同じスペックを持ちながらエリートとして縛《しば》られる事がないマリーディ＝ホワイトウィッチかもしれませんな。彼女はオブジェクトには勝てない設定ですが、オブジェクトを運用できない敵側の『安全国』に一度潜《せん》伏《ぶく》されたらトコトン面倒臭《めんどうくさ》い事になると思います。

それと、同じエリートのお姫様で扱《あつか》いを心得ているのか、何気にクウェンサーと整備兵の婆《ばあ》さんのコメントがプタナへダイレクトに突き刺さっているところが今回のポイントです。プタナを介する事で彼らが（ある意味で、畏怖《いふ》の象徴となっている）エリート全般に人としての理解を示している事を表現したかったのですが、いかがでしたでしょうか。


そして今回の黒幕さんのテーマは『ここではないどこか』。

海外旅行、太陽系の外、神々の居住地、とにかく家出、夢の中、芸能界などの特殊業務、生まれ変わり、ファンタジックな異世界、後はヴァーチャル関係も？　いろんな形があると思いますが、願望それ自体は割とポピュラーなものなのでは。一応、作中は月に別荘が建つような時代ではあるのですが、『だからと言って、三日月のベンチに腰掛けてうたた寝してみたいという願望はなくならないだろう』と考え、あれこれ設定を練《ね》る事にしてみました。

……ただ、そこはヘヴィーオブジェクト。ポピュラーな願望を当シリーズ風に味付けするとあんな感じになります。

『人工惑星』という単語に、いきなりスゴいのぶち込んで来たな!?　と思った読者さんもいらっしゃるかもしれませんが、実は一章に登場した『コレクティブファーミング』もまた、月や火星を居住可能環境へ作り替えるテラフォーミング技術から始まったオブジェクトだったりするのですよ。作中では他天体ではなく地球上の砂漠など劣悪環境を再整備する『リ・テラ』として用いられていますが。

それから、もう一つのテーマは天才少年少女です。それも味方の相談役とか作戦上の保護対象とは限らず、純粋《じゅんすい》な敵にもなりえる、という意味で。でも冷静に考えれば相手は人間なんだから、良いヤツもいれば悪いヤツもいて当然なのでは？　とも思います。相手の悪性を無条件で否定してしまう事は、その人物を人形に作り替えているんじゃないかなあ、とか。

今回のカラーをヒンドゥー系で固めたのも、実は多神教的なモチーフを盛り込む事で『優しい天才』と『恐ろしい天才』を際立《きわだ》たせられないかなあ、などといった狙《ねら》いもありました。とはいえ、クウェンサーは『いやあ、天才は何を考えているのか分からないけど、きっと俺達の尺度で判断してはいけないんだなあ』とはいきませんでしたが。

でも、荒ぶる神と化した黒幕達でしたが、お姫様に対する整備兵の婆《ばあ》さんみたいな人がいてくれれば、違った道を進んでいたかもしれません。

子供達の夢にあてられて身を滅《ほろ》ぼす覚悟《かくご》を決めた大人達については、意図的にほとんど描写を省きました。でも、彼らの立ち位置から考えると『言葉で語るな、背中で語れ』というスタイルが一番相応《ふさわ》しいかな、と思います。彼らの目線で今回のお話を追い駆《か》けると、ちょっとほろ苦い構成になったかもしれませんね。

……ちなみに、技術屋の天才と言うと『採用戦争』のスラッダー＝ハニーサックル、『第三世代への道』のクレア＝ホイストなどがいます。これらを比べてみると、当シリーズ内の天才がどういう位置づけなのかが見えてくるのかもしれません。それこそ、多神教における『良い神、悪い神』みたいな感じですな。その点で言うと、技術によってオブジェクト撃破《げきは》を成《な》し遂《と》げ社会システムを守るクウェンサーは破壊神《はかいしん》の位置づけに成長する可能性があるのかも……？

イラストの凪良《なぎりょう》さん、担当の三木《みき》さん、小野寺《おのでら》さん、阿南《あなん》さんには感謝を。……何気にほとんど全員私服なので、それだけでもデザイン等でご迷惑をおかけしてしまったと思います。どうもありがとうございました。

そして読者の皆様にも感謝を。都市型の組織犯罪から対オブジェクト戦に繋《つな》げていく今回の構成、いかがでしたでしょうか？　いわゆる『いつもの』の他にまだまだやってみたい変化球も色々あるので、今後も気長にお付き合いいただけると助かります。

それでは、今回はこの辺りで。

この一冊が、あなたにとって何かしらの糧《かて》となりますように。

実は『ハンドアックス』が一回も出てきていませんぞ

鎌池《かまち》和馬《かずま》

●鎌池和馬著作リスト

「とある魔術の禁書目録《インデックス》」（電撃文庫）
「とある魔術の禁書目録《インデックス》②」（同）

「とある魔術の禁書目録《インデックス》③」（同）
「とある魔術の禁書目録《インデックス》④」（同）
「とある魔術の禁書目録《インデックス》⑤」（同）
「とある魔術の禁書目録《インデックス》⑥」（同）
「とある魔術の禁書目録《インデックス》⑦」（同）
「とある魔術の禁書目録《インデックス》⑧」（同）
「とある魔術の禁書目録《インデックス》⑨」（同）
「とある魔術の禁書目録《インデックス》⑩」（同）
「とある魔術の禁書目録《インデックス》⑪」（同）
「とある魔術の禁書目録《インデックス》⑫」（同）
「とある魔術の禁書目録《インデックス》⑬」（同）
「とある魔術の禁書目録《インデックス》⑭」（同）
「とある魔術の禁書目録《インデックス》⑮」（同）
「とある魔術の禁書目録《インデックス》⑯」（同）
「とある魔術の禁書目録《インデックス》⑰」（同）
「とある魔術の禁書目録《インデックス》⑱」（同）
「とある魔術の禁書目録《インデックス》⑲」（同）
「とある魔術の禁書目録《インデックス》⑳」（同）

「とある魔術の禁書目録《インデックス》㉑」（同）
「とある魔術の禁書目録《インデックス》㉒」（同）
「とある魔術の禁書目録《インデックス》SS」（同）
「とある魔術の禁書目録《インデックス》SS②」（同）
「新約　とある魔術の禁書目録《インデックス》」（同）
「新約　とある魔術の禁書目録《インデックス》②」（同）
「新約　とある魔術の禁書目録《インデックス》③」（同）
「新約　とある魔術の禁書目録《インデックス》④」（同）
「新約　とある魔術の禁書目録《インデックス》⑤」（同）
「新約　とある魔術の禁書目録《インデックス》⑥」（同）
「新約　とある魔術の禁書目録《インデックス》⑦」（同）
「新約　とある魔術の禁書目録《インデックス》⑧」（同）
「新約　とある魔術の禁書目録《インデックス》⑨」（同）
「新約　とある魔術の禁書目録《インデックス》⑩」（同）
「新約　とある魔術の禁書目録《インデックス》⑪」（同）
「新約　とある魔術の禁書目録《インデックス》⑫」（同）
「ヘヴィーオブジェクト」（同）
「ヘヴィーオブジェクト　採用戦争」（同）

「ヘヴィーオブジェクト　巨人達の影」(同)
「ヘヴィーオブジェクト　電子数学の財宝」(同)
「ヘヴィーオブジェクト　死の祭典」(同)
「ヘヴィーオブジェクト　第三世代への道」(同)
「ヘヴィーオブジェクト　亡霊達の警察」(同)
「ヘヴィーオブジェクト　七〇%の支配者」(同)
「ヘヴィーオブジェクト　氷点下一九五度の救済」(同)
「インテリビレッジの座敷童」(同)
「インテリビレッジの座敷童②」(同)
「インテリビレッジの座敷童③」(同)
「インテリビレッジの座敷童④」(同)
「インテリビレッジの座敷童⑤」(同)
「簡単なアンケートです」(同)
「簡単なモニターです」(同)
「ヴァルトラウテさんの婚活事情」(同)
「未踏召喚：//ブラッドサイン」(同)
「未踏召喚：//ブラッドサイン②」(同)
「とある魔術のヘヴィーな座敷童が簡単な殺人妃の婚活事情」(同)

本書に対するご意見、ご感想をお寄せください。

電撃文庫公式ホームページ 読者アンケートフォーム
http://dengekibunko.dengeki.com/
※メニューの「読者アンケート」よりお進みください。

ファンレターあて先
〒102-8584　東京都千代田区富士見1-8-19
アスキー・メディアワークス電撃文庫編集部
「鎌池和馬先生」係
「凪良先生」係

本書は書き下ろしです。

電撃文庫

ヘヴィーオブジェクト　氷点《ひょうてん》下《か》一《ひゃく》九《きゅうじゅう》五《ご》度《ど》の救済《きゅうさい》

鎌池《かまち》和馬《かずま》

発　行　　2015年4月10日　初版発行

発行者　　塚田正晃
発行所　　株式会社KADOKAWA
〒102-8177　東京都千代田区富士見2-13-3
プロデュース　　アスキー・メディアワークス
〒102-8584　東京都千代田区富士見1-8-19
03-5216-8399（編集）
03-3238-1854（営業）
装丁者　　荻窪裕司 (META＋MANIERA)
印刷　　株式会社暁印刷
製本　　株式会社ビルディング・ブックセンター

ISBN978-4-04-865064-9　C0193　Printed in Japan

電撃文庫　http://dengekibunko.dengeki.com/
株式会社 KADOKAWA　http://www.kadokawa.co.jp/

電撃文庫創刊に際して

文庫は、我が国にとどまらず、世界の書籍の流れのなかで〝小さな巨人〟としての地位を築いてきた。古今東西の名著を、廉価で手に入りやすい形で提供してきたからこそ、人は文庫を自分の師として、また青春の想い出として、語りついできたのである。

その源を、文化的にはドイツのレクラム文庫に求めるにせよ、規模の上でイギリスのペンギンブックスに求めるにせよ、いま文庫は知識人の層の多様化に従って、ますますその意義を大きくしていると言ってよい。

文庫出版の意味するものは、激動の現代のみならず将来にわたって、大きくなることはあっても、小さくなることはないだろう。

「電撃文庫」は、そのように多様化した対象に応え、歴史に耐えうる作品を収録するのはもちろん、新しい世紀を迎えるにあたって、既成の枠をこえる新鮮で強烈なアイ・オープナーたりたい。

その特異さ故に、この存在は、かつて文庫がはじめて出版世界に登場したときと、同じ戸惑いを読書人に与えるかもしれない。

しかし、〈Changing Times,Changing Publishing〉時代は変わって、出版も変わる。時を重ねるなかで、精神の糧として、心の一隅を占めるものとして、次なる文化の担い手の若者たちに確かな評価を得られると信じて、ここに「電撃文庫」を出版する。

1993年6月10日
角川歴彦

『とある魔術の禁書目録』イラストレーター・
灰村キヨタカが描く、巧緻なる世界。
（はいむらきよたか）
オールカラー192ページで
表現される、
色彩のパレードに刮目せよ。
rainbow spectrum: notes
灰村キヨタカ画集2
＜収録内容＞
†電撃文庫『とある魔術の禁書目録』（著／鎌池和馬）⑭〜㉒挿絵、SS①②、アニメブルーレイジャケット、文庫未収録ビジュアル、各種ラフスケッチ、描きおろしカット
†富士見ファンタジア文庫『スプライトシュピーゲル』（著／冲方 丁）②〜④挿絵、各種ラフスケッチ
†GA文庫『メイド刑事』（著／早見裕司）⑤〜⑨挿絵、各種ラフスケッチ
†鎌池和馬書きおろし『禁書目録』短編小説
ほか
灰村キヨタカ／はいむらきよたか
電撃の単行本